DOLCE PASSIONE

NATASHA GRACE

CAPITOLO UNO

Olivia Montgomery attraversava la hall della sede principale della Montgomery Hotel con le farfalle nello stomaco. Aveva appena terminato di controllare i progetti di ristrutturazione per l'hotel di Boston e con quello fuori dai piedi, non vedeva l'ora di passare alla proposta che aveva mandato al padre: aprire una struttura vicino al Parco Nazionale di Yosemite.

Ne avevano parlato brevemente prima che lei se ne andasse. Lui le aveva fatto domande sul volume di visite al Parco, sugli altri hotel della zona e sulle opzioni di alloggio per gli impiegati. Per la prima volta, aveva dimostrato interesse in una delle sue tante idee e Olivia era convinta che quella sarebbe finalmente stata approvata. Forse, dopo l'opportunità di mostrare chi era con questo albergo, avrebbe avuto quella di riprendere uno dei progetti precedentemente rifiutati. Ce n'era uno in particolare a cui teneva e per cui le erano venute altre idee, per far spiccare la proprietà…

Sorrise, entrando nell'ascensore. Ancora non aveva ricevuto semaforo verde per Yosemite e stava già pensando a quello che sarebbe seguito… Realisticamente, capiva di avere ancora molta strada da fare prima di poter realizzare i suoi sogni, ma non riusciva a trattenere l'eccitazione. Da quando era entrata a far parte della società di famiglia quattro anni prima, aveva cercato il modo per lasciare il segno e ora sembrava che finalmente le cose andassero per il verso giusto.

Le porte dell'ascensore si stavano per chiudere, quando Olivia vide un uomo dai capelli scuri che si avvicinava. Premette velocemente il pulsante di apertura. «Mi scusi.»

Era stata così distratta da non averlo notato prima.

«Tutto okay, grazie» replicò lui, facendole un sorriso e raggiungendola nella cabina.

«Non c'è di che.»

Lei attese un secondo e quando non lo vide selezionare alcun piano, glielo domandò.

Lui accennò al pannello. «Lo stesso, dodicesimo.»

Le porte metalliche si chiusero e lei corrugò la fronte: erano passate da poco le sette della mattina e a quell'ora in ufficio c'erano solo suo padre e poche altre persone. Per quello era arrivata tanto presto, voleva avere la possibilità di parlargli prima che ci fossero anche gli altri.

«È qui per vedere Tom?» domandò.

Tom Nichols, uno dei loro addetti alle vendite più aggressivi, costantemente in contatto con le società per far sì che tenessero i loro eventi presso uno degli hotel Montgomery, di solito arrivava più tardi. Molto più tardi.

«No, per Victor Montgomery. Mi chiamo Adam Campbell» replicò lui tendendole la mano.

Aveva un appuntamento con suo padre? Diavolo! Avrebbe dovuto controllare il giorno prima, anche se era raro che di mattina l'uomo ricevesse qualcuno. Quelle prime ore solitamente erano le uniche nelle quali non si atteneva a un'agenda rigidamente programmata, concentrandosi sul lavoro senza interruzioni. Olivia pensò che avrebbe semplicemente aspettato fino a che il padre non si fosse liberato. Mise da parte la delusione e strinse la mano di Adam. «Olivia Montgomery.»

«La figlia di Victor» dedusse lui lasciandola.

La donna annuì e fu allora che riconobbe il cognome di lui: Adam era un immobiliarista, membro della famiglia proprietaria di Dannier, l'industria di cosmesi che produceva quella crema da viso tanto amata da sua cugina.

«Desidera che le amministriamo un hotel?» tirò a indovinare. Oltre a lavorare nella propria catena, i Montgomery gestivano anche proprietà in conto terzi. Oliva aveva sentito dire che Adam ne costruiva, ma pensava fossero tutte strutture di livello medio-basso, non di lusso come quelle in cui erano specializzati loro.

«Dritto al sodo, eh?» sorrise lui, annuendo, «Sto acquistando Il Palazzo, l'accordo dovrebbe essere finalizzato entro un paio di giorni.»

Il cuore di Liv saltò un battito: Il Palazzo era il primo hotel costruito da suo nonno. In origine ospitava gli uffici che servivano da quartier generale per la banca di famiglia, ma dopo che questa era stata spostata a Midtown, il nonno lo aveva riconvertito nell'hotel ideale, unendo i migliori dettagli architettonici di alcuni dei castelli europei più grandiosi. La banca era stata il suo lavoro, ma Il Palazzo era la sua passione. Ci aveva trascorso ogni attimo libero, convogliandovi tutte le energie per creare la struttura ricettiva più lussuosa e orientata al cliente che potesse esistere. Nei momenti in cui erano stati a corto di staff aveva persino lavorato alla reception. Sfortunatamente, era stato obbligato a vendere tutto negli anni '80 per ricavare i fondi necessari a salvare la banca, ma non lo aveva mai dimenticato, intrattenendo i nipoti con storie del periodo trascorso, raccontando di incidenti buffi con ospiti famosi, feste sontuose e della supervisione al restauro.

Il nonno aveva messo tutto sé stesso in quell'hotel e con enorme dispiacere del figlio non era mai riuscito a restarne lontano, nemmeno dopo averlo venduto. A volte tornava al bar a farsi un drink o a pranzare sulla terrazza e con la nonna erano anche riusciti a far intrufolare Olivia nella sala da tè per una merenda pomeridiana, prima che suo padre se ne accorgesse e lo vietasse.

Il primissimo progetto che Olivia aveva proposto a suo padre prevedeva di riacquistare la proprietà e anche se lui l'aveva respinto, la donna era comunque intenzionata a rispolverarlo una volta acquisita una maggior esperienza. In altre parole, Il Palazzo apparteneva alla famiglia Montgomery e pur sapendo che quello non avrebbe riportato indietro il nonno, lei ci teneva a onorarne il ricordo. Ma a quanto pareva, il destino aveva altri piani…

«Non sapevo che Quinley stesse vendendo» commentò, riferendosi alla multinazionale che attualmente possedeva Il Palazzo. Quando due anni prima aveva sottoposto la sua proposta al padre, l'hotel non era in vendita, ma Olivia sospettava che per la giusta cifra lo sarebbe diventato. Dato che la società non lo aveva mai rinnovato adeguatamente, dubitava che avesse intenzione di tenerlo a lungo.

Si domandò quanto lo avesse pagato Adam, ma soffocò il bisogno di chiedergli se glielo avrebbe rivenduto. Non solo avrebbe sconfinato dal suo ruolo all'interno della società - specie se non ne parlava prima a suo padre - ma suonare troppo zelante al riguardo non avrebbe funzionato. Il prezzo stimato de Il Palazzo era uno dei motivi addotti da suo padre per il suo rifiuto, però all'epoca il mercato immobiliare non era tanto caldo quanto al momento: la proprietà sarebbe costata molto meno.

«È parte del loro accordo per ripagare alcuni debiti» le spiegò Adam, «So che per riportarlo a certi standard ci vorrà molto lavoro, ma penso che una volta terminato sarà un albergo carino.»

Un albergo carino? Molto lavoro?

Ma di che diavolo stava parlando? All'hotel serviva un ammodernamento alla parte elettrica e meccanica e forse un rinfresco degli arredi. Negli anni la manutenzione era stata gravemente trascurata ma Olivia aveva sempre pensato che visivamente parlando, quello fosse uno degli hotel più mozzafiato. Pochi potevano competere con la bellezza classica e quasi senza tempo dell'atrio dal soffitto di vetro e delle colonne in marmo. Dedicandogli un po' di attenzioni, lo immaginava facilmente tra i migliori hotel di New York. Di nuovo.

«A quali lavori stava pensando?» domandò, sperando di suonare pacata e non sulla difensiva rispetto al commento sul livello inferiore agli standard. Fortunatamente, lui non parve accorgersene.

«Un ammodernamento delle luci esterne e la demolizione degli interni a favore di qualcosa più accogliente e meno pretenzioso.»

Voleva distruggere gli interni?

Le fischiarono le orecchie al pensiero della bellissima hall coi suoi soffitti dipinti e l'enorme scalone doppio, devastati. E come osava definirlo 'pretenzioso'? Non lo era affatto: c'erano fascino e sofisticatezza vecchio stampo. Le sue grandiose caratteristiche evocavano l'eleganza di epoche passate e davano l'impressione di un viaggio nel tempo. Oh, e il salone da ballo poi! Se quell'uomo voleva distruggere tutto, semplicemente non aveva gusto.

«Ristrutturare del tutto la sala da tè» proseguì lui, «Spostare il bar per allargare la sala ristorante, accorpare le stanze per ampliarle e le sale…»

L'eccitazione nello sguardo di Adam le provocò un senso d'inquietudine: non erano stati solo i costi potenziali a spingere suo padre al rifiuto. Lui riteneva che all'hotel servisse un restauro più imponente della facciata e praticamente, le aveva detto che il suo giudizio era offuscato dalle 'vecchie favole' del nonno. E se i progetti per i lavori in grande di Adam avessero combaciato con quelli del padre e lui avesse accettato? Invece di essere felice per il ritorno de Il Palazzo sotto la gestione Montgomery, Olivia avrebbe pianto la perdita della sua essenza più intima.

L'hotel aveva rappresentato la vita del nonno, che ne aveva elaborato il design in ogni metro quadrato fino a scegliere di persona la maggior parte dei materiali. Se non fosse già morto, i progetti distruttivi di Adam lo avrebbero sicuramente ucciso.

Le porte dell'ascensore si aprirono sulla zona reception e Adam rise.

«Mi dispiace, i primi passi di un progetto sono sempre molto intriganti per me.»

Era già così preso che l'idea di una rivendita le sembrava improbabile. Avrebbe sicuramente voluto seguire il restauro.

«No, capisco» replicò lei con tono forzato mentre il suo cuore batteva forte. Pregava solamente di averlo giudicato male e che suo padre gli offrisse un accordo impossibile da rifiutare. Anche se aveva bocciato il suo progetto, Olivia dubitava che sarebbe rimasto inerte, permettendogli in pratica di demolire l'albergo che aveva significato così tanto per la famiglia.

La donna andò dritta verso la receptionist, che alzò lo sguardo e sorrise.

«Ciao, Olivia. Bentornata.»

«Grazie, Carol. Vuoi dire a Paula che Adam Campbell è qui per vedere papà, per favore?» le domandò, accennando all'uomo.

Lo sguardo di Carol si sgranò mentre lo guardava.

«Salve» lo salutò ansante e Olivia soffocò un sorriso. Carol andava matta per gli uomini affascinanti e Adam lo era decisamente. Peccato volesse distruggere l'hotel di suo nonno...

«Salve» replicò lui con tono divertito.

La segretaria si scosse dall'incantesimo e prese la cornetta.

«Grazie» mimò Olivia, poi si voltò verso Adam, «È stato bello conoscerla» si accomiatò stringendogli la mano.

«Già, altrettanto.»

La donna se ne andò nel suo ufficio per riorganizzarsi, domandandosi come sarebbe andato quell'incontro. Dopo tutto quel tempo fuori città aveva molto con cui rimettersi in pari, ma visto quanto stava succedendo con Il Palazzo, non sarebbe mai riuscita a concentrarsi.

«Oh, Liv. Dimenticavo» si voltò e vide Carol che si avvicinava con dei messaggi in mano, «Il capocuoco a San Antonio se n'è andato e Gary Bruning è preoccupato che Maxwell ci stia rubando il personale a San Diego.»

Lei sospirò prendendo i foglietti. «Grazie.»

In quanto Responsabile dei Rapporti con gli affiliati Montgomery, affrontava costantemente piccole crisi come quella. I problemi erano quasi sempre urgenti ma non necessitavano obbligatoriamente di conoscenze o capacità specifiche. Erano questioni che quasi tutti avrebbero saputo risolvere.

Per quanto importante fosse il suo lavoro, a volte pareva non essere significativo e questo era uno dei motivi principali che la spingevano a sottoporre al padre dei progetti, nonostante lui continuasse a rifiutarli. Olivia voleva creare qualcosa e aiutare la divisione Hotel della Montgomery a crescere, proprio come aveva fatto lui.

Quando suo padre era subentrato, il loro portafoglio constava solo di sei hotel e ora erano quasi quaranta. Olivia non aveva sogni così grandi, ma voleva contribuire comunque all'eredità di famiglia.

Sedette alla scrivania facendosi l'appunto mentale di

chiedere a Paula di chiamarla non appena suo padre fosse stata disponibile, così da potergli parlare. Dopo avergli sottoposto l'ennesimo progetto, gli avrebbe chiesto de Il Palazzo per capire quali fossero le sue intenzioni. Se fosse tornato in gestione alla Montgomery, avrebbe fatto una campagna per conservare il più possibile il design originale del nonno. Considerati i punti di vista di Adam e di suo padre, un restauro completo pareva fuori questione, ma forse avrebbero potuto raggiungere un compromesso in cui venivano salvate alcune caratteristiche che lo rendevano così speciale, come i soffitti affrescati e le modanature dorate.

Il dubbio restava: Adam le era parso piuttosto su di giri all'idea di rifare l'albergo. Quanto sarebbe stato aperto all'idea di conservare qualcosa, visto com'era orientato alla demolizione? Forse, se Olivia avesse potuto mostrargli un design alternativo in grado di combinare l'estetica moderna a cui ambiva lui, con tutte quelle peculiarità che rendevano Il Palazzo tanto speciale, non avrebbe optato per cambiamenti tanto drastici...

Avrebbe iniziato immediatamente a cercare potenziali architetti. Doveva trovarne uno specializzato nel restauro di edifici antichi, che potesse appagare il desiderio di modernità di Adam pur restando fedele a Il Palazzo. Le vennero in mente un paio di studi. Prese i loro file e si mise a cercare approfonditamente. Se l'affare fosse andato in porto voleva avere l'architetto pronto, non poteva lasciare a nessun altro l'opportunità di sottoporre una proposta che avrebbe distrutto la creazione del nonno. Aveva già abbandonato il suo ricordo una volta, non sarebbe successo ancora.

* * *

«Sarebbe disposto a venderci l'hotel?» domandò Victor Montgomery dopo aver ascoltato la proposta di Adam, «Sono certo che potremmo raggiungere un accordo che possa giovare a entrambi.»

«Dubito che potremmo accordarci su un prezzo soddisfacente» commentò schietto Adam. Non voleva perdere tempo in negoziati che sapeva essere futili. Non aveva alcuna intenzione di vendere.

«Rinnovandolo, il valore de Il Palazzo potrebbe facilmente quadruplicare entro pochi anni e non accetterei una valutazione inferiore a questo.»

Montgomery poteva anche essere disposto a pagare un extra per quell'hotel, ma dubitava davvero che avrebbe basato il prezzo sulle stime di guadagno.

«Allora che ne dice di una partnership?»

Adam scosse il capo. «Io sto solo cercando qualcuno per la gestione.»

Non condivideva mai i suoi progetti, preferendo sempre usare il suo denaro o, come in questo caso, farselo prestare. Dopo essere vissuto sotto l'ala genitoriale, si godeva la libertà di fare quel che voleva senza che doversi aspettare consensi. Sapeva che sarebbe riuscito a far espandere la AC Developments più velocemente se avesse accolto degli investitori, ma non gli andava di sentirsi obbligato verso qualcun altro.

Per poter lavorare con Montgomery si era preparato a qualche concessione - pagare un po' di più o estendere ulteriormente il contratto - ma rinunciare al capitale netto quando non ce n'era bisogno? Assolutamente no.

«Allora penso che sia meglio se trova qualcun altro» replicò Victor, «Come certo saprà, la Montgomery non compete coi propri licenziatari sullo stesso mercato. L'utile derivato dalla gestione dell'hotel semplicemente non coprirebbe il costo opportunità derivato dal non possedere un nostro hotel a New York.»

Adam serrò la mascella. Il fatto che Montgomery non avesse un hotel a New York era uno dei motivi per cui li aveva contattati. Capitava sovente che lo stesso gestore dirigesse alberghi concorrenti in una città, ma lui voleva il meglio per Il Palazzo. Quel posto meritava di essere al centro dei pensieri del gestore, perlomeno in quell'area.

Qualche anno prima, Montgomery aveva posseduto un hotel a New York ma aveva venduto le quote ai suoi partner. Adam non sapeva esattamente cosa fosse successo, ma aveva saputo che in seguito la Gen Capital, all'epoca socia di Montgomery, era stata coinvolta in alcune cause per falso in bilancio.

Avrebbe dovuto immaginare che con il ritorno a New York, Montgomery avrebbe voluto un hotel tutto suo. Una cosa era gestire quello degli altri, un'altra era farlo con il proprio. Probabilmente era per quello che stava prendendo tempo prima di aprire un'altra attività: voleva fare le cose per bene.

Per Adam, si trattava della stessa cosa: aveva avuto grande successo in qualsiasi altro mercato immobiliare ma nonostante ci vivesse, non aveva ancora mai messo i piedi nel mare newyorchese. Ora che possedeva Il Palazzo stava facendo tutto il possibile. Quello sarebbe stato il progetto che avrebbe supervisionato più di ogni altro, ed era disposto a sborsare un extra per assicurarne il successo. E poi voleva mostrare ai suoi genitori dov'era arrivato. Dato che Il Palazzo era a soli due isolati dalla sede di Dannier, ogni volta che andavano in ufficio, lo avrebbero sempre avuto sotto al naso. Era meschino da parte sua, ma amava l'idea di sbattere la propria riuscita in faccia ai suoi, perché sapeva quanto detestassero il fatto di non esserne parte. Si erano aspettati che Adam tornasse strisciando dopo che lo avevano tagliato fuori e invece, il figlio si stava costruendo un impero che presto avrebbe superato il loro. Cosa ancor migliore, Il Palazzo era l'ambiente preferito dai vecchi ricconi per le loro feste - alle quali i genitori non erano mai stati invitati pur ambendovi. Ben presto, l'albergo sarebbe stato suo… quasi troppo bello per essere vero.

Era disposto a rinunciare a qualcosa per poter collaborare con Montgomery? Considerata la determinazione nello sguardo di Victor, Adam presumeva che una partnership potesse essere l'unico modo per fargli accettare la gestione dell'hotel e lui voleva davvero che quell'albergo entrasse nel circuito della Montgomery, società sempre in vetta nel gradimento dei clienti, oltretutto diretta dalla leggendaria famiglia. Anche se era solo per affari, avrebbe fatto ciò che ai suoi genitori non era mai riuscito: si sarebbe mescolato allo storico gotha della città.

«Sarei disponibile a una partnership» acconsentì alla fine. Non era ciò che voleva originariamente, ma non poteva negare che avrebbe portato dei benefici non del tutto presi in considerazione. Oltre ad alleggerire l'esposizione finanziaria, quella collaborazione gli garantiva l'interesse di Montgomery nella riuscita del progetto. Anche se l'uomo aveva la nomea di uno tutto d'un pezzo, assicurarsi la sua gestione a tempo indeterminato non avrebbe fatto alcun male.

Victor esitò prima di annuire.

«Va bene. Mi mandi le cifre insieme agli accordi per l'attuale franchise e l'affitto e metteremo assieme un'offerta. Per quanto riguarda il restauro aveva qualche idea in particolare?»

«Qualcuna, ma nulla di concreto.»

Adam aveva valutato l'opzione di assumere l'architetto usato per i suoi centri commerciali, ma poi aveva scartato l'idea. Non aveva alcuna lamentela da muovere a Clark, ma il suo forte erano gli edifici nuovi, non il restauro di quelli storici. Montgomery di certo sapeva meglio chi fosse adatto per questo genere di progetto.

«Non voglio toccare l'esterno, tranne per un leggero ritocco» proseguì. La facciata unica incorporava un'estetica tradizionale che oggigiorno si vedeva di rado. Adam era rimasto sorpreso che l'edificio non fosse ancora stato dichiarato sito storico. Era una proprietà che non solo aveva vissuto la sua parte di storia, ma era anche stata teatro di molti importanti matrimoni ed eventi politici.

«Non mi dispiacerebbe invece buttare giù l'interno a favore di qualcosa di più moderno, magari simile a quello che avete fatto voi a Los Angeles.» Il design moderno risultava invitante e di classe.

«Ha visto l'albergo rinnovato?»

«Sì, l'anno scorso durante un pranzo di lavoro e mi è

davvero piaciuto.»

Victor rise. «Lo dirò a mia figlia allora. Il concept non mi vedeva d'accordo, ma lei è stata irremovibile.»

Adam si chiese se stesse parlando di Olivia ma evitò d'indagare. Non voleva dare all'uomo motivi per ritirarsi dal progetto.

Victor picchiettò sulla cartellina che lui gli aveva portato.

«Cosa mi dice degli spazi da affittare?» domandò, riferendosi alle boutique al piano terra. Adam immaginava che stesse pensando di rimpiazzarle con qualcosa di più esclusivo. Il Palazzo aveva ospitato alcuni dei marchi più lussuosi del mondo, ma nel corso degli anni la qualità dei negozi era peggiorata di pari passo con quella dell'hotel.

«Abbiamo opzionato l'acquisto privilegiato. Lei aveva in mente altri affittuari?»

Victor confermò i suoi sospetti, menzionandogli alcuni nomi noti e quello portò a una discussione sulla strategia globale in termini di metri quadrati e numero degli affittuari desiderati. Aveva alcune idee specifiche su come mantenere l'equilibrio tra esclusività e massimo profitto per metro quadro, senza compromettere l'esperienza del cliente, tenendo conto che non sarebbero stati solo i clienti dell'hotel a fare shopping in quelle boutique, ma anche gli esterni.

Più parlava, più Adam apprezzava l'idea di averlo accettato come partner. Victor era il tipo di persona che non solo dava valore al risultato finale, ma anche al cliente. Non c'era da stupirsi che avesse una base di clienti tanto leale.

«I miei ragazzi contatteranno i suoi» gli disse Montgomery, accompagnandolo fuori dalla sala riunioni mezz'ora più tardi e confermandogli così di aver fatto bene a vederlo da solo. Dubitava che le cose sarebbero filate altrettanto lisce se fosse arrivato con un esercito di consiglieri. Victor sembrava uno vecchio stampo, che faceva affari basandosi sull'istinto, dando spazio ad avvocati e negoziatori per i dettagli in un secondo momento.

«Ottimo. Non vedo l'ora di avere notizie» e dal canto suo, avrebbe fatto quel che poteva per portare avanti l'accordo. Avere un esperto di hotel al lavoro il prima possibile avrebbe non solo dato più credibilità al progetto, ma anche semplificato il processo di transizione quando la proprietà sarebbe passata di mano.

Mentre raggiungevano la hall, Adam vide di sfuggita Olivia nel suo ufficio, la testa china sulla scrivania. Provò un sorprendente bisogno di andare a parlarle. L'avevano fatto per poco nell'ascensore ma gli era rimasta impressa. Non sapeva se fossero le sue domande mirate o l'interesse dimostrato verso Il Palazzo, ma l'aveva trovata una persona con cui era facile interagire.

Rise fra sé e sé: gli servivano davvero delle scuse per avvicinare una bella donna? Eppure, sterzare per andare dritto nel suo ufficio mentre il padre di lei lo portava agli ascensori, sarebbe stato imbarazzante.

Le avrebbe parlato la prossima volta. Ne era certo.

CAPITOLO DUE

Erano quasi le cinque quando finalmente Olivia riuscì ad accedere all'ufficio del padre. Avrebbe voluto andarci subito dopo Adam, ma l'uomo era stato impegnato a mettere insieme un team per lavorare alla proposta de Il Palazzo. In seguito, lei era rimasta intrappolata con le Risorse Umane nella ricerca di un nuovo chef per uno dei loro affiliati.

Nonostante i suoi tentativi di rimanere calma, non riusciva a contenere il fermento mentre si avvicinava alla porta dell'ufficio. La sua proposta per l'hotel a Yosemite era l'unica della quale il padre avesse chiesto dettagli, e quello significava che doveva essere interessato, giusto?

Paula, la segretaria di suo padre se n'era già andata per quel giorno, perciò Olivia andò dritta alla porta e bussò.

«Ciao, tesoro» la salutò lui appena entrò, «Come sono andate le cose con il Granger?» domandò a proposito dell'hotel di Boston dove era stata. «Sei riuscita a parlare con Peters?»

Larry Peters, il proprietario avrebbe dovuto contattarla

il mese precedente per l'approvazione del progetto di restauro tanto agognato, ma la scadenza era trascorsa e le telefonate non avevano ricevuto risposta. Per quello Olivia era volata a Boston, per vedere se fossero stati apportati cambiamenti all'hotel e per parlare con lui di persona. Dato che la stava evitando, non era passata da casa sua, preferendo tendergli un'imboscata all'ippodromo, dove Peters aveva un cavallo che correva.

«Sì» rispose sedendosi su una delle poltroncine opposte alla scrivania, «Ha detto che stava lavorando ai progetti con un architetto, ma quando gli ho domandato di vedere cosa avevano ideato, ha ammesso che stavano ancora cercando uno studio.»

Dubitava che Peters avrebbe davvero ristrutturato. Se fosse stato serio, avrebbe chiesto alla Montgomery di raccomandargli qualcuno mesi fa, quando aveva ricevuto le loro idee per i miglioramenti.

«Penso che stia cercando di guadagnare tempo mentre cerca una catena alberghiera meno esigente» aggiunse dopo una breve esitazione. Per quel che ne sapeva, poteva già essere in trattative con qualcun altro. Non aveva dimostrato alcun particolare interesse in quel che Olivia aveva da dirgli.

«Non ne sarei sorpreso: non si è mai fatto problemi a lamentarsi dei nostri standard troppo alti.»

Se da un lato era vero che gli standard della Montgomery erano più alti della norma, dall'altro avevano garantito loro una fedele base clienti. Chi possedeva un hotel e sceglieva la catena Montgomery, spesso era attratta proprio da quella base integrata, ma non tutti erano pronti a investire nelle manutenzioni richieste per ottenere e mantenere proprio quei livelli di eccellenza.

Olivia detestava l'idea di perdere un altro dei loro hotel, ma meglio quello che avere clienti insoddisfatti e poiché a tal riguardo era già stata presa una decisione, proseguì: «Hanno sistemato alcune voci minori presenti sul progetto, compreso un miglioramento delle luci.»

Evitò di commentare il fatto che probabilmente lo avevano fatto solo per abbassare la bolletta elettrica. «Ti ho spedito il mio resoconto via email assieme a quello vecchio di Jim, ma penso che la questione più urgente siano i bagni. Necessitano di una ristrutturazione totale.»

L'aspetto logoro l'aveva veramente demoralizzata, alcuni lavandini avevano persino delle crepe.

«Il servizio era buono, ma a volte mancava lo staff. Ho parlato col Direttore Generale e mi ha detto che le assenze erano dovute a un'epidemia di influenza.»

Il fatto che Jim, il loro specialista in ristrutturazioni, avesse a sua volta notato la mancanza di personale nella ricognizione fatta tre mesi prima, rendeva la storia poco credibile, e visto che al proprietario l'albergo non sembrava importare abbastanza per mantenerlo adeguatamente, era inverosimile che fosse disposto anche ad avere uno staff a pieno regime.

Se la Montgomery avesse posseduto l'hotel, i problemi di staff e di miglioramento non ci sarebbero stati, ma purtroppo quello faceva parte dei loro affiliati. Sebbene le migliorie fossero positive per la struttura, c'erano volte in cui i proprietari le reputavano inutili o troppo costose. La cosa peggiore era che lei e Jim avevano sempre cercato di renderle più appetibili a Peters. Olivia sapeva che il progetto non lo aveva reso molto felice, perciò non gli avevano proposto una ristrutturazione completa, che avrebbe richiesto la chiusura temporanea dell'hotel, preferendo dividere il progetto in due fasi. La prima riguardava le urgenze, la seconda invece, le migliorie che avrebbero arricchito l'esperienza dei clienti.

In cambio avevano ottenuto un pugno di mosche. Era a dir poco frustrante, ma Olivia teneva a bada le sue emozioni perché non avrebbero certo cambiato la situazione e suo padre preferiva i fatti.

«Fammi sapere se hai domande dopo che l'avrai letto.»

Era curiosa di scoprire quale sarebbe stata la sua mossa. In situazioni simili lo vedeva fare di tutto, dall'offrirsi di acquistare la struttura, al mollarla e per quanto quell'eventualità fosse rara, le sembrava decisamente la più probabile in quel caso. Ignorando le loro telefonate e le mail, Peters aveva davvero dimostrato quanto poco professionale fosse.

«Volevo anche approfondire la mia proposta di Yosemite.»

«Ah, sì» disse suo padre mettendosi comodo sulla sua poltrona, «Un hotel di lusso per chi ama le avventure all'aperto.»

In realtà, Olivia aveva in mente una piccola serie di alberghi vicino al parco nazionale e ad altre attrazioni naturali. Spesso, la scelta delle strutture vicino ai parchi era limitata: se qualcuno avesse voluto un cinque stelle? Niente da fare. C'era qualche hotel all'interno dei parchi stessi, ma di solito andava prenotato con più di un anno di anticipo. Quello era un mercato sottoservito e lei riteneva che la

Montgomery fosse in un'ottima posizione per riempire quel vuoto. E poi, sarebbe stato un modo perfetto per presentare il loro brand a chi altrimenti non avrebbe mai considerato un hotel Montgomery. Tuttavia, avrebbero dovuto essere selettivi per quanto riguardava le posizioni: i clienti business costituivano un'ampia fetta della loro clientela affezionata e la maggior parte delle località che Olivia stava prendendo in considerazione, era lontana dalle sedi aziendali. Avrebbero dovuto fare affidamento sui vacanzieri.

«Devi ammettere che una o due volte anche a noi sarebbe servito un albergo del genere» gli disse. Raramente programmavano in anticipo le vacanze di famiglia per via della fitta agenda paterna e quando erano pronti per prenotare, capitava spesso che gli alberghi fossero tutti pieni. Non aiutava il fatto che suo padre fosse pedante e non volesse soggiornare presso un concorrente, e poiché li considerava come tali praticamente tutti, la scelta diventava veramente ristretta. Se non apparteneva alla catena Montgomery, in genere era disposto a soggiornare in alberghi privati e indipendenti. Se una struttura era al completo, cosa che capitava quasi sempre, solitamente finivano per affittare una casa o uno chalet.

Suo padre non era tipo da chiedere favori o pagare qualcuno per avere una stanza. Essendo un albergatore che metteva sempre il cliente al primo posto, riteneva sacra la prenotazione, anche se presso una struttura differente.

«Pensi di essere pronta per qualcosa di tanto grande?» le domandò.

«Sì.»

Non solo Olivia era ansiosa di dimostrargli che era in

grado di gestire progetti maggiori, ma voleva anche emergere in quanto Manager addetto alle Relazioni. Suo padre le aveva assegnato quella posizione quando era entrata alla Montgomery, dicendole che era perfetta per imparare il lato aziendale degli affari. Era vero che Olivia aveva appreso molto in quel ruolo negli anni, ma voleva fare di più.

Suo padre parve pensarci su un secondo prima di annuire.

«Bene, allora voglio che ti faccia carico del progetto de 'Il Palazzo'» lo indicò con la mano, «Credo che tu sappia che il suo prossimo proprietario ci ha cercato.»

«Sì, ho conosciuto Adam in ascensore questa mattina. Un attimo: vuoi dire che è nostro?»

Al pensiero dell'hotel di suo nonno nuovamente in famiglia, l'eccitazione corse lungo tutto il suo corpo. Poi, Olivia rammentò quanto Adam volesse cambiarlo: aveva affermato di volerlo praticamente buttare giù e lei non poteva certo fare una cosa simile alla struttura del nonno. Era quello che si aspettava suo padre? Come poteva? Sapeva quello che lei provava nei confronti de Il Palazzo.

«Beh, non ancora. La squadra sta mettendo insieme una proposta, ma mi aspetto di avere una partecipazione al cinquanta percento. Quando l'affare andrà in porto, voglio che ci sia tu a capo del progetto.»

L'uomo la guardò dritta negli occhi. «So quanto vorresti riportare Il Palazzo alla sua gloria originale per il nonno, ma non voglio più sentire parlare di questa follia: è vistoso, pacchiano e fuori moda. Se lo guardassi davvero, lo sapresti anche tu.»

Olivia raddrizzò la schiena. Non aveva mai sentito suo

padre parlare in quei termini dell'hotel e l'emozione subì un altro colpo. Ambiva a recuperare Il Palazzo per la sua famiglia da tanto tempo, ma non così. Non poteva distruggere quello che suo nonno aveva costruito.

«Se è messo così male perché lo vuoi?»

A parte le stanze, che anche lei ammetteva fossero datate e un po' pacchiane, le aree comuni necessitavano solo di una leggera rinfrescata per farne emergere la bellezza, non di una demolizione o qualsiasi cosa avesse in mente Adam. Al pensiero de Il Palazzo senza la sua stupenda sala da ballo e la bellissima sala da tè, la donna provò un brivido lungo la schiena. Non poteva permetterlo.

Suo padre rise. «Perché anche io lo voglio. È stato il primo hotel di tuo nonno, quello su cui abbiamo fondato il marchio Montgomery. Immagini che exploit sarebbe riprendercelo?»

Lei batté le palpebre sorpresa. Dopo aver rifiutato il progetto, aveva giudicato suo padre non interessato alla riacquisizione e invece era la sua visione a non essergli piaciuta. Non si metteva bene per la sua intenzione di insistere a favore di un architetto specializzato in restauri. Tuttavia, Olivia intendeva finire di compilare la breve lista di possibili studi da contattare una volta chiuso l'accordo. Forse, dare a Adam delle opzioni e delle idee per salvare le caratteristiche de Il Palazzo poteva essere la chiave per fermare i suoi piani di demolizione.

«Sicuro che ti stia bene la società con Adam?» domandò. Avevano perso l'albergo di Manhattan per colpa di alcuni partner senza scrupoli e non riusciva a immaginare suo padre ancora desideroso di buttarsi nell'ennesima collaborazione, specie a New York. Se le cose fossero andate di nuovo male, passare a fianco de Il Palazzo sarebbe stato un costante memento di una scelta sbagliata.

«È stato irremovibile sul mantenere almeno una parte di proprietà» suo padre fece spallucce, «e comunque mi pare una persona decente.»

Olivia dovette sforzarsi di non alzare gli occhi al cielo. Come sempre, suo padre era una persona socievole, che preferiva basare le proprie decisioni sull'intuito e sulle impressioni personali del carattere, lasciando agli altri le meccaniche dell'affare. Poteva sembrare un modo assurdo per chiudere accordo, ma a lui era sempre andata benissimo.

«Ma che mi dici del mio progetto?» in fondo lo aveva praticamente dato per buono.

«Perché non vediamo come vanno le cose con Il Palazzo e ne riparliamo all'inizio dell'anno?»

Nonostante la proposta fosse più che ragionevole, Olivia si sentì delusa. Certo, in passato aveva lavorato ai rinnovi ma non era mai stata da sola a capo di un progetto di tale portata, dal restauro alla transizione di gestione e operazioni varie. Farsi carico de Il Palazzo infatti, sarebbe stato un passo in avanti per lei, non tanto quanto il suo progetto di Yosemite, ma comunque uno notevole.

Il fatto che suo padre non lo avesse immediatamente bocciato le era sembrato un segno positivo. Le sue speranze erano cresciute tanto che aveva iniziato a pensare a quel che sarebbe venuto dopo. Essere relegata all'ennesimo restauro per uno degli affiliati, anche se si trattava dell'hotel di suo nonno, era come tornare indietro.

«Se Adam non ci avesse contattati, cosa avresti fatto?» non si trattenne dal domandare.

«Ti avrei dato un altro albergo» suo padre scrollò le spalle, «Stavo pensando di acquistare il Granger da Peters. Se continua a mettersi di traverso per quanto riguarda la ristrutturazione, potrei ancora farlo.»

Un simile compito le dava la possibilità di mettersi alla prova. Avrebbe dovuto essere emozionata, invece non poteva non pensare che il motivo alla base fosse il precedente con il loro hotel di Manhattan, il Whitcombe.

Dopo circa un anno dall'arrivo di Olivia alla Montgomery, il loro socio al Whitcombe aveva iniziato a lamentarsi degli alti costi operativi e aveva voluto cambiare squadra. All'epoca, la Montgomery aveva una lista di personale approvato per gestire gli hotel della catena, perciò Olivia aveva acconsentito al cambiamento senza consultare suo padre. Combattere contro la Gen Capital per i costi non le era parso valesse né il tempo né lo sforzo e ingenuamente, aveva pensato che sarebbero tornati all'ovile una volta visto che le uscite della Montgomery erano giustificate. Poco meno di un anno dopo, il loro revisore interno aveva scoperto che la Gen Capital aveva cospirato con il nuovo personale per 'aggiustare' i libri e mostrare profitti minori di quanto fossero in realtà, intascandosi la differenza.

Quando lo aveva scoperto, suo padre aveva venduto la loro quota dell'hotel e dato che lo stress gli aveva probabilmente causato l'infarto, lui e la mamma avevano deciso che non valesse la pena combattere per recuperare le perdite e i profitti indebitamente sottratti.

Anche se la Montgomery aveva fatto i soldi, il risultato

li aveva feriti, non solo perché avevano venduto la loro parte per meno del suo valore, ma perché in quella proprietà avevano investito davvero tantissimo. Olivia e suo fratello erano praticamente cresciuti al Whitcombe, passandoci quasi ogni giorno dopo la scuola e facendo ogni lavoretto immaginabile. Il più delle volte, lei quei compiti li aveva odiati, ma le era parso inconcepibile che l'hotel non facesse più parte della famiglia Montgomery.

Sapeva che la decisione di vendere di suo padre aveva a che fare più con la sua mancanza di sicurezza nei confronti delle capacità della figlia, che col desiderio di evitare lo stress. Semplicemente, non aveva creduto che lei sarebbe riuscita a portare avanti il lavoro. Olivia non aveva alcun dubbio: se Gene Cunningham, il loro consulente di lunga data non fosse andato in pensione rimanendo assieme a loro, suo padre avrebbe scelto di non mollare. Era sempre stato un tipo che non faceva prigionieri quando si trattava di affari, e con quel metodo aveva fatto prosperare la Montgomery in pochissimo tempo. Quella volta, non solo aveva scelto di non continuare a lottare, ma aveva anche smesso di concedere il loro marchio a nuovi hotel che non potessero gestire. Secondo lui, era il modo più sicuro per controllare la qualità.

Nonostante le avesse motivato quella scelta, Olivia non era stata convinta e da allora stava cercando di fare ammenda.

«Va bene» accettò cauta. Avrebbe svolto bene quel compito, dimostrando di essere in grado di gestire il progetto Yosemite. E poi, in quanto direttore di quello de Il Palazzo, sarebbe stata a capo delle ristrutturazioni, una posizione privilegiata per preservare al meglio l'eredità di suo nonno.

«Allora, che ne pensi di Adam?» le domandò suo padre.

Al ricordo del sorriso dell'uomo, Olivia arrossì. A quanto pareva, non era solo Carol ad apprezzare un bel faccino. Detestava che Adam volesse rivoluzionare l'albergo di suo nonno in modo tanto drastico, ma non poteva negare che avesse un qualcosa di innegabilmente sexy e il fatto che avesse scelto di diventare immobiliarista invece di adagiarsi sul patrimonio di famiglia, diceva grandi cose di lui.

«Mi sembra decente, non ho avuto una vera e propria occasione di parlare con lui.»

«Credo che sia single» insinuò suo padre, poi emise un gemito.

«Papà, lo sai che in questo momento non sono interessata a frequentare uomini» già così non aveva tempo. Quando non stava gestendo qualche crisi, lavorava per far decollare le sue proposte. Prima o poi, suo padre ne avrebbe approvata una e quando l'avesse fatto, Olivia non voleva distrazioni romantiche o di altro genere. Non poteva permettersele.

Suo padre non aveva mai approvato i ragazzi con cui era stata, sembrava quasi credere che nessuno potesse mai essere all'altezza della figlia. Ora che lei era più matura, invece, spingeva praticamente ogni scapolo tra le sue braccia. Che assurdità! A volte le chiedeva persino notizie di William Yates, che Olivia aveva frequentato tra le superiori e il college. Quando erano stati insieme, suo padre non aveva certo nascosto il dispiacere, mentre ora che ognuno era per la sua strada, spesso si comportava come se William fosse il genero mancato.

«Beh, speravo che avessi cambiato idea. Che ne dici del figlio di Mark Callahan? È appena tornato da Singapore.»

«Papà!»

«Lo so. Lo so» si arrese lui alzando le mani, «Niente argomenti personali in ufficio, ma bada: io e tua madre non molleremo l'osso.»

Olivia sorrise alzandosi. I suoi genitori erano incorreggibili, specie quando si parlava di farla sistemare. Volevano davvero diventare nonni e per quanto lei stessa desiderasse dei figli un domani, voleva prima costruirsi una carriera di cui andare fiera. Molte volte le sembrava quasi di farsi mantenere dai suoi genitori.

«Penso che con Robbie sarete più fortunati» commentò. Suo padre sbuffò.

Suo fratello era uno scapolone convinto, ma dato che aveva tre anni più di lei, Olivia immaginava che sarebbe stato il primo a farsi prendere all'amo e ad assumersi la responsabilità di dare dei nipotini ai loro genitori.

«E grazie per l'opportunità» Non era ciò che avrebbe voluto, ma capiva di dover dimostrare quanto valeva prima.

«Non deludermi, tesoro» l'uomo si alzò e la figlia raggiunse la porta.

«Non lo farò.»

* * *

Qualche giorno più tardi, il cellulare di Adam squillò mentre lui entrava nel suo appartamento. Controllò lo schermo e vide il nome di Jake Halliday. Il giorno prima avevano chiuso la vendita de Il Palazzo, perciò Adam immaginò che il gestore del fondo lo stesse chiamando per dirgli qualcosa oltre a "È stato bello fare affari con te."

«Buonasera, Jake. Hai un altro hotel da propormi?» scherzò posando la valigetta sul tavolino basso.

Lo aveva conosciuto a una festa l'anno precedente ed era rimasto sorpreso quando l'uomo lo aveva chiamato, domandandogli se fosse interessato ad acquistare Il Palazzo. L'hotel era stato usato per ripagare parte di un debito e a Jake serviva velocemente liquidità.

All'epoca, Adam stava già ponderando l'idea di entrare nel mercato newyorchese in un modo o nell'altro, ma i prezzi delle proprietà lo avevano sempre frenato. Sebbene i costi degli immobili a New York crescessero più velocemente che in Texas, era comunque difficile da digerire.

Quattrocento milioni nella Grande Mela erano nulla a paragone di quello che ci si poteva comprare in Texas, ma Adam riconosceva un buon affare quando lo vedeva e Il Palazzo lo era decisamente.

«Ah! No, volevo solo farti sapere che circolano delle voci sul fatto che tu sia finanziariamente insolvente.»

Adam aggrottò le sopracciglia. «Sai che non è così.»

Se lo fosse stato, non sarebbe riuscito a ottenere un prestito per finanziare l'acquisto dell'hotel e a chiudere l'affare con quella velocità.

«Lo so... ho fatto le mie ricerche, ma pensavo che dovessi saperlo.»

«Hai sentito altro?»

Jake fece una pausa prima di rispondere.

«Solo che i tuoi progetti in Texas non si stanno sviluppando così bene. Ci sono ritardi, posti vacanti… cose così.»

Nemmeno quello era vero e poteva essere facilmente verificato visitando uno dei suoi complessi. Istintivamente, Adam comprese da dove venissero quelle voci: i suoi genitori. Erano sempre pronti a parlar male di lui, a farlo risultare la pecora nera della famiglia, ma quella era la prima volta che cercavano di rovinare uno dei suoi affari.

Una parte di sé non riusciva a credere che arrivassero tanto in basso, ma avrebbe dovuto aspettarselo. Dopo aver passato anni a sminuirlo agli occhi di chiunque li ascoltasse, il continuo successo del figlio non faceva che nuocere a loro e alla loro decisione di tagliarlo fuori. Invece di ammettere il proprio errore però, avevano scelto di proseguire nell'infangare il suo nome. Non sapeva perché ne fosse sorpreso. Dopotutto era ben conscio di cosa fossero in grado.

«Va bene. Grazie per avermi informato.»

Non conosceva bene Jake, ma di sicuro non gli sarebbe dispiaciuto poterlo fare. A giudicare dalle transazioni per Il Palazzo e da questa telefonata era uno che andava dritto al punto, il che rappresentava una gradevole sorpresa. Nel mondo degli affari la gente come lui non era molta.

«Figurati. Come vanno le cose con Il Palazzo?»

Adam sospirò.

«Sto ancora lavorando col gestore» le trattative con la catena Montgomery non stavano procedendo speditamente come avrebbe sperato. Victor si era nuovamente offerto di comprare l'intera proprietà a un prezzo equo, uno che per Adam avrebbe rappresentato un buon profitto, ma come gli aveva già risposto, non era interessato. Voleva vedere il progetto svilupparsi e ora che i suoi genitori ne erano al corrente, ne desiderava ancora di più la proprietà e il prestigio che comportava. Gli avrebbe fatto rimangiare ogni parola, si sarebbero pentiti di quel che gli avevano fatto e il modo per riuscirci era attraverso Il Palazzo.

Il giorno precedente, Adam aveva finalmente raggiunto un accordo provvisorio con la Montgomery. Stavano ancora lavorando a dettagli e termini, ma si aspettava la finalizzazione entro breve.

«Tu invece come vai?» domandò a Jake. Le settimane passate erano state incredibilmente frenetiche, con tutti gli atti dovuti e le ispezioni richieste per chiudere l'affare. Considerato che Jake stava gestendo contemporaneamente la vendita di più proprietà e società in questo affare con Quinley, Adam non riusciva nemmeno a immaginare il carico di lavoro che avesse.

Jake rise. «Magari fossero tutti tranquilli come te. Adesso ho la Gerard, perché uno dei compratori è sparito.»

«Sono sicuro che ne troverai presto un altro.»

La Gerard era una rinomata catena di cioccolatai, con negozi in tutto il mondo. Sua sorella per prima era una loro cliente assidua. Jake non avrebbe avuto problemi a trovare qualcuno disposto a rilevarla.

«Non saresti interessato per caso, vero?»

Adam rise.

«Grazie per aver pensato a me, ma in questo momento devo concentrarmi su Il Palazzo.»

Non poteva permettersi di fallire, specie ora che i suoi genitori sapevano.

«Dovevo provarci. Fammi sapere se cambi idea.»

Dopo essersi accordati per un pranzo una volta assestate le cose, Adam riattaccò e si concentrò su quelle voci: dovevano per forza esserci i genitori dietro.

Era vero che lui non era conosciuto per la sua gentilezza negli affari, ma non aveva mai fottuto nessuno. Si assicurava sempre che ci fosse equità per entrambe le parti coinvolte, oppure non se ne faceva niente. Francamente, le uniche persone che avevano da ridire su di lui erano i suoi genitori. Si erano aspettati che tornasse a casa in ginocchio dopo aver scialacquato il suo fondo fiduciario e invece lui l'aveva trasformato in un piccolo impero. Diffondere voci probabilmente era il loro modo per spingerlo a contattarli, così Adam avrebbe ancora una volta giocato secondo le loro regole.

Ma si rifiutava di dar loro soddisfazione: avrebbe avuto successo da solo e i suoi genitori sarebbero rimasti a cuocere nel loro brodo!

CAPITOLO TRE

«È una bellezza, vero?» commentò Ricky Devine mentre assieme ad Adam si avvicinava a Il Palazzo.

«Già» convenne Adam, d'accordo con il suo vice.

L'hotel storico era una visione e reggeva bene il confronto con lo skyline mozzafiato di Manhattan. Sebbene non fosse alto quanto alcune delle strutture che lo affiancavano, il suo design e la fattura ne consolidavano la reputazione di uno degli edifici più straordinari della città. E a un'ispezione più accurata, le cose miglioravano. Durante il giorno, come in quel momento, si vedevano tutti i dettagli inseriti: parapetti gotici, lavori di muratura, intricate cornici di bronzo alle finestre... Aveva una classe totalmente diversa dagli alberghi che Adam aveva creato in passato e testimoniava quanto fosse arrivato lontano nella sua carriera: era passato dallo sviluppare una piccola area commerciale con appena cinque negozi, a questo.

A volte, quando ci pensava gli sembrava ancora una follia: dopo essersi smarcato dalle grinfie dei genitori aveva cercato un modo per fare soldi così da non dover mai più fare affidamento su qualcuno e ora stava creando un impero, che presto sarebbe stato come il loro. Il fatto che Adam fosse partito da zero invece di ereditarlo, era infinitamente più soddisfacente.

Il portiere gli tenne aperta la porta ed entrambi entrarono nell'atrio riscaldato. Come sempre, per Adam lo stile appariscente rappresentava una nota discordante. Dopo tutti i sopralluoghi a Il Palazzo, trovarsi davanti quegli interni vistosi ed esagerati dopo aver apprezzato la bellezza discreta degli esterni, era irritante. Non vedeva l'ora che iniziassero i lavori per togliere quella mostruosità.

Scrutò la zona della reception e notò Olivia con un abito verde chiaro che metteva in mostra le gambe snelle. Era una socia in affari, perciò si sforzò di alzare lo sguardo e la vide parlare con una bionda accanto al banco del ricevimento. Si avviò verso di loro e lei lo guardò, un sorriso sulle bellissime labbra.

«Grazie per essere venuto» lo salutò andandogli incontro a mezza strada, poi gli strinse vigorosamente la mano.

«Figurati.»

Gli aveva già spedito una lunga lista di miglioramenti necessari, ma voleva anche fare un'ispezione in loco per assicurarsi che fossero entrambi sulla stessa lunghezza d'onda prima di coinvolgere gli studi di architettura.

Adam era stato il primo ad ammettere di non essere particolarmente colpito dal fatto che Olivia fosse stata designata Project Manager per Il Palazzo. Pur avendo apprezzato il loro intermezzo quando si erano conosciuti, sospettava che il padre le avesse assegnato quel lavoro per nepotismo e le sue ricerche online non avevano fatto altro che cementare i suoi timori: non aveva trovato nulla di professionalmente qualificante, nessun risultato tangibile con la Montgomery o in altri rami. C'erano solo fotografie di lei a eventi e feste per beneficenza. Adam si era preparato a chiedere un rimpiazzo a Victor, qualcuno più capace di gestire il progetto, ma dopo qualche scambio di email con Olivia, si era reso conto che non aveva di che preoccuparsi: quello non era un lavoro di tutto riposo per lei. Sapeva cosa stava facendo ed era anche veloce.

«Lui è Ricky Devine» li presentò.

Olivia gli strinse la mano sorridendo, «Ciao, Ricky. È bello poter finalmente associare un volto al tuo nome.»

Quel suo improvviso fermento gli causò una sorta d'irritazione: come mai non era così nei suoi confronti? Ricordò in seconda battuta che i due dovevano essersi scambiati delle mail a proposito de Il Palazzo, dato che Ricky era il suo uomo di fiducia per quanto riguardava il progetto. Probabilmente era naturale sentirsi eccitate nel conoscere finalmente la persona con cui avrebbe lavorato tanto da vicino durante la ristrutturazione, ma quel pensiero di loro due insieme lo infastidiva. Adam rimase di stucco: da dove cavolo proveniva quell'improvvisa gelosia? Beh, certo se avesse incontrato Olivia a una festa le avrebbe sicuramente chiesto di uscire, ma erano soci, perciò era fuori discussione. Sapeva bene che non si mescolavano gli affari col piacere ed era piuttosto sicuro che fosse così anche per Ricky. Allora perché avrebbe voluto intimare a lui di mollare la sua mano? Doveva essere colpa della mancanza di sonno. Adam si ripromise di delegare più lavoro ai collaboratori.

«È un piacere anche per me conoscerti» replicò Ricky e finalmente lasciò la mano di lei. Olivia allora presentò loro Natalie McCombs, la *standard specialist* della Montgomery. Dopo che entrambi gli uomini le ebbero stretto la mano, Olivia fece loro un cenno.

«Vogliamo iniziare dal basso per poi salire?»

«Certo» replicò Adam.

«Sei riuscito a dare un'occhiata ai portfolio dei due studi di architettura che ti ho spedito?» gli domandò lei mentre raggiungevano l'ascensore.

«Sì. Prediligo Axe, ma vanno bene sia l'uno che l'altro.»

Entrambi gli studi avevano fatto cose magnifiche nella modernizzazione di edifici storici.

«Ottimo» replicò Olivia entrando nell'ascensore, «Abbiamo già pronti i progetti originari e i resoconti degli ingegneri, basta solo aggiungere ciò di cui abbiamo parlato ieri prima di contattarli.»

Le porte dell'ascensore si chiusero e Adam si rese conto che Olivia indossava un profumo, qualcosa di leggermente floreale e deliziosamente dolce. O magari era il suo shampoo? Lottò contro la voglia intensa di chinarsi e scoprirlo.

«Che mi dici della lista migliorie? C'è nulla che vuoi aggiungere?» proseguì lei. Adam dovette sforzarsi per ricordare di cosa stessero parlando.

«Mi stavo chiedendo perché volessi spostare la palestra.»

La scelta di Olivia di trasferirla dal piano interrato a uno di quelli più alti gli sembrava totalmente inutile, specie considerato che sarebbe diventata più piccola. L'attuale spazio aveva bisogno di una rinfrescata e di nuove macchine, ma stava bene dove stava.

«Voglio dare ai clienti una vista diversa da televisioni e specchi mentre si allenano. Ammetto che non sarebbe grande come quella attuale, ma duemila metri quadri dovrebbero bastare per un hotel come il nostro. E poi, potremmo usare lo spazio della palestra che abbiamo ora per espandere la SPA, oltre a ricavarne uno maggiore per tutti i nuovi server che metteremo.»

Le porte dell'ascensore si aprirono ed entrambi uscirono.

«La stanza computer che abbiamo ora è un po' troppo piccola e tende a scaldarsi eccessivamente, ma liberando l'ufficio ricaveremo maggior spazio.»

E Adam sapeva che avrebbero migliorato i sistemi per ogni ambiente, dalle sale riunioni agli ascensori.

«Nella tua mail parlavi di un software che automatizzerebbe tutto ciò che riguarda il back-office» intervenne Ricky, «Puoi dirci qualcosa di più?»

Olivia annuì e iniziò a discorrere di come il loro software di contabilità brevettato avesse un modulo integrato di *customer management* che permetteva di fare qualsiasi cosa, dalla quadratura delle cifre all'assegnazione delle camere, a seconda delle preferenze personali del cliente.

Era un sistema più sicuro di quello che Adam usava nei suoi hotel, ma cosa più importante, la Montgomery non lo utilizzava come mezzo di riduzione dell'interazione col cliente. L'uomo si rese conto che non erano solo il design e i comfort a far distinguere un hotel Montgomery dagli altri, era anche il servizio clienti. Persino la disponibilità del vecchio Montgomery a prendersi del tempo per ispezionare ogni singola stanza, assicurandosi che fosse tutto a posto dimostrava quanto ci tenessero alle opinioni e alla soddisfazione del cliente.

Forse dipendeva dal fatto che Adam costruiva alberghi partendo da zero, ma la Stone House, che gestiva le sue altre strutture, non lo aveva mai fatto, nemmeno una volta. Gli avevano solo fornito le specifiche e dotato del personale giusto.

Vedere quali sforzi era disposto a fare Montgomery gli confermava di aver preso la giusta decisione nel diventare suo socio. Il Palazzo sarebbe stato trattato bene.

«E sostituire la ringhiera dorata con una di vetro» disse Adam guardando l'atrio a piani.

Olivia gemette fra sé e sé mentre Ricky lo aggiungeva diligentemente alla lista sempre più lunga di richieste. Quell'ispezione non stava affatto andando come aveva pianificato. Aveva stupidamente pensato che accompagnare Adam in ogni piano, avrebbe fatto sì che apprezzasse la bellezza e il fascino unico de Il Palazzo, così da fargli cambiare idea sul restauro totale: invece, l'uomo sembrava divertirsi davvero molto nell'immaginare tutti i diversi modi in cui avrebbe potuto ammodernare l'hotel.

Pensando alla sua richiesta, Olivia guardò le balaustre dorate: adorava il delicato disegno floreale, riteneva che costituissero un elemento allegramente eccentrico a complemento del sobrio pavimento di marmo. Se fosse stato per lei, avrebbe tenuto tutto quanto.

È vistoso, pacchiano e fuori moda.

Le parole del padre le risuonarono nelle orecchie, spingendola a domandarsi se effettivamente non si stesse aggrappando a un ricordo idealizzato. Con quello in mente, alzò lo sguardo e immaginò come ci sarebbe stata una balaustra di vetro - prima dal punto di vista di qualcuno che guardava verso l'alto dalla hall, poi da chi invece guardava in basso da uno dei piani superiori. Tentò poi di figurare come le varie parti potessero armonizzare insieme.

«Non sono sicura che il vetro possa funzionare con l'attuale design» commentò infine. Quello colorato sarebbe stato perfetto per il soffitto più che per le ringhiere, ma complessivamente i componenti individuali non si sposavano affatto.

«Ma io penso che potrebbe andare se rinnovassimo completamente l'atrio con nuove luci, nuovi pavimenti e una palette di colori diversa... Lo schema non sarebbe complementare alla sala da tè, ma armonizzerebbe coi negozi.»

«Non credo sia necessario tenere presente l'attuale design della sala da tè» obiettò Adam mentre la raggiungevano, fermandosi sulla soglia per guardarsi attorno, «Penso che con sedute di cuoio, pannelli di legno alle pareti e cose del genere, avrà un aspetto migliore.»

No, non la sala da tè.

Certo, la maggior parte delle sale da tè era decorata in modo simile, ma l'atmosfera austera di quegli spazi le aveva sempre ricordato più una sala del consiglio che quella di un elegante locale dove fare un pasto leggero.

Olivia ricordava ancora la prima volta che i suoi nonni l'avevano portata lì. Aveva sette anni ed era rimasta incantata dai lampadari, le finestre istoriate, le tovaglie eleganti e i bei piatti. Il Palazzo le era parso un castello delle favole e la sala tè, la stanza di una principessa. I suoi nonni l'avevano persino vestita bene per quella visita. Non importava che l'hotel non fosse più di proprietà del nonno e che la sua società ne possedesse uno della concorrenza nell'isolato vicino. Nella sua mente, gli sarebbe appartenuto per sempre perché era stato lui a crearlo e a farlo crescere quando ospitava ancora la loro banca.

Sfortunatamente, dopo la seconda volta suo padre l'aveva scoperta e le aveva proibito di continuare con quelle visite. A meno che non dovessero presenziare a una festa o avessero in mente di gestire o acquistare l'albergo, era contrario al fatto che i membri della famiglia fossero visti negli hotel della concorrenza. Non potevi mai sapere quando saresti stato fotografato e lui non voleva certo dotare gli altri di munizioni da usare contro di loro.

Olivia all'epoca non aveva compreso bene cosa stesse succedendo e quando aveva scoperto di non poter più tornare nel bellissimo castello, ne era rimasta distrutta. Per compensare allora, suo nonno le aveva fatto fare una casa delle bambole che riproduceva Il Palazzo. La hall aveva il soffitto alto, la sala da ballo aveva i bellissimi archi e le colonne e le bambole riposavano in camere da letto.

«C'è qualcosa di questa stanza che vorresti mantenere?» domandò, lottando contro il bisogno intenso di sottolineare quanto ordinaria sarebbe stata la sala da tè con i suggerimenti di Adam. Perché accontentarsi di quello che avevano gli altri quando potevano vantare uno spazio unico? Come poteva non apprezzare la sensazione da castello magico di quella loro sala?

Lui scosse il capo. «No, credo che non salveremo nulla. Penso a finestre nude, soffitti a cassettoni e lampade basse che pendono.»

Olivia si obbligò a sorridere. «Lo inserirò nelle mie note, ma forse sarebbe meglio restare ancora generici per quanto riguarda il design. In questa fase vogliamo incoraggiare le migliori idee da parte degli architetti piuttosto che dettare vincoli.» Non era certa di poter resistere oltre. Ad ogni parola che usciva dalla bocca di Adam, i suoi sogni andavano in frantumi.

L'uomo rise. «Ma certo, comprendo il bisogno di libertà creativa.»

Sinceramente, dubitava che lui sapesse di cosa stesse parlando. Il modo in cui aveva sottolineato i cambiamenti di ogni singolo spazio, cambiamenti che avrebbero ridotto Il Palazzo a una replica fatta con lo stampino di ogni altro hotel, suggeriva che Adam avesse il benché minimo impulso creativo!

Sospirò fra sé e sé e si fermò. Non si stava comportando in modo giusto nei suoi confronti: sì, la sua era una visione diversa da quella di Olivia, ma questo non significava che fosse meno fantasiosa, anche se la donna non riusciva davvero a capire come potesse guardare le finestre istoriate e i soffitti affrescati provando la voglia di disfarsene. Un architetto nel pieno possesso delle proprie facoltà mentali non lo avrebbe mai suggerito.

A quel pensiero si immobilizzò, rendendosi conto di essersi preoccupata per niente: Adam voleva cambiare molte cose ma non era certo esperto di architettura né di design. Stava solo indicando quello che non gli piaceva e suggerendo "migliorie". L'architetto invece, avrebbe considerato il design dell'edificio nella sua totalità e a giudicare dall'esperienza avuta collaborando con Axe, era piuttosto sicura che avrebbero trovato una soluzione in grado di mettere non solo d'accordo Adam, ma anche di mantenere vivo lo spirito dell'albergo del nonno.

Si sentì sollevata e riprese l'ispezione col cuore leggero.

CAPITOLO QUATTRO

«Sono sicura che potremo affittare uno dei vostri locali» dichiarò Emilia Cruz con buona pace di Olivia. Era bello sapere che c'era gente eccitata al pensiero de Il Palazzo.

Da quando si era diffusa la notizia dell'acquisizione, alcune case di moda si erano messe in contatto con loro per affittare i negozi. La proprietà sulla Quinta Strada era già fortemente desiderata, ma la nuova gestione Montgomery l'aveva resa ancor più ambita.

«Vi ricontatterò tra un mesetto, quando ne sapremo di più.»

Suo padre cercava marchi più grandi e consolidati rispetto a quello eponimo di Emilia Cruz, ma Emilia stava diventando velocemente la stilista di punta per gli abiti da sera. A Olivia sarebbe piaciuto essere un passo avanti, allocandole uno spazio all'interno del Il Palazzo, ma sapeva che la decisione dipendeva anche dagli altri locatari.

«Grazie, lo apprezzo.»

Quando riagganciò qualche minuto dopo, la donna si sentì fiera di sé. Il fatto che così tante persone fossero interessate a collaborare con Il Palazzo senza nemmeno aver visto i progetti di ristrutturazione, testimoniava la forza del marchio Montgomery. Era vero che la banca li aveva resi un nome noto ancor prima che aprissero l'hotel, ma erano stati il duro lavoro del nonno e di suo padre a trasformare la Montgomery Hotel nel brand che era oggi. Per quanto Olivia non sempre apprezzasse il suo lavoro, amava l'idea di portare avanti l'eredità famigliare.

E proprio pensando a quello, ricordò che stava ancora aspettando notizie dall'architetto. Controllò l'email e vide che finalmente Seth Tanner le aveva spedito il concept per Il Palazzo. Ansiosa di vedere cosa avesse escogitato, aprì l'allegato.

Superò velocemente la sezione in cui parlava in dettaglio dei ritocchi raccomandati per l'esterno e arrivò al rendering dell'interno. La nuova hall aveva linee moderne e levigate, che le fecero aggrottare la fronte. Senza le sue caratteristiche colonne romane e i lampadari, non sembrava affatto lo stesso hotel.

Olivia si chiese se per caso non ci fosse stato uno scambio con un altro progetto. Passò all'immagine seguente, una prospettiva del salone da ballo e si accigliò davanti alle serliane: erano le stesse già presenti nella struttura, perciò significava che non c'era alcun errore. Inorridita, tornò alla prima immagine e cercò mentalmente di sovrimporre il design a quello attuale. Fu sufficientemente onesta da ammettere che se si fosse trattato di una struttura nuova, quel progetto le sarebbe piaciuto, ma non andava bene per Il Palazzo. L'approccio minimalista era totalmente sbagliato per l'albergo ricco di stile del nonno, ne strappava via carattere e spirito. Le lampade basse e il gioco sottile dei colori tono su tono lo rendevano come migliaia di altri hotel e Olivia dubitava che qualcuno avrebbe preferito gli ampi open space alle eleganti zone in cui sedersi che c'erano attualmente.

Non poteva crederci. Quando Seth aveva rinnovato il loro hotel di Charleston aveva a malapena toccato il posto, progettando piccole modifiche che però avevano fatto un mare di differenza, mescolando la tradizione con una sensibilità moderna sufficiente per farlo diventare deliziosamente innovativo. Per Il Palazzo si era aspettata qualcosa di simile - uno dei motivi per cui lo aveva voluto - ma questi progetti sembravano esser stati creati da persone completamente diverse.

Forse avrebbe dovuto dire a Seth che desiderava solo piccoli ritocchi, ma oltre a non voler contrastare i desideri di suo padre e Adam, non voleva soffocare la creatività dell'architetto né imporsi. E poi credeva che anche lui avrebbe visto quello che vedeva lei: un albergo bellissimo e tradizionale che era stato trascurato.

Non immaginava che le avrebbe proposto dei cambiamenti tanto radicali. Seth le aveva sottoposto un design audace, che introduceva chiaramente un'estetica moderna e minimale eliminando alcuni elementi attentamente selezionati dell'edificio storico. A essere estrosa, avrebbe giudicato quel rendering 'uno sguardo intrepido sul futuro con un rispettoso accenno al passato'.

Olivia rispettava la visione di Seth e ammirava tantissimo il suo lavoro, perciò… Possibile che suo padre e Adam avessero ragione e che Il Palazzo necessitasse molto di più di una piccola rinfrescata? Seth non le avrebbe raccomandato quei cambiamenti se non li avesse ritenuti adatti.

Pensò all'elegante hall con quel suo fascino Vecchia Europa, ricordò la sensazione di entrare in un mondo fantastico per il suo primo tè e si maledì per aver anche solo considerato di tradire quel pensiero. No. La hall era perfetta così com'era. Semplicemente, Seth non ci si era connesso.

Avrebbe contattato l'altro studio di architettura che aveva in lista e pagato di tasca propria un secondo progetto, dando poi a Adam la scelta. Nel frattempo, avrebbe addotto come scusa il mancato esame di quelli realizzati da Axe. La sua squadra si aspettava di visionarli in giornata e aveva persino spostato la riunione settimanale da mercoledì a oggi per farlo, ma non poteva rischiare che Adam vedesse quel design. Sapeva istintivamente che era proprio ciò che voleva e che l'avrebbe approvato senza esitazione. Non poteva lasciare che succedesse. Doveva dargli una scelta che conservasse di più lo charme dell'hotel pur migliorandone la percezione globale, così che potesse giungere a una decisione informata. Se Adam avesse comunque scelto il design di Seth… beh, almeno Olivia ci aveva provato.

Sospirò, prendendo le sue note per ripassare i passaggi dell'incontro. Avrebbe chiamato l'altro studio di architettura nel pomeriggio dopo la riunione, sperando che fossero in grado di creare velocemente un design almeno della hall se non di tutte le zone comuni.

Una volta revisionati gli appunti uscì dal suo ufficio e

andò verso la sala riunioni. Aveva appena oltrepassato la saletta ristoro quando sentì una voce familiare.

«Ci rivediamo.»

Si voltò. Adam si stava avvicinando. Solitamente non partecipava a quegli incontri settimanali e Olivia provò un pizzico di senso di colpa nel rendersi conto che probabilmente aveva fatto un'eccezione perché voleva vedere i progetti della Axe.

«Ciao.»

«Hai già avuto notizie dagli architetti?» le domandò lui, confermandole i suoi timori.

«No. Mi hanno appena mandato una mail dicendo che sono in ritardo» rispose, sentendosi immediatamente male per quella bugia. La posta era troppo alta però, non poteva permettere che l'hotel di suo nonno venisse distrutto.

«Appena so qualcosa ti chiamo» aggiunse per ammorbidire il colpo. Eppure, non riusciva a sentirsi affatto meglio. Suo nonno magari avrebbe approvato quella bugia, dopotutto era noto per essere un uomo d'affari implacabile, ma suo padre di sicuro no. I suoi genitori le avevano insegnato a essere onesta e diretta e Olivia detestava l'idea di deluderli, anche se non erano a conoscenza di quel che aveva combinato. In fondo, era stata educata meglio di così.

«Grazie. Spero che valga la pena attendere» replicò Adam.

Quella bugia avrebbe avuto un pessimo impatto su Seth, se ne rendeva conto solo in quel momento. Certo, lui aveva spedito i progetti con qualche ora di ritardo ma era niente a paragone delle settimane che lei avrebbe fatto risultare nell'attesa dell'altro architetto.

«Allora, come ti vanno le cose?» le domandò l'uomo mentre raggiungevano la sala riunioni.

«Tutto bene. E a te?»

Adam sospirò. «Sono impegnato. Le piogge intense hanno comportato dei ritardi a Houston e tutti stanno cercando di fare qualcosa per poter aprire in tempo. Oggi doveva presenziare anche Ricky, ma non è riuscito a tornare in tempo.»

«Un altro complesso?» a quanto aveva capito Olivia, erano i poli dello shopping anziché gli hotel il suo forte.

«Non esserne troppo colpita, ma sì, un altro centro commerciale» ribatté lui. La donna non poté non sorridere a quel suo sguardo castano divertito. Non poteva certo negare che Adam fosse affascinante e l'attrazione che provava nei suoi confronti aveva in un qualche modo peggiorato il fatto che lui stesse cercando di rovinare il sogno di tutta la sua vita.

Raggiunsero la sala riunioni e lui le tenne la porta aperta.

«Grazie» mormorò Olivia entrando. Era ancora presto ma c'erano già tutti e all'improvviso, la stanza si azzittì. Le ci volle un secondo per capire che erano in attesa che iniziasse. Rammentare che quel progetto era *suo* fu al tempo stesso motivo di riflessione e di fermo: se aveva successo, l'anno seguente avrebbe potuto tranquillamente lanciare un sub-branding di hotel tutto suo.

Adam sedette e Olivia iniziò a parlare di come la Montgomery avesse raggiunto un accordo con l'attuale gestore de Il Palazzo, la Prism, per gestirlo fino alla chiusura per il rinnovo. Dato che sarebbe accaduto presto, non aveva senso riqualificare tutto lo staff secondo gli standard Montgomery o cambiare il loro sistema operativo. E mentre tutti presentavano i propri aggiornamenti, la donna non riuscì a smettere di pensare al design ricevuto. Per il momento, il sollievo era solo temporaneo. Il fatto che intendesse assumere un altro studio d'architettura non significava che Adam ne avrebbe approvato i progetti, ma doveva comunque provarci o in caso contrario, non se lo sarebbe mai perdonato.

* * *

Quella sera, Olivia entrò nella hall dorata de Il Palazzo sospirando. Si era sentita in colpa tutto il giorno per il doppio gioco e sapeva che non sarebbe riuscita a placare quello stato fino a che lo studio non le avesse mandato la nuova proposta.

Perché aveva creduto di poter reggere quella storia per settimane, non lo sapeva. Non era mai riuscita a sostenere il senso di colpa, nemmeno quell'unica volta in cui aveva bigiato a scuola senza dirlo ai genitori. Pensando che le sarebbero stati assegnati dei lavori extra all'hotel, aveva preferito andare a fare shopping con le amiche, ma poi si era sentita orribile e aveva finito col confessare tutto al padre appena rientrata quello stesso giorno.

Non era in grado di gestire nemmeno un'innocua bugia per omissione, eppure aveva pensato di poterlo fare con una di quel calibro, che avrebbe messo in cattiva luce qualcuno che lei rispettava e considerava un amico? Sì, come no!

Il giorno dopo avrebbe detto la verità ad Adam, poi si sarebbe ritirata dal progetto dando l'addio all'hotel dei suoi sogni a Yosemite. E considerato come si stava comportando, tutto sommato nemmeno se lo meritava.

Aveva nuovamente deluso suo nonno e cosa ben peggiore, anche i genitori. Aveva assicurato a suo padre di poter gestire quel progetto con mente aperta e invece, non solo non l'aveva fatto ma aveva anche mentito sui disegni. Era talmente accecata dal desiderio di ridare lustro all'hotel del nonno, da non aver considerato chi avrebbe danneggiato e ferito. Non sapeva cosa fare: quando Adam le aveva chiesto dei disegni, il suo unico pensiero era stata l'atterrita consapevolezza che lui non dovesse vederli. Le immagini erano troppo simili alle sue idee e Olivia non aveva dubbi che le avrebbe approvate.

Infilò le mani nelle tasche poi guardò a lungo quella hall che aveva richiesto al nonno così tanto tempo. Una parte di sé era sollevata al pensiero di dire la verità, ma le sembrava anche che il suo cuore stesse per spezzarsi a metà. Suo nonno aveva messo tutto sé stesso ne Il Palazzo, aveva progettato le eclettiche ringhiere dorate basandosi sui fiori preferiti della nonna ed era persino andato a Murano per commissionare i lampadari ai famosi vetrai e ora, tutto sarebbe stato rimpiazzato da qualcosa di moderno e appuntito, senza cuore né carattere. Non che lei avesse problemi con le linee moderne e squadrate, ma detestava l'idea che fossero lì, al posto del design del nonno. All'interno de Il Palazzo non c'era posto per il minimalismo. Eppure, suo padre e Adam lo volevano e lei non poteva scordarlo. Che riuscisse o meno a gestire il senso di colpa fino all'arrivo dei nuovi progetti non faceva alcuna differenza, perché quello che desiderava Olivia, semplicemente non collimava con la visione che cercavano gli altri due.

La donna rilasciò un sospiro e sedette su uno dei divani. Era difficile credere che tempo due anni, tutto quello sarebbe sparito. Probabilmente, aveva immaginato che Il Palazzo così come ideato dal nonno sarebbe rimasto immutato per sempre. Sì, c'erano state delle aggiunte - come la palestra e la SPA e alcuni cambiamenti, come il bar ricollocato accanto al ristorante principale, ma il design alla base era sempre rimasto intatto a prescindere dal proprietario. Pensare che il fautore di un cambiamento tanto drastico, il giustiziere dei suoi sogni e delle sue idee, sarebbe stata proprio la sua famiglia, la devastava. Era un tale tradimento! Eppure, nella spietata industria dell'ospitalità le cose andavano esattamente così: gli hotel venivano costantemente adattati per restare al passo col cambiamento nei gusti e nelle richieste della clientela.

Dalla sua borsa giunse il suono del cellulare. Non le andava di rispondere ma quando vide che si trattava di Stacy Lang, si alzò e andò in una sala conferenze vuota per rispondere. Rispondeva sempre alla sua famiglia e la sua migliore amica sin dall'asilo ne faceva decisamente parte.

«Ciao, Stacy» la salutò chiudendo la porta.

«Ciao Livie. Dove ti trovi?»

«Sono al Palazzo.»

«Sul serio? Stai ancora lavorando?»

«No. Stavo solo pensando ad alcune cose» esitò, prima di aggiungere: «Ho deciso di ritirarmi da questo progetto.»

«Cosa? Perché? Ma se parli di riprenderti l'hotel sin da quando eravamo piccole!»

«Quello era prima che dovessi pulirne i bagni» scherzò Olivia, ma poi al silenzio dell'amica sospirò.

Dopo aver passato al Whitcombe ogni pomeriggio dopo scuola, era vero che non desiderava avere più nulla a che fare con l'ospitalità, ma negli ultimi anni aveva iniziato ad apprezzare il lavoro presso la divisione Hotel della Montgomery.

«Non voglio essere quella che distruggerà ciò che mio nonno ha costruito.»

Raccontò a Stacy dei disegni di Seth e di come aveva finto di non averli ricevuti.

«Se riesco a essere tanto subdola ora, come posso essere certa che in futuro saprò prendere la giusta decisione senza sabotare il progetto? Non riesco a mantenere una prospettiva obiettiva, perciò la cosa migliore per quanto mi riguarda è fare un passo indietro.»

«Vogliono davvero buttare giù tutto?» domandò l'amica. «Anche la sala da tè?»

«Sì.»

«Ma è meravigliosa! Come possono volerla demolire? E poi è sempre piena. Sono piuttosto sicura che la maggior parte dei clienti nemmeno ci soggiorni in hotel!»

Ci fu una pausa, poi uno schiocco di dita. «Ci sono: hai l'analisi dettagliata degli incassi per la sala da tè?»

«Non lo so con certezza.»

Aveva i numeri totali del reparto *food and beverage* ma non sapeva se fossero divisi per categoria.

«Posso controllare.»

«Fare una tabella comparativa degli introiti rispetto all'occupazione delle stanze nello stesso periodo, sarebbe di grande aiuto. Potrebbe mostrare quanto i newyorchesi adorino il ristorante, proprio come fosse un tesoro locale. Ad Adam e tuo padre la sua bellezza potrà restare indifferente, ma sono sicura che le cifre parleranno da sole.»

«Caspita, è un'idea grandiosa. Grazie.»

Di sicuro, Adam e suo padre non avrebbero insistito per un restauro così drastico della sala da tè se gli incassi fossero stati ripetutamente buoni. Era così facile: perché non ci aveva pensato prima?

Una vocina nella sua testa rispose che era perché quando si trattava di affari, era un'impostora. Ecco perché suo padre continuava a rifiutare i suoi progetti, pur confermandole che si basavano su concept validi. Budget, introiti e marketing non le erano mai interessati e lui lo sapeva. Olivia non avrebbe nemmeno avuto idea di come realizzare tutte quelle proiezioni che aveva incluso nelle sue proposte, senza l'aiuto dei colleghi. A prescindere da quante volte le venivano spiegati i report finanziari, non riusciva a farseli entrare in testa. Forse avrebbe dovuto prendere un libro o fare qualche corso per imparare qualcosa, questo sempre che suo padre non la licenziasse in tronco appena scoperto quel che aveva combinato.

Allo stesso tempo era comunque grata a Stacy per averla chiamata e certa che l'intuizione dell'amica fosse giusta. Forse non sarebbe riuscita a salvare la hall, ma poteva ancora riuscirci con la sala da tè e quella da ballo. Anche se non incassava quanto una volta, Il Palazzo attirava ancora un buon numero di feste e galà.

Stacy sospirò. «Immagino che questo significhi che questa sera non sarai libera per andare a bere qualcosa?»

«Mi dispiace. Ora che mi hai dato l'idea voglio verificare quei numeri il prima possibile. Che ne dici di domani?»

«Okay, però il posto lo scelgo io.»

Conoscendo Stacy, si stava solo assicurando che non andassero di nuovo al *The Tavern*. Olivia sorrise: a differenza dell'amica, che restava sempre fedele a ciò che conosceva bene, Stacy amava provare ristoranti e bar nuovi.

«Va bene, fammi sapere dove.»

Riattaccò e pensò a cosa sarebbe accaduto se l'intuizione di Stacy fosse stata corretta. Portare all'attenzione di Adam dei numeri certi, sarebbe bastato a compensare per quello che aveva combinato? Le avrebbe permesso di rimanere sul progetto?

Probabilmente no. Anche se Adam era sempre cordiale, Olivia era sicura che fosse duro come una roccia quando si parlava di affari. Dopo aver detto la verità, sarebbe sicuramente diventata una sua nemica. No, meglio fare un passo indietro che spingerlo a chiedere un rimpiazzo a suo padre. Almeno c'era una possibilità di salvare i due ambienti.

Sorrise mentre pensava ai nuovi avventori che si sarebbero meravigliati di quella sala da tè, di tutte le bambine che avrebbe incantato con la sua atmosfera da castello, proprio come era successo a lei. Avrebbe dovuto raccontare prima i suoi problemi a Stacy, ma era così preoccupata dei disegni di Seth che semplicemente non ci aveva pensato. Se l'amica non l'avesse preceduta, probabilmente Olivia l'avrebbe chiamata il giorno seguente, dopo aver incontrato Adam, ma allora sarebbe stato troppo tardi. Emise un sospiro di sollievo e gratitudine: che gran colpo di fortuna era stata quella chiamata! Non solo Stacy aveva sempre le idee migliori, ma anche un tempismo fantastico.

* * *

Adam leggeva la proposta di affitto di un negozio di abiti all'interno del Plex, il centro commerciale che stava costruendo a Houston, e si accigliò. La catena *Wily Wear* era economica ma di tendenza, con un target fatto di adolescenti e stava rapidamente diventando famosa. I proprietari lo sapevano e stavano cercando di negoziare un affitto più basso. La percentuale delle vendite che Adam avrebbe incamerato se avessero continuato così, avrebbe compensato la differenza, ma era un grosso punto interrogativo. Spesso certi marchi rimanevano sulla cresta dell'onda per qualche anno, prima di finire nel dimenticatoio, surclassati dall'ennesima grande novità.

Cercò il loro sito internet con curiosità. La linea d'abbigliamento femminile era piena di magliette e prendisole dai colori brillanti, mentre quella maschile era fatta di magliette con scritte che facevano sicuramente riferimento a qualcosa… solo che non sapeva a cosa.

Scosse la testa e chiuse il browser. Avrebbe sondato il terreno tra i suoi impiegati con figli per sapere cosa ne pensassero i ragazzi di quel marchio. Solitamente chiedeva a sua sorella, ma immaginava che Martha non sapesse granché sull'abbigliamento da ragazzini. Il pensiero di sua sorella lo fece sorridere: era passato quasi un mese da quando l'aveva vista e molto di più da quando aveva incontrato suo fratello, Doug. Forse li avrebbe invitati a cena la settimana seguente. Stava proprio per chiamare Martha quando suonò l'interfono.

«Una certa Olivia Montgomery è qui per vederla» lo informò Caitlin, la receptionist.

Il suo cuore saltò un battito prima che la realtà avesse il sopravvento: solo perché parlarle il giorno prima era stato soddisfacente, non significava che lei gli facesse visita per motivi personali. Era più probabile che avesse ricevuto i disegni dallo studio di architettura e volesse discuterne. Ad ogni modo, era felice di rivederla. Premette velocemente il pulsante sul telefono.

«Falla entrare, grazie.»

Qualche attimo dopo, Olivia fece il suo ingresso nell'ufficio. Indossava una camicetta bianca aderente e una gonna nera.

«Ho i disegni della Axe» annunciò porgendogli la cartellina.

Era lì per lavoro. Adam mise da parte la delusione. Se li consegnava di persona, dovevano essere veramente buoni.

Andò dritto al rendering: con un mix perfetto di classe e comfort erano anche meglio di quanto si aspettasse. Erano eleganti e moderni ma accessibili al tempo stesso e assolutamente perfetti per traghettare Il Palazzo in questo secolo, ma prima che potesse dire a Olivia di assumere lo studio, lei si fece avanti.

«Temo di non esser stata del tutto sincera con te»

accennò alla proposta tra le sue mani, «In realtà mi sono arrivati ieri pomeriggio, prima della riunione. Non te li ho mostrati perché non volevo distruggere quel che aveva realizzato mio nonno.»

Lui la guardò sorpreso: non se l'aspettava. Naturalmente, sapeva che Il Palazzo era stato costruito da suo nonno, ma non ci aveva dedicato alcun pensiero. Il sentimento non trovava spazio nel suo mondo e secondo la sua esperienza, chi affermava di usarlo come motivazione in realtà cercava solo un affare migliore. Adam provava la scocciante sensazione che il vero affare questa volta fosse Olivia e per quello non aveva strategie.

«Io mi chiamo fuori dal progetto» proseguì lei, prima di porgergli un'altra cartellina, «Questo è ciò che avevo in mente per Il Palazzo, il mio progetto. Non l'ho dato a nessun altro del team, quindi puoi usarlo come preferisci.»

Curioso, Adam prese la cartellina e la aprì: conteneva un altro prospetto simile a quello che gli aveva già sottoposto durante il loro primo incontro ma in versione ampliata. Ancora una volta, rimase impressionato da quanto fosse ricco di dettagli. Olivia aveva tantissime idee, dal contattare un produttore locale di sapone per gli articoli di igiene personale nelle camere, ad aggiungere altre sale riunioni all'ultimo piano.

«Tu hai fatto tutto questo?» domandò, proseguendo col rendering.

«Diciamo che sto pensando a questo progetto da un po'.»

La donna esitò poi aggiunse: «E spero che riconsidererai l'idea di demolire la sala da tè e quella da ballo. Ho incluso gli incassi individuali di entrambe alla fine. Come noterai, nello stesso periodo le presenze in hotel sono diminuite, gli incassi della sala da ballo sono rimasti costanti e quelli della sala da tè invece sono aumentati.»

Adam studiò intrigato il diagramma e vide che aveva ragione.

«Ci penserò.»

Avrebbe fatto controllare quei numeri da qualcuno e se fosse stato davvero così, allora andarci con mano più leggera per quanto riguardava quei due spazi non sarebbe stato un problema. E gli sarebbe costato molto meno.

«Chiederò a Donovan Riley di prendere il mio posto come Project Manager per la Montgomery» proseguì Olivia, «È davvero bravo e non ha alcun legame personale con questo hotel, a differenza mia.»

Adam mise da parte il prospetto con un sospiro.

«Sai che non insisterei mai per i cambiamenti se non pensassi che renderebbero migliore l'hotel. A essere sincero, credo che l'unico motivo per cui la struttura sia andata così bene quando aprì, fosse il nome di tuo nonno.»

Se l'avesse costruito qualcun altro tutti i lampadari, gli arredi dorati e l'eccesso di decori sarebbero stati considerati pacchiani e fuori luogo ma visto che dietro c'era Elliott Montgomery, Il Palazzo era diventato uno status symbol per chi aveva denaro, dando a tutti gli altri un'idea di come vivessero i ricchi. E doveva ancora essere così, a giudicare dalle cifre che gli aveva fornito Olivia.

Naturalmente, Adam aveva sempre saputo che la sala da ballo era un luogo popolare, ma anche pensato che fosse più per via del prestigio dell'hotel che non per il suo design attuale. Se metteva da parte le sue opinioni e considerava l'affetto delle persone nei confronti della visione originaria di Elliott, allora forse era il caso di sostenere l'idea di un approccio al restauro più moderato rispetto a quello che aveva progettato in origine.

Normalmente non era bravo nei compromessi, ma l'istinto gli diceva che Olivia fosse un punto cardine di questo progetto e che il suo impegno personale nei confronti de Il Palazzo avrebbe assicurato gli standard più alti. Sarebbe stato difficilissimo trovare qualcuno più determinato a farcela di lei.

«Se usassimo un approccio più conservativo, saresti disposta a restare? Non ti faccio alcuna promessa, ma sono disposto a considerare altre possibilità.»

«Mi stai dando un'altra occasione?» domandò lei evidentemente sorpresa.

Adam annuì. Non sarebbe stata obbligata a dirgli tutto, eppure l'aveva fatto e per questo, lui la rispettava. Inoltre, la differenza la faceva il fatto che quel tradimento derivava dall'amore nei confronti del nonno, non da cattive intenzioni o dal desiderio di veder fallire il progetto. Dopo quella chiacchierata, riteneva che Olivia sarebbe stata più rigorosa nell'anteporre le proprie preferenze.

«Purché tu comprenda cosa si deve fare e secondo me è così» le disse, indicandole i suoi progetti. Se non pensava solo a conservare il lavoro del nonno, alcune delle sue idee erano davvero buone e sostenibili. Avrebbe solo dovuto tenerla d'occhio. Se mai avesse avuto l'impressione che stava nuovamente anteponendo il ricordo del nonno al futuro dell'hotel, l'avrebbe sostituita. Aveva investito tantissimo in quel progetto e non poteva proprio permettere che fallisse.

«E per favore, mettimi in copia per conoscenza tutte le comunicazioni con l'architetto.»

«Certo. Mi piacerebbe proprio rimanere, grazie.»

CAPITOLO CINQUE

«Ehi, Olivia. È bello rivederti.»

Seth Tanner le strinse la mano. L'architetto stava incontrando la squadra per discutere le specifiche dell'hotel prima di creare un concept design più dettagliato.

La donna si obbligò a sorridere.

«Grazie. È bello lavorare nuovamente con te» mentì. Seth le piaceva come persona, ma non era certo pronta per tutte le divergenze che ci sarebbero state tra loro nei mesi a venire. Nonostante si fosse rassegnata alla mole di restauri voluta da Adam, aveva ancora intenzione di lottare per mantenere certi aspetti dell'albergo di suo nonno, come il soffitto affrescato della hall, ma comunque non avrebbe preteso troppo. La sua posizione nell'ambito del progetto era già traballante e Olivia non voleva fare nulla che spingesse Adam a pentirsi della decisione di non mandarla via.

«Okay, adesso stai mentendo» osservò l'architetto lasciando andare la sua mano. Lei fece una smorfia.

«Come fai a dirlo?»

Seth rise. «L'ultima volta che abbiamo collaborato non riuscivi a smettere di farmi i complimenti per il mio lavoro. Sì, volevi qualche cambiamento ma in pratica non facevi che sbrodolare su quanto ti piacesse il mio concept. Magari è il mio orgoglio a parlare, ma questa volta sei rimasta in silenzio radio. Che succede: non ti piace?»

«Sì, invece» ribatté lei, poi scrollò le spalle esitante, «Ma non sono sicura che vada bene per Il Palazzo.»

«Per via di tuo nonno» arguì Seth acutamente e lei si accigliò.

«Non per quello.»

Quella sua puntualizzazione la faceva sembrare come se Olivia volesse mantenere l'attuale design de Il Palazzo solo per un fattore sentimentale. «Mi piace davvero la bellezza classica della struttura e speravo in qualcosa di più simile a un restauro che non a una demolizione e conseguente rico-struzione.»

Scommetteva che molti preferivano l'attuale stile, altri-menti perché avrebbero scelto di alloggiarvi quando c'erano strutture più economiche e moderne nelle vicinanze?

«Mio padre e Adam però vogliono rifare tutto a nuovo.»

«Solo gli interni» commentò Adam entrando nella sala riunioni con Ricky alle spalle, «Reputo l'esterno dell'hotel uno dei più belli di tutta la città, altrimenti non lo avrei acquistato.»

Olivia ne fu sorpresa. Sapeva che l'uomo voleva mante-nere la facciata, ma non aveva capito quanto la apprezzasse.

«Lei deve essere Adam Campbell» Seth fece un passo avanti e gli porse la mano, «Sono Seth Tanner.»

«Piacere di conoscerla. Mi piace molto lo stile moderno

che ha creato per la hall e non vedo l'ora di lavorare con lei.»

Olivia sospirò fra sé e sé al pensiero dei progetti di Seth: quella riunione sarebbe stata un vero e proprio inferno.

«Dato che siamo in tema, direi che possiamo iniziare.»

* * *

«L'idea della cucina a vista nel ristorante non mi piace» commentò Adam, «Non credo che gli chef amino essere osservati dai clienti mentre lavorano. Ne sono sicuro.»

«Va bene, allora la cucina può essere spostata» disse Seth, mettendo una X sul bozzetto e iniziando a disegnarci dentro, «Potremmo optare per una disposizione più tradizionale con al di fuori un bar che funga da connessione.»

«Mi sembra bello» osservò Olivia. Adam invece tacque ma poi, fortunatamente annuì. L'ora precedente era passata tra le mille negoziazioni su cosa andasse e non andasse nel progetto finale. C'era stata qualche tensione, ma tutti avevano mantenuto la calma fino a quel momento.

«Ecco cos'avevo in mente per la sala da ballo» Seth sfogliò i suoi bozzetti e prese quelli del caso. Olivia iniziò a studiarli ma dovette trattenere la smorfia: le bellissime colonne erano state rivestite di pannelli di legno che rendevano le loro curve spigolose e gli archetti erano stati rimossi. Seth aveva inoltre sostituito il pannello centrale rettangolare del soffitto con un motivo ricorrente a quadri che si ripeteva per l'intera stanza. In caso di bisogno, sarebbe stato decisamente più semplice collegare la sala da ballo con quelle riunioni adiacenti così da avere uno spazio più ampio, ma la donna detestava il pensiero di farlo a scapito della bellezza di quella stanza. Stava per raccomandare la conservazione di colonne e archi, quando Adam domandò invece le idee per la sala da tè.

«Certo» replicò Seth mostrando altri due bozzetti. Quando si rese conto che i cambiamenti non erano così significativi e totali come per sala da ballo, Olivia tirò un sospiro di sollievo. Il design moderno sembrava più quello di un bar o di una steakhouse di basso profilo, ma almeno aveva mantenuto il soffitto in vetro e le finestre istoriate. La sistemazione in sé andava bene, ma il design non era altrettanto soddisfacente. Forse avrebbe potuto assumere un designer di interni a parte per lavorarci...

«Vorrei vedere meno cambiamenti sia nella sala da ballo che in quella da tè. Potresti creare qualcosa che conservi maggiormente le caratteristiche originali?» domandò Adam dopo un bel po' di silenzio.

«Davvero?» Olivia lo guardò sorpresa. Era stata talmente sollevata che lui non avesse raccontato a suo padre quel suo doppio gioco, che non gli aveva più domandato nulla sulle cifre degli incassi inerenti alle due sale che gli aveva presentato, ma a quanto pareva, l'uomo era effettivamente aperto a vagliare delle alternative.

«Sì.»

Seth rise.

«Certamente e so che su questo non ci saranno lamentele» disse indicandola, «Parlerò coi miei ragazzi e vi farò sapere quando abbiamo qualcosa. Ora, per quanto riguarda la SPA...»

Ancora sorpresa, Olivia mimò un 'grazie' rivolto ad Adam, che annuì facendole un cenno.

Sapeva che non c'erano garanzie sul fatto che scegliesse il concept rivisto di Seth, e c'era la concreta possibilità che gli spazi venissero ancora rivoluzionati del tutto, ma il fatto che Adam avesse chiesto delle alternative era una sorta di conferma che esistevano altre persone in grado di apprezzare la bellezza de Il Palazzo, e che non era solo il suo sentimentalismo a spingerla verso un restauro minino.

Forse non possedeva un senso degli affari particolarmente affinato, ma l'aveva sempre avuto per l'estetica. E con la sensazione che le avessero sollevato il fardello dalle spalle, si concentrò sul resto delle idee di Seth.

CAPITOLO SEI

Adam aveva appena scaricato i progetti aggiornati per la sala da ballo de Il Palazzo, quando il suo cellulare suonò e sullo schermo lampeggiò il nome di Javier Montebello. Rispose all'istante.

«Ehi, come vanno le cose?» gli domandò.

Javier era a capo del centro commerciale che stavano costruendo a Houston e mentre Adam era a New York, impegnato con Il Palazzo, aveva chiesto all'altro di fargli dei resoconti giornalieri.

«Non bene: Landon si è chiamato fuori.»

«Cosa? Perché?»

Il ristorante per famiglie era perfetto per il nuovo complesso: la gente avrebbe potuto rilassarsi e fare un buon pasto dopo le spese, o mangiare qualcosa al volo prima di andare al cinema. I prezzi erano moderati e cosa più importante, il cibo era fresco e di buona qualità. Era stato proprio Landon a farsi vivo per affittare uno dei locali e ora, invece si ritirava? A che razza di gioco stavano giocando?

«Joe Landon è convinto che avremo problemi coi fondi. Sono talmente determinati a uscire che pagheranno le penali per la rescissione.»

«I nostri fondi sono sicuri e mancano poche settimane all'avvio della prima fase.»

Non aveva senso: chi si prendeva il disturbo di ottenere tutti i permessi solo per cancellare un attimo prima dell'inizio dei lavori?

Adam corrugò la fronte rammentando l'avviso di Jake su quelle voci di insolvenza.

«Ha sentito qualcosa, vero?»

«Sì. Ho cercato di rassicurarlo, ma non ha voluto cedere di un millimetro. La bella notizia è che abbiamo già un sostituto: *Henry's Roadhouse*.»

Ma avrebbero dovuto chiedere nuovamente i permessi, per non menzionare le modifiche ai disegni.

«Ti ha detto da chi ha sentito quelle chiacchiere?» domandò Adam, pur sapendolo già.

«Non l'ha fatto in modo esplicito, ha solo parlato di un tuo famigliare. Per questo gli ha dato tutto quel credito» Javier rimase in silenzio per un attimo poi aggiunse: «Prima non capivo perché li odiassi tanto, ma adesso mi è chiaro.»

E nemmeno sapeva tutta la storia. Javier lavorava per Adam da abbastanza tempo per aver notato le tensioni famigliari, ma non aveva mai assistito ad atti di puro sabotaggio come quello. Cosa diavolo pensavano di ottenere i suoi genitori, cercando di mandargli a monte gli affari?

Adam sapeva che avrebbe dovuto essere grato per la presenza immediata di un altro locatario, ma in quell'esatto momento era semplicemente incazzato: aveva lavorato come un mulo per creare la AC Developments e portarla al successo e i suoi genitori continuavano a cercare di farlo colare a picco.

In passato, avrebbe chiamato Joe Landon per riuscire a mitigare le sue preoccupazioni ma ora, non intendeva sprecare il fiato. Se Joe non voleva lavorare con lui, bene: non lo avrebbe certo implorato.

Sospirò: in fondo non era colpa di Javier. «Va bene, vada per Henry's Roadhouse, allora. Mandami il nuovo contratto una volta finalizzato. Grazie, Javier.»

Adam chiuse la telefonata e prese in considerazione l'idea di chiamare suo padre. Non voleva stare al gioco dei suoi - qualunque esso fosse - cercando un contatto ma allo stesso tempo non poteva permettere che continuassero a spaventare così i suoi partner. Era fortunato che quelle voci non avessero fermato Jake o Victor ma sapeva che in futuro, avrebbe potuto non essere altrettanto fortunato.

Stava per chiamare Edward Monroe, un investigatore privato di cui spesso si serviva per ottenere informazioni supplementari utili ai suoi affari, quando il suo cellulare suonò. Si sorprese di vedere il nome di suo padre e si domandò se gli stesse telefonando per rinfacciargli il suo successo.

Pensare a quanto il suo rapporto con i genitori si fosse deteriorato era quasi assurdo. Mentre cresceva era considerato un ragazzo d'oro, quei due non facevano altro che lodarlo e vantarsi di lui ogni volta che ne avevano l'occasione, riservando critiche e insulti a loro stessi e ai suoi fratelli. Appena Adam era uscito di casa e, cosa più importante, fuori dal loro raggio di controllo però, mamma e papà si erano trasformati nel suo personale vetriolo.

Non gli andava di parlare con suo padre, ma allo stesso tempo aveva bisogno di sapere contro cosa si trovava, perciò scorse il dito sullo schermo. Aveva imparato molto tempo fa a non sottovalutare Mitch Campbell.

«Voglio che quelle voci cessino» rispose senza tanti preamboli. Suo padre era il re delle conversazioni trasversali e raramente andava dritto al sodo, ma Adam non aveva tempo per quello: voleva delle risposte e le voleva subito.

«Io e tua madre stiamo bene, grazie per averlo domandato.»

Perché parlava di lei come se andassero d'amore e d'accordo? A meno che non fosse un'occasione sociale in cui fingevano di essere ancora innamorati, si sopportavano a malapena. L'unico altro momento in cui erano in sintonia, era quando complottavano assieme, il che non faceva che aumentare il suo livello di preoccupazione: che cosa avevano escogitato questa volta?

«Dico sul serio, papà. Voglio che le chiacchiere smettano.»

Se quella conversazione si fosse conclusa con un nulla di fatto, avrebbe chiesto a Edward di scavare a fondo nelle attività genitoriali. Detestava il pensiero di mettersi al loro livello ma aveva bisogno di appianare il terreno di gioco, così da poter contrastare eventuali altre voci e ridurre i rischi per la sua società. Non c'erano solo i soldi in ballo, lui aveva anche degli impiegati a cui pensare.

«Non so di cosa tu stia parlando.»

Adam scosse la testa. Suo padre non ammetteva mai i

suoi misfatti, nemmeno quando si trovava davanti all'evidenza. Perché mai doveva aspettarsi qualcosa di diverso ora?

«Un padre non può voler sapere come sta il suo figlio preferito senza che ci sia qualcosa dietro?»

Figlio preferito? Sì, certo. Poteva essere stato vero quando Adam era più giovane. I suoi genitori avevano controllato il suo percorso di studi, dove andava, con chi usciva, eccetera. Stupidamente, lui credeva che lo facessero perché era il meglio per lui e si era ciecamente adeguato, ma ora che suo padre gli aveva rivelato la loro vera natura, la fiducia che aveva nutrito in loro era completamente andata.

«Cosa vuoi, papà?» Quella retorica del *figlio preferito* era il suo modo di scusarsi o aveva in mente qualcosa di più sinistro?

«Nulla, Volevo solo sapere come stavi.»

Sì, come no.

«Sei malato?»

Forse suo padre stava morendo e voleva scusarsi per tutto quello che assieme alla moglie aveva fatto passare a lui e a suoi fratelli. Gli sembrava improbabile, ma c'era una possibilità, per quanto minuscola, che si pentisse.

«No.»

Adam si accigliò. «Mamma sta male?»

«Nessuno sta male. Volevo solo dirti ciao. Dovremmo cenare insieme una sera, sai, per aggiornarci un po'.»

Il tono conciliante e leggermente implorante lo destabilizzava, perché non apparteneva affatto a suo padre. Dopo aver liquidato l'invito con la scusa di essere troppo impegnato, Adam terminò la telefonata e si passò una mano tra i capelli: cosa stava tramando davvero suo padre?

Un paio di minuti di riflessione più tardi, decise di chiamare l'unica persona che capisse i suoi genitori. Sua sorella Martha aveva il legame più sano con loro, anche se Adam sapeva che non era comunque tutto rose e fiori. Era stata il secondo bersaglio di critiche e rabbia della loro madre, subito dopo papà ma non aveva mai permesso a quel comportamento di influenzarla, almeno in apparenza. Se n'era sempre fregata della loro crudeltà, restando superiore. Nel complesso, era molto più brava a gestire i genitori di lui e di Doug, che praticamente si affidava a loro per tutto. Magari sarebbe riuscita a far luce su quella strana telefonata.

In seguito, avrebbe chiamato Edward Monroe per chiedergli di fare delle ricerche. Rifiutava di stare seduto ad aspettare la mossa successiva dei suoi e anche di perdere un altro cliente per via di quelle voci prive di fondamento.

CAPITOLO SETTE

«E questa è la mia proposta per una camera standard» disse Tina Henderson, passando le stampe del piano che aveva progettato ad Olivia e Adam.

Dopo la mancata connessione con lo stile di design proposto da Seth, Olivia aveva contattato Tina, che aveva collaborato con loro per l'hotel a Vancouver e a giudicare da quello che proponeva, aveva fatto la scelta giusta. Lo spazio in più nella stanza era stato sfruttato per creare una divisione tra soggiorno e camera da letto, in pratica una camera in più che gli ospiti potevano usare per intrattenersi con gli amici, a mo' di piccolo ufficio o persino come salottino privato in cui godersi una cenetta tranquilla.

Olivia riusciva già a immaginarsela: un bagno di marmo con vasca e doccia separate, una camera da letto spaziosa e un salotto con vista mozzafiato su Manhattan. Perfetta per uomini d'affari ma anche famiglie con bambini.

A quanto pareva però, Adam aveva altre idee.

«È davvero necessario separare il salotto dal resto della stanza?» domandò.

Olivia lo guardò accigliata. Era stato di cattivo umore per tutta la durata dell'incontro, trovando difetti nella maggior parte delle idee e usando un tono brusco e sbrigativo. Sembrava quasi puntare alla rissa.

«Io penso di sì» rispose cauta Tina. Pareva aver percepito le stesse sensazioni, «Lo spazio aggiunto può essere utile a una famiglia come stanza dei giochi per i bambini mentre un uomo d'affari potrà usarla come ufficio, lasciando 'il lavoro al lavoro'. Renderebbe l'esperienza più piacevole.»

Adam non pareva convinto ma non disse una parola e tornò a studiare i progetti fino a quando, pochi minuti dopo, indicò il soggiorno.

«E un altro lampadario?» domandò, «Metterne uno in soggiorno è uno spreco ed è frivolo. Stiamo cercando di modernizzare l'albergo, non di renderlo ancor più appariscente.»

Quello era troppo! Adam poteva comportarsi da stronzo coi suoi sottoposti quanto gli piaceva, ma non con Tina.

«Posso parlarti di fuori per un attimo?» gli domandò tra i denti, alzandosi.

Un paio di occhi scuri mandò lampi verso di lei, prima che l'uomo la seguisse.

Olivia tremava per la rabbia: l'atteggiamento di Adam era del tutto gratuito, specie in quella riunione che, in quanto presentazione iniziale del design richiedeva dei feedback utili a rifinire poi le idee generali. Il fatto che non apprezzasse il lavoro di Tina non gli dava certo il diritto di essere maleducato e la donna non aveva pazienza con chi sfogava i propri malumori sugli altri; specie le persone che come Adam occupavano una posizione di potere. Secondo lei, chi aveva l'autorità aveva anche la grande responsabilità di doversi comportare in modo decente, trattando gli altri con rispetto.

Lei stessa rispettava e ammirava il modo di lavorare di lui, sempre deciso e risoluto ma pronto a rimettersi a chi era più esperto quando c'erano da prendere decisioni che esulavano dalla sua area di competenza. Dopo quello spettacolo e il modo in cui si era rifatto su Tina? Beh, la buona opinione di Olivia era calata almeno di dieci punti.

«Che cos'era quello?» domandò appena la porta si chiuse ed entrambi si ritrovarono abbastanza lontani per non essere sentiti.

«Lampadari nella hall e nel ristorante… penso che dovremmo mitigare un po' il tutto, non credi? Come dicevo: stiamo cercando di dare un tocco moderno.»

«Sono la prima ad ammettere che mio nonno si era lasciato un po' andare con i lampadari, sia in termini di quantità che di stile, ma Tina li ha ridimensionati. E poi lo sai anche tu che toglieremo la maggior parte se non tutti i lampadari della hall.»

Perché a prescindere da quel che pensava Adam, un lampadario ben scelto e nella posizione giusta aggiungeva eleganza alla percezione globale dello spazio.

«Il mio problema è con te: sei eccessivamente critico e francamente, una spina nel fianco» la meschinità di Adam l'aveva sorpresa. Aveva iniziato ad apprezzare la collaborazione con lui e ad aspettare ansiosa i loro incontri. Non solo aveva buone idee ma solitamente, anche una mente aperta. Tranne in quel momento.

«Non so cosa ti abbia preso, ma o ti calmi o te ne vai.»

I secondi passavano mentre lui la fissava e la donna iniziò a chiedersi se non avesse compiuto un errore madornale. Non si era mai rivolta così a un cliente, ma Tina le piaceva e apprezzava la visione che aveva dato al suo lavoro. Il comportamento di Adam era stato totalmente fuori luogo ma forse lei si era allargata troppo?

Era stato lui a tenerla nel progetto nonostante l'inganno coi disegni di Seth e aveva persino accettato la rinfrescata alla sala da tè e al salone da ballo invece del restauro totale proposto da questi, ma come avrebbe reagito a quel rimprovero? Non riusciva a immaginare una gestione priva di problemi.

Una nausea da ansia stava iniziando a prenderle la bocca dello stomaco, quando un sorriso increspò le labbra di Adam.

«Sai, sei carina quando ti arrabbi.»

Quell'osservazione inaspettata la colse alla sprovvista. Dopo essersi comportato come un bambino aggressivo, adesso si metteva a fare battute?

«Sii serio» ribatté alla fine, «Non puoi rivolgerti a Tina in quel modo. Dimostra almeno un po' di rispetto per il suo talento e la creatività.»

Al suo silenzio, Olivia sospirò. «Se proprio non ti piace il suo concept, possiamo trovare un altro designer.»

Lei non concordava con quel suo essere così critico, ma assumere l'ennesimo interior designer era il minimo che potesse fare dopo tutte le concessioni ottenute.

«Dammi un paio di giorni per pensarci su» rispose lui dopo un'altra lunga pausa.

«Va bene.»

La donna si strofinò un sopracciglio, cercando di alleviare la tensione. Quelle consulenze per il design sembravano andare avanti all'infinito e sì, parte del motivo era che i progettisti cambiavano i parametri originali. Un altro fattore cardine era che sulla presentazione iniziale pesavano troppe persone. Solitamente i progetti di partenza erano sottoposti a un gruppo ristretto, che dava le proprie opinioni, per passare poi alla limatura dei concept e alla presentazione più coesa fatta ai partecipanti. A differenza dei soliti clienti della Montgomery però, Adam era coinvolto a ogni passaggio.

«Sai che non sei obbligato a venire alle riunioni, vero?» gli domandò dopo un secondo. Probabilmente era irritato per quello: c'erano troppe discussioni, vecchie idee venivano continuamente scartate e quelle nuove vagliate. Spesso poi venivano rivisitate anche quelle già scartate. In quelle prime fasi c'era un tale caos- che a meno di non capire il processo, poteva sembrare di girare in tondo. I loro clienti solitamente si affidavano al team Montgomery per la gestione dei dettagli minori, preferendo vedere i progetti in un secondo tempo prima di offrire la loro opinione. Dopotutto, uno dei motivi principali per cui venivano assunti dai proprietari di hotel era proprio la loro competenza.

«Ti prometto che non prenderò nessuna grossa decisione senza la tua approvazione» proseguì. Immaginava che Adam non si fidasse di lei, il che era giusto. Se fosse stato il contrario, non l'avrebbe fatto nemmeno lei.

«Apprezzo l'offerta, ma voglio essere coinvolto anche in queste prime fasi.»

«Allora spero che terrai sotto controllo il modo di fare» replicò lei senza pensarci.

Lui ridacchiò. «Va bene.»

Quella sua improvvisa piacevolezza la preoccupava, ma tutto ciò che riuscì a fare fu sperare che Adam mantenesse quella calma per il resto della riunione con Tina.

Olivia annuì poi tornò nella stanza.

* * *

«Che ne dite di qualcosa di simile?» propose Tina quando Adam e Olivia furono nuovamente al suo cospetto.

Lui prese tablet e foglio che la donna gli porgeva. L'immagine sul tablet mostrava una lampada rettangolare sorretta agli angoli. La pianta illustrava invece le possibili collocazioni nella stanza. Sembrava adatta al design della camera e seppur difficile giudicare dall'immagine, le dimensioni parevano adatte alle proporzioni dello spazio.

«Tenendo aperte le imposte durante il giorno ci sarebbe luce a sufficienza anche senza» disse Tina, «ma non basterebbe di sera e in inverno. L'illuminazione ausiliaria dovrà esser sistemata un po' ovunque.»

«È meglio» commentò lui passando il tutto a Olivia. L'indomani, a mente fredda avrebbe rivisto ogni cosa.

«Penso tuttavia che i lampadari darebbero un bel tocco alle suite su due piani» commentò Tina.

«E potremmo ripetere il design rettangolare nella hall» aggiunse Olivia, che ovviamente apprezzava l'idea.

Adam le guardò interagire. A giudicare dal modo di annuire e dal linguaggio del corpo, era ovvio che le due donne comprendessero una l'opinione dell'altra. Sospirò tra sé e sé: non voleva sfogare le sue frustrazioni su Tina, anzi, era più che intenzionato a tenere le proprie emozioni sotto controllo ma il cattivo umore nato dopo la chiacchierata col padre la sera prima gli era ovviamente sfuggito di mano. Odiava non sapere cosa stessero macchinando quei due, era come aspettare costantemente l'inevitabile e più ci pensava sopra, più la frustrazione aumentava.

Era il motivo dietro quella telefonata a renderlo perplesso: perché suo padre non si era vantato dell'impatto avuto dalle chiacchiere sulla AC Developments? Peraltro, come mai aveva finto di non sapere nulla di quelle bugie? Se Adam non lo avesse conosciuto, avrebbe pensato che i suoi genitori con quel suggerimento della cena assieme, stessero cercando di entrare nelle sue grazie. Persino Martha non credeva che loro padre volesse semplicemente aggiornarsi e si era prontamente autoinvitata per quell'occasione.

Adam sperava davvero di non dover incontrare i suoi. Nonostante quel rapporto teso, aveva sempre fatto del suo meglio per comportarsi in modo civile nei loro confronti, ma quella bugia bella e buona su di lui e la minaccia ai suoi affari erano troppo, specie quando non sapeva quale fosse il fine ultimo. Era comunque grato a sua sorella per il sostegno. La sua presenza gli avrebbe assicurato di non dire o fare qualcosa di cui poi si sarebbe pentito.

Riconobbe che quei pensieri lo stavano rendendo cupo, perciò li accantonò e si concentrò sui discorsi di Olivia e

Tina, che ora stavano discutendo della misura dei bagni nelle varie camere e di come adattare gli impianti per inserire in ciascuno una vasca e una doccia indipendente. Quando sentì menzionare il getto a pioggia e quelli laterali, la sua mente si figurò Olivia in una nuvola di vapore e il suo sguardo planò sulle labbra di lei.

Nel corridoio aveva provato un assurdo bisogno di baciarla e probabilmente l'avrebbe anche fatto se non si fossero trovati nel mezzo dell'ufficio. Quando se l'era presa a quel modo gli era parsa così sexy, con le guance arrossate e lo sguardo pieno di una passione che lo aveva steso.

Considerando che era la figlia del suo nuovo socio d'affari, era un bene che non avesse ceduto a quell'urgenza. Non voleva fare qualcosa che rendendolo inviso a Victor, lo spingesse a ritirarsi dall'accordo. Eppure, non riusciva a smettere di domandarsi come sarebbe stato quel bacio: Olivia si sarebbe abbandonata a lui oppure si sarebbe scostata, guardandolo storto con quei suoi bellissimi occhi?

Adam non si stava certo immaginando quella specie di attrazione tra loro, un'attrazione che cresceva man mano che imparava a conoscerla. Non riusciva a ricordare di essersi mai sentito tanto attratto da qualcuna prima e il fatto che Olivia avesse il fegato di parlargli come nessuno faceva mai, aveva immediatamente fatto aumentare il suo interesse, rendendogliela ancor più desiderabile.

La donna gli lanciò un'occhiata, nemmeno avesse percepito i suoi pensieri. Lui le strizzò l'occhio e lei assottigliò a sua volta i suoi prima di rispondere a Tina. L'umore di Adam migliorò improvvisamente in un modo che scelse di non esaminare troppo a fondo. Preferiva pensare a lei che non al comportamento estenuante dei suoi genitori. Una volta presa quella decisione, fu certo che si sarebbe goduto il resto della riunione.

* * *

«Grazie per esserti ricomposto» gli disse Olivia a incontro finito. Tina era andata via.

«Mi dispiace. Sono di pessimo umore da ieri, dopo che ho parlato con mio padre. Non me la sarei dovuta prendere con qualcun altro» la prossima volta che avesse visto Tina, si sarebbe scusato con lei.

«Almeno ora so che non sono l'unica che impazzisce grazie ai suoi genitori.»

Se solo avesse saputo… Suo padre era un santo paragonato a quello capitato in sorte a lui, anche se Adam immaginava che nessuno lo avrebbe mai detto a giudicare dall'immagine che dava in pubblico. I suoi genitori facevano del loro meglio per apparire come la coppia perfetta, presiedevano un numero incalcolabile di enti benefici ed erano il più affascinanti possibile, ma nel privato erano delle vipere.

«Vieni a cena con me» le propose all'improvviso. Non sapeva se fosse perché gli piaceva la sua compagnia, o se volesse continuare a non pensare ai suoi, ma desiderava davvero uscire con Olivia.

A lei servì qualche secondo prima di annuire. «D'accordo» e una morsa nel petto che Adam non pensava di avere, si allentò.

«Ottimo. Guido io.»

CAPITOLO OTTO

«Quindi vuoi qualcosa più in linea con lo studio di Seth, invece di quello che ci ha presentato oggi Tina?» chiese Olivia iniziando a tagliare la bistecca.

Adam le sorrise. Era la prima volta che cenava con una donna che cercava di mantenere la conversazione sul lavoro. Solitamente era il contrario, le donne tentavano di trasformare un incontro di affari in qualcos'altro. Forse succedeva perché per Olivia, lui non rappresentava un magnate dell'immobiliare o un miliardario, come era per le altre donne. Poiché anche la famiglia di lei era ricca quanto - se non più della sua - Adam per lei era un ragazzo come un altro. Un pensiero sorprendentemente liberatorio.

«No. Tina è decisamente migliore. Domani darò un'altra occhiata ai progetti e ti farò sapere cosa decido.»

«Grazie.»

«Hai altri progetti in mente?» le domandò poi iniziando a mangiare.

«Beh… speravo di aprire un hotel vicino a Yosemite»

rispose lei dopo pochi attimi, «Credo che gli alberghi di lusso nelle zone dove le attività all'aperto sono l'attrattiva più importante, abbiano una grande opportunità. Quelli attuali sono tutti vicini ai soliti posti come Jackson Hole o al Lago Tahoe e spesso vanno prenotati un anno per l'altro. Speravo di poter colmare il vuoto» sollevò una spalla, «Solo perché a uno piace fare escursioni o andare in kayak non significa che non apprezzi i servizi di lusso offerti da un hotel di categoria superiore. Direi anzi, che probabilmente li valorizzerebbero ancor di più. A fine giornata i clienti potrebbero farsi un massaggio alla SPA o passare una serata tranquilla, godendosi la vista fantastica dal loro balcone privato.»

Lo sguardo le si illuminò mentre iniziava a parlare di come l'hotel potesse essere sfruttato per ritrovi famigliari e aziendali e Adam non riuscì a non subire il suo fascino. Olivia era sempre bellissima ma in qualche modo, vederla così appassionata dei propri progetti, la migliorava ancor di più.

«Oltre ad avere una postazione che vende panini a portar via per la giornata, potremmo creare un ristorante con menù a rotazione. La maggior parte della gente non si allontana dall'hotel di sera e io vorrei dar loro la possibilità di avere un posto con dei menù che variano oltre ai soliti ristoranti.»

Adam non aveva mai pensato al turismo vicino ai parchi nazionali prima d'ora, ma immaginava che il mercato degli hotel di lusso non fosse ben coperto. La maggior parte delle strutture prossime ai parchi aveva pochi servizi ed era sicuro che molti ospiti avrebbero apprezzato qualche opzione in più.

All'improvviso, le spalle di Olivia si afflosciarono. «Ovviamente mio padre non l'ha ancora approvato, ma sento che questo sarà finalmente quello vincente.»

«Ha rifiutato altre tue idee in passato?» rimase di stucco a quel pensiero: a giudicare dalle loro interazioni, Olivia sembrava davvero ferrata in materia di ospitalità, sicuramente più di quanto lo fosse lui, e anche piuttosto sveglia.

«Sì, ma non erano come questo. È il mio secondo tentativo di lanciare una di queste strutture per l'attività all'aperto. Prima volevo aprire degli hotel destinati a giovani professionisti. Al momento è il mercato in maggior crescita per quanto riguarda l'ospitalità.»

«E tuo padre ti ha dato un motivo per questi rifiuti?»

«Di ogni tipo: dal non rientrare nel giusto genere per avere il marchio Montgomery all'eccesso di fiducia nella voglia della gente di pagare per un hotel di lusso.» Olivia sorrise.

«Pur non essendo d'accordo con la maggior parte dei suoi punti, ammetto di essermi fatta prendere dalla frenesia di voler dare la mia impronta alla società e per questo le mie proposte potevano essere un po' premature, ma ho imparato molto dal mio primo rifiuto e ho messo tutto in questa mia nuova proposta.»

Adam non poté non pensare che la sconfitta di Olivia rappresentava una vittoria a suo favore. Se una di quelle sue proposte fosse stata approvata, lei non sarebbe mai stata assegnata a Il Palazzo e lui non avrebbe avuto la possibilità di conoscerla. A prescindere da quello che pensava di lei e dei suoi complessi, gli piaceva lavorarci assieme.

«Hai mai pensato metterti in proprio?»

Perché era rimasta alla Montgomery nonostante le obiezioni paterne? Era sicuro che sarebbe riuscita a ottenere i finanziamenti necessari per sviluppare i suoi progetti, e invece continuava a sognare nuove idee da proporre.

«Non voglio lasciare l'azienda di famiglia. È un'opzione che non mi è mai passata per la mente. Voglio far prosperare la Montgomery come ha fatto mio padre e penso che il modo per riuscirci sia una piccola catena di questi hotel. Accrescerebbe davvero il nostro portafoglio, permettendo a chi non ha mai provato uno dei nostri alberghi, di farsene un'idea» la donna sorrise, «E in seguito forse, di provare anche le nostre proprietà.»

Quel suo ottimismo gli arrivò dritto al cuore. Anche davanti al rifiuto Olivia era così maledettamente allegra e proiettata alle opportunità future. Lui non credeva di essere mai stato tanto ottimista. Orientato al successo sì, ma quello derivava principalmente dalla volontà di dimostrare ai suoi genitori che non aveva bisogno di loro. Olivia invece non sembrava provare alcun risentimento verso suo padre per quei rifiuti. Il suo cuore era puro a un livello tale che Adam dubitava di aver mai sperimentato in precedenza. Anche quando gli aveva mentito riguardo ai disegni dell'architetto, stava pensando a suo nonno e non a sé stessa.

A tal proposito, ripensò a quando nel pomeriggio si era offerta di curare i dettagli minori, coinvolgendolo solo in caso di decisioni importanti e si rese conto di non poter rischiare. Sì, Olivia aveva alcune idee fantastiche per Il

Palazzo e stava complessivamente svolgendo un ottimo lavoro, ma il suo amore per la famiglia la rendeva cieca rispetto a quello che serviva davvero all'hotel. Riusciva ancora a ricordare la sua esitazione quando aveva esaminato i concept design durante l'ultima riunione con la Axe. Probabilmente, aveva creduto di riuscire a nascondere la sua reazione, ma Adam aveva notato il panico nel suo sguardo e proprio per quello sapeva che non le avrebbe mai affidato appieno alcun aspetto del progetto, a prescindere da quanto piccolo fosse.

«E i tuoi fratelli?» le domandò, «Anche loro lavorano alla Montgomery?»

«Ho solo un fratello che ha deciso di intraprendere la strada originaria della nostra famiglia: la banca. Lavorare in hotel non gli è mai piaciuto.»

«Fammi indovinare: tuo padre vi metteva all'opera sul campo.»

Lei annuì. «Ogni giorno, dopo la scuola. Voleva che imparassimo tutto come aveva fatto lui. Facevamo ogni cosa, dal pulire le stanze a prendere le prenotazioni.»

Adam sorrise. Riusciva proprio a immaginare una giovane Olivia impiegata alla reception. «E suppongono tu ti sia innamorata così del lavoro?»

«No. Lo detestavo con tutta me stessa» ammise lei con talmente tanta convinzione da farlo ridere, «Non mi sembrava giusto che mentre le mie compagne andavano a fare shopping dopo scuola, io fossi bloccata in albergo.»

«Cos'è cambiato?» perché era ovvio che ora quel mondo le piacesse.

«Sinceramente? Non avevo davvero alcuna intenzione

di finire nel mondo dell'*hospitality*. Studiai architettura al college.»

«Architettura, sul serio? Diverge abbastanza dal mondo degli hotel.»

«Gli edifici e il loro design mi hanno sempre affascinata. Sono una parte talmente fondamentale delle nostre esistenze, e ci sono questi favolosi architetti che sfruttando continuamente elementi di base come tetti, aperture e pareti riescono a mettere comunque qualcosa di totalmente nuovo sul piatto. E c'è un che di meraviglioso nel modo in cui le generazioni si godono lo stesso palazzo, gli stessi spazi.

Una volta che iniziai a studiare in modo più approfondito, mi resi conto che un muro non è semplicemente un muro, che potremmo andare oltre i limiti dei nostri stessi confini e quello…» ridacchiò, «Scusa, mi faccio sempre trasportare.»

«No, è una prospettiva che mi piace. Anche se l'architettura è parte importante di quel che faccio, non ho davvero mai pensato alle strutture oltre al loro scopo funzionale.»

Vedere tutta quella sua passione, gli ricordava suo nonno e il modo in cui poteva passare ore a discorrere dei diversi elementi chimici e di come riusciva a combinarli alla perfezione creando un nuovo prodotto. Entrambi trasudavano eccitazione e non gli sfuggì il pensiero che al vecchio, Olivia sarebbe piaciuta molto. Dubitava anche che sarebbe riuscito a guardare i progetti di uno dei suoi complessi senza ripensare all'entusiasmo nella voce di lei, che lo incoraggiava a vedere uno scopo più grande in quello che costruiva. Se si fosse messo a parlare del significato dietro al costo per metro quadrato, probabilmente i suoi manager avrebbero pensato che fosse fuori di testa.

«È chiaro che ami l'architettura, ma perché l'hai abbandonata?»

Passarono svariati minuti nei quali Olivia parve incerta su come rispondere.

«Avevo seri problemi nel corso più importante: progettazione» rispose alla fine facendo spallucce, «Non importava quanto mi applicassi, i miei disegni non andavano oltre la sufficienza. Al terzo anno, mio padre ebbe un infarto e i miei mi chiesero di dare una mano in ufficio. Dato che era un infarto derivato dallo stress, mia madre sostenne i dottori, secondo i quali mio padre non poteva tornare subito al lavoro. Ovviamente lui non era molto felice, ma mia madre sapeva che se io e Robert avessimo momentaneamente preso il suo posto, tenendo d'occhio le cose e informandolo, si sarebbe sentito più sollevato. All'epoca, il pensiero di altri due anni di progettazione mi pareva una vera e propria tortura, perciò colsi al volo l'opportunità per una pausa e mi dissi che sarei tornata a studiare una volta che mio padre si fosse ripreso, ma non l'ho mai fatto.»

«Pensi mai di farlo?»

«A volte, ma non vedo come potrei studiare e contemporaneamente lavorare alla Montgomery. Io amo davvero quello che faccio, ma non mi vedo diventare un bravo architetto come ad esempio Seth e dato il mio orgoglio non vorrei mai essere meno che la migliore.»

Olivia rise. «È buffo: ho sempre fatto del mio meglio per

eccellere a scuola, così non avrei dovuto lavorare per la Montgomery e adesso amo esserne parte.»

Adam la imitò. «Visto che i tuoi primi compiti erano praticamente lavori pratici, è comprensibile.»

«Che mi dici di te? Hai mai pensato di far parte della Dannier?» gli chiese, accennando a lui col capo e riferendosi alla ditta di cosmesi avviata dal nonno.

«Per quasi tutta la vita» replicò lui ridendo poi dell'espressione sorpresa di Olivia. Sapeva cosa stava pensando: quel che faceva ora era diametralmente opposto.

«Avrei anche voluto laurearmi in chimica per comprendere maggiormente i prodotti» confessò Adam, «Mi è sempre piaciuto osservare le macchine in azienda, ma la prima volta che mio nonno mi portò nel suo laboratorio, qualcosa dentro di me scattò e capii che era quello che volevo fare. Mio padre però aveva altri progetti, voleva che studiassi business.»

C'erano momenti in cui ancora faticava a credere dov'era arrivato suo padre per obbligarlo a eseguire gli ordini. E sua madre era come lui.

«Alla fine, mi sono reso conto che non avrei potuto lavorare al suo fianco.»

Anche senza tutte le menzogne del padre, Adam aveva capito che non sarebbe mai riuscito a collaborare a lungo col nonno. A diciassette anni, aveva proposto a suo padre di avviare una linea di prodotti per la cura maschile. Era conscio che gli uomini comprassero i loro prodotti, ma spesso erano imbarazzati, perché fondamentalmente il loro marchio era noto per un idratante femminile. Suo padre aveva giudicato intrigante l'idea ma l'aveva bocciata, affermando che gli uomini potevano ordinare le loro creme online. Non aveva riservato ai potenziali prodotti aggiuntivi un secondo di più.

Adam non avrebbe mai avuto la pazienza dimostrata da Olivia di restare dopo più rifiuti, ma a volte si chiedeva cosa sarebbe successo se l'avesse fatto. Alla fine, sarebbe riuscito a convincere suo padre a sviluppare una linea tutta maschile o anche solo un dopobarba? E quell'unico prodotto avrebbe mai portato a un'intera collezione?

«Deve essere stata dura» commentò Olivia, «Immagino sia stato meglio averlo capito in anticipo, così da riuscire a salvare almeno quel rapporto. E poi ti sei fatto un nome da solo nel mondo dello sviluppo immobiliare. Sono sicura che i tuoi sono orgogliosi.»

Sì, magari...

«Veramente ce l'hanno ancora con me per aver scelto la mia strada» dichiarò prima di poterci ripensare, «Dato che sono il primogenito, pensavano fosse mio dovere succedergli alla fine.»

«Quanto tempo è passato da quando te ne sei andato e hai creato la AC Developments?»

«Circa dodici anni.»

Lei sgranò gli occhi. «Dodici anni e ancora non hanno superato la cosa?»

Lui fece spallucce. «Hanno una buona memoria.»

«Ma è una follia. E i tuoi fratelli? Lavorano per l'azienda?»

«No. Mia sorella ha il suo lavoro come avvocato specializzato in brevetti e mio fratello non possiede proprio la disciplina necessaria a lavorare. Magari, col tempo assumeranno entrambi ruoli più attivi nel consiglio direttivo.»

Perché non importava quel che era accaduto tra lui e i suoi genitori, Adam voleva comunque che la Dannier rimanesse sotto il controllo della famiglia. Era la loro eredità.

Olivia aggrottò la fronte e l'uomo si ritrovò a pensare a quanto fossero diverse le loro esperienze: a differenza sua, lui aveva vissuto per quei giorni in cui suo nonno lo portava in azienda e quando era cresciuto, non avrebbe desiderato altro che lavorare lì. Ora nemmeno ci parlava coi suoi, a meno che non fosse obbligato.

«Come sei entrato nello sviluppo immobiliare?» gli domandò la donna, rompendo quel silenzio, «È un bel cambiamento rispetto al ricercatore chimico.»

Lui rise. «All'epoca volevo solo guadagnarmi i miei soldi così da poter essere autosufficiente il più velocemente possibile. Per riuscirci con la ricerca chimica, avrei dovuto ottenere una laurea e trovare un lavoro, oppure dovevo crearmi un business tutto mio e dato che non avevo alcuna idea brillante per un nuovo prodotto, ho pensato all'immobiliare. All'epoca mi era parso un colpo di genio a prova di bomba. Mi sono reso conto in un secondo momento di tutti i modi in cui avrebbe potuto andarmi male.»

Specialmente considerato che non aveva alcuna idea di cosa stesse facendo e nessuna esperienza nell'edilizia. Certo, aveva fatto molte ricerche, ma a livello pratico la vita reale era sempre diversa.

«Immagino. E come mai il Texas? Hai dei famigliari lì?»

«No, nessuno» aveva dovuto fare tutto da solo, «Sono sicuro che avrai letto quegli articoli sul boom economico del

Texas e di come molte aziende ci si stessero trasferendo. Dato che la gente segue il lavoro, immaginai che un polo abitativo o commerciale collocato nel posto giusto sarebbe stato un successo. Feci una mappa di tutti i complessi che dovevano essere costruiti e andai a Dallas, girando per trovare delle opportunità. Poi feci lo stesso a Austin e alla fine comprai un'area proprio vicino a un grosso lotto di terreno fuori Houston, usando il denaro che mi aveva lasciato mio nonno. Costruii così una comunità di una ventina di case e un piccolo centro commerciale con cinque negozi.»

Era stato davvero fortunato a trovare un magnifico architetto sin dall'inizio, mentre la sua scelta delle società di costruzioni era stata scarsa. Quando ne aveva trovata una con esperienza a prezzi ragionevoli, si era dato una pacca sulla spalla, ma questa aveva finito col subappaltare il lavoro a uno staff inaffidabile. Dopo aver mancato un paio di scadenze, Adam si era trasferito in Texas per supervisionare il progetto in prima persona, facendo ispezioni anche due volte al giorno con l'architetto per assicurarsi che tutto proseguisse secondo i piani. La sua squadra dei sogni era finalmente a posto, ma riuscirci era stato davvero difficile.

«Trovammo locatari per i negozi appena iniziammo ad avviare i lavori e vendemmo tutte le case prima di aver persino avuto la possibilità di farne una come modello. Il ritardo nell'esecuzione fu minimo, ma per fortuna non perdemmo alcun cliente. Coi ricavi poi, costruii un'estensione di quella stessa comunità.»

«E ci sei riuscito alla grande in pochissimo tempo!»

«La mia incredibile fortuna è stata il fondo fiduciario che

mi ha lasciato mio nonno e ancor di più, il fatto che non abbia dovuto aspettare per avere il denaro.»

Grazie a quello, Adam era riuscito a farcela da solo e senza l'aiuto dei genitori.

Olivia rise. «Probabilmente quel denaro ti avrebbe garantito una vita di lusso e invece hai fatto tutto questo, rischiando.»

«Tu puoi dire lo stesso di te. Sono certo che hai abbastanza fondi per il resto della tua vita, eppure hai scelto di lavorare.»

Lei arricciò il naso. «Mancanza di carattere. Non sono mai stata quella sveglia. La tua scusa qual è?»

Lui sorrise poi fece spallucce.

«Sapevo solo di non voler essere come gli altri eredi di un fondo fiduciario, che in pratica non facevano nulla.»

Voleva di più per sé stesso di quella vita oziosa scelta da molti dei suoi vecchi compagni di scuola. Il fatto che i suoi genitori non aspettassero altro che il suo fallimento, aveva solo rinforzato la sua determinazione a compiere qualcosa di più nella vita.

«Mio nonno si era fatto da solo e vedere come lavorava, i prodotti che realizzava, le opportunità che dava ai suoi impiegati, mi ha fatto desiderare di fare lo stesso. Avevo compagni di scuola le cui famiglie si affidavano esclusivamente agli investimenti per avere un reddito. Lo ritenevo un modo folle di vivere. Non facevano altro eppure realizzavano più soldi dei volonterosi operai di mio nonno. Lui non mi ha mai detto cosa fare del denaro, ma so che se avessi scelto di viverci invece di usarlo per qualcosa tutto per me, ne sarebbe stato deluso.»

Quando terminò, Adam si sorprese di quanto avesse parlato. Non si era mai aperto così tanto, specie a proposito di lavoro e soldi. Era sempre andato cauto con le parole e aveva la sensazione che per lei fosse lo stesso.

«E tu?» domandò, «E non dire che si tratta di mancanza di carattere.»

Lei rise poi annuì. «Mio padre ha sempre insistito su quanto fossimo fortunati io e mio fratello a poter mangiare ciò che volevamo, a poter comprare questo o quello. Non dovevamo lamentarci di dover lavorare in hotel» arricciò le labbra poi proseguì, «Penso che esserci cresciuta dentro come è successo a noi, abbia fatto sembrare il lavoro una sorta di seconda natura, ma mentre maturavo mi sono resa conto di quanto mi fosse andata bene. Avevo così tante opportunità e sapevo che non potevo sprecarle.»

Adam ammirava la sua etica lavorativa. Riusciva facilmente a immaginare qualcuno come lei, obbligato a lavorare sin da giovane, che coglieva la prima opportunità di non farlo. Ma lei no, non solo voleva trovare il suo posto nel mondo ma anche fare la differenza, proprio come lui. Non credeva che avrebbe mai incontrato una donna simile e avrebbe desiderato che le circostanze fossero differenti. Ecco quanto lo faceva impazzire.

Olivia stava svolgendo un ottimo lavoro al Il Palazzo e lui invece pensava a quanto sarebbero state magnifiche le cose tra loro se non fossero stati colleghi. Scosse ipoteticamente la testa: la sua priorità erano sempre stati gli affari e quella donna gli stava fottendo la concentrazione. Avrebbe semplicemente dovuto essere felice di avere qualcuno come lei nella sua squadra e farsi bastare il vederla sotto la luce professionale ma si ritrovò ben presto a chiedersi se domani sarebbe stato troppo presto per un'altra 'cena di lavoro.'

* * *

«Grazie per la cena» Adam stava parcheggiando accanto alla sua auto.

«Che ne dici di ringraziarmi a cena domani sera?» le propose lui.

Olivia rise. Le sarebbe piaciuto uscirci assieme in un vero appuntamento, ma sapeva che stava scherzando. Parlava talmente tanto di sé stessa che Adam non poteva essersi goduto quella sera. Eppure, come al solito era affascinante e provocante.

Olivia non sapeva cosa avesse di sbagliato, avrebbe dovuto sfruttare quella cena per fare colpo su di lui con le sue idee per la ristrutturazione e invece aveva parlato dei suoi problemi a scuola e dei progetti rifiutati. Parlare con Adam era così naturale che se ne era dimenticata. Lui sembrava davvero interessato e le aveva fatto tutte quelle domande capaci di far riflettere, che l'avevano portata ad aprirsi in un modo che raramente capitava. Aveva qualcosa, forse il modo in cui la guadava, come se vedesse la vera Olivia, che la faceva sentire come fossero le uniche due persone nella stanza. Avrebbe voluto che quella cena non finisse mai. Scordare che era un cliente e non qualcuno che conosceva da sempre era stato semplice e quel modo di pensare era una linea pericolosa, perché avrebbe potuto davvero finire per innamorarsi di lui. A essere totalmente onesta, già provava qualcosa.

Quel che lui aveva ottenuto nel campo degli affari era più che da ammirare, e Olivia aveva idea che Adam ci tenesse molto ai suoi collaboratori ma non poteva scordare che a prescindere da quello che aveva provato quella sera, lui restava un suo cliente e tra loro nulla ci sarebbe potuto essere. Avrebbe semplicemente dovuto andare cauta in sua presenza e assicurarsi di tenere sotto controllo l'attrazione e la sua boccaccia.

Ansiosa di riportare la conversazione su un terreno più lavorativo, si ravviò una ciocca dietro l'orecchio.

«Allora mi farai sapere cosa deciderai per gli interni?»

«Certo» replicò lui, prima di posare il palmo contro la sua guancia e baciarla. Aveva labbra inaspettatamente morbide e la donna si ritrovò a contraccambiare. Appena la sua lingua scivolò contro quella di lei e il bacio si fece più intenso, il piacere la invase ma purtroppo altrettanto velocemente finì, tanto che Olivia dovette combattere la voglia di stringergli ancora la testa per proseguire.

Okay, quindi non stava scherzando riguardo alla cena di domani.

Un attimo prima che la realtà venisse a bussare, provò una sensazione di calore nel rendersi conto che Adam si era divertito in sua compagnia. Suo padre aveva ventilato l'ipotesi di accasarla con lui ma Olivia sapeva che la stava solo prendendo in giro. In realtà, una relazione tra loro due sarebbe stata decisamente sbagliata e lei non avrebbe mai intenzionalmente fatto qualcosa di negativo che poi si sarebbe ripercosso sulla Montgomery. Il fatto che suo padre non le avesse mai esplicitamente proibito di mescolare affari e piacere, non faceva che rinforzare la sua risolutezza:

lui confidava che la figlia facesse la scelta giusta e Olivia non poteva ripagarlo tradendolo. E poi era già difficile rimanere obiettiva quando si trattava de Il Palazzo. Farsi prendere da Adam avrebbe complicato le cose in maniera inutile, specie quando erano agli opposti per quanto riguardava il design.

Eppure, Olivia continuava a desiderare che le cose fossero diverse, perché non riusciva a ricordare quando fosse mai stata tanto in sintonia con qualcuno.

Alzò lo sguardo e vide l'espressione negli occhi di lui. Il fuoco che vi ardeva le diede un brivido.

«Non avremmo dovuto» mormorò quando finalmente ritrovò la voce. Ma anche così, sapeva che avrebbe rivissuto quel bacio ancora e ancora quella notte.

Lui annuì guardandola. «È probabile, ma non mi dispiacerebbe rifarlo.»

Nemmeno a lei, era quello il problema. Sentiva con lui una connessione sconosciuta e a causa di questo era tentata di buttare la cautela alle ortiche. Però non poteva permettersi altri errori. Aveva già fatto un bel casino con la storia dei concept di Seth e doveva dimostrare a sé stessa di poter gestire quel progetto.

«Però dovrebbe» insistette, «Dubito che una volta chiusa questa cosa, ci troveremmo a nostro agio a lavorare assieme.»

Considerato che Adam era parte attiva del progetto, era la ricetta per il disastro. Le loro transazioni sarebbero diventate più difficili e lei non voleva che nulla compromettesse l'affare Il Palazzo o la sua compartecipazione. A prescindere da quanto amichevolmente si potessero lasciare, sarebbe comunque stato imbarazzante.

Adam sospirò appoggiandosi al sedile dell'auto e si passò una mano sul viso.

«Okay, capito.»

Olivia provò un certo disappunto alla facilità con cui lui aveva accettato, ma poi si diede della stupida: non aveva appena detto di non voler discutere con lui? Opportunità come quelle de Il Palazzo arrivavano una volta nella vita e lei non avrebbe mandato tutto a puttane, non importava quanto bene baciasse Adam o quanto si fossero sentiti sulla stessa onda quella sera.

CAPITOLO NOVE

Non avrebbe dovuto baciare Olivia.

Adam sospirò raggiungendo il suo ufficio giovedì mattina. Lei aveva detto che le cose potevano farsi imbarazzanti se si fossero frequentati e poi lasciati ma lo erano già senza che ci fosse stato il resto. Durante la riunione del giorno precedente, lei lo aveva guardato a malapena negli occhi e nemmeno lui era stato migliore. Aveva guardato il suo block-notes per non fissarle le labbra, cercando di ricordare quanto fossero dolci.

Prima che le cose peggiorassero aveva deciso di farle un'offerta di pace, nella speranza di riportare il rapporto a un livello amichevole ma professionale. Semplicemente, non poteva permettersi un altro disastro come quello del giorno prima, in cui la solitamente chiacchierona e ferrata Olivia, quasi non aveva aperto bocca. E lui era stato altrettanto distratto, col risultato di una riunione decisamente poco produttiva. Se non fosse stato per gli altri membri della squadra che avevano guidato la discussione, non avrebbero praticamente ottenuto nulla.

Non gli piaceva, ma sapeva che Olivia aveva preso la decisione giusta: trasformare un rapporto di lavoro in qualcosa di più era un problema, ecco perché l'aveva sempre evitato. Per non menzionare il fatto che entrambi avevano visioni diametralmente opposte sul modo di approcciare il restauro. Probabilmente avrebbero finito col dubitare l'uno dell'altra o domandarsi se non si stessero usando.

Un peccato, dannazione!

Gli sarebbe piaciuto avere la possibilità di conoscerla meglio, ma c'era troppo da fare su quel progetto per rischiare di incasinarlo con un'avventura. Magari, quella visita avrebbe attenuato l'imbarazzo. Aveva chiamato la segretaria per chiedere se Olivia amasse un dolce in particolare e ora era lì, con una torta comprata nella sua pasticceria preferita.

Suo nonno gli aveva sempre detto che un piccolo dono poteva fare grandi cose nel tentativo di ammorbidire qualcuno. Molto spesso infatti, lui stesso si perdeva nei suoi esperimenti al laboratorio, scordandosi di tornare a casa fino alla mattina seguente e per rimediare, si fermava in un qualche negozio aperto per comprare alla nonna un mazzo di fiori o un dolce. Lei ormai era abituata a quelle sue dimenticanze, ma era sempre e comunque felice che lui la pensasse tanto da portarle un regalino di scuse.

Pregando che quel consiglio avito funzionasse, Adam bussò alla porta aperta. Olivia alzò lo sguardo dalle carte che stava compilando e si bloccò.

«Ciao» lo salutò rigidamente e lui colse perfettamente

l'assenza di serenità tra loro. Probabilmente era troppo aspettarsi che le cose tornassero come prima di quel bacio e il senso di perdita che stava provando lo lasciò sorpreso.

Una parte di lui desiderava non averla mai baciata. Non solo aveva messo a rischio un rapporto di lavoro, ma anche una possibile amicizia. Aveva scoperto in Olivia uno spirito affine e detestava saperla a disagio in sua presenza. Ma un'altra parte sapeva che avrebbe dovuto provarci o se ne sarebbe pentito per sempre, perché nonostante tutte le sue preoccupazioni delle possibili conseguenze sulla loro collaborazione, si sentiva ancora disposto a rischiare una relazione con lei. Se solo l'avesse voluto anche Olivia... solo che lei aveva preso la sua decisione e Adam non poteva fare altro che accettarla.

«Ciao, Olivia. Volevo solo portarti questa torta» le disse avvicinandosi.

Lei accettò la scatola con gli occhi sgranati.

«Grazie. Adoro la pasticceria di Dawn.»

Nello spostare i fogli ai quali stava lavorando per far posto alla torta, Adam ebbe l'opportunità di dare un'occhiata e vide che erano bozzetti. Sembrava una hall ma aveva i tratti rustici dello chalet. Chiaramente non si trattava de Il Palazzo.

«È il tuo hotel a Yosemite?»

Lei rimase immobile mentre le sue guance s'imporporavano.

«Sì. Anche se mio padre non l'ha ancora approvato continuo a pensarci su e a elaborarne alcuni aspetti.»

«Mi sembra bello.»

Il camino di pietra e la palette di colori della terra creavano uno spazio pieno di fascino, accogliente. Adam riusciva senza sforzo a immaginarsi mentre sedeva su una delle poltrone di pelle con una bevanda calda. Ebbe la tentazione di prenderla in giro per la scuola di architettura, ma non lo fece. Era un gesto che implicava familiarità, un'intimità tra loro che era meglio non evocare. Sì, c'erano delle scintille ma anche se moriva dalla voglia, non le avrebbe spente. Si era presentato lì quel giorno nella speranza di ripristinare il loro rapporto professionale, non per peggiorarlo.

Si spostò verso una delle poltroncine davanti alla scrivania.

«Posso?»

Olivia annuì e lui si sedette, sospirò e si fregò le cosce con le mani.

«Volevo chiarire le cose e assicurarti che non me la sono presa.»

Il suo sguardo brillò divertito. «Se anche lo avessi fatto, sarebbe stato meschino da parte tua. Stiamo lavorando a un progetto importante e non possiamo permetterci alcuna distrazione.»

Quel mix di serietà e allegrezza, così simili a come era lui, gli ricordarono perché Olivia lo attraesse tanto.

«Io penso che la riunione di ieri ci abbia dato un assaggio di come sarebbero state le cose.»

«È quello il motivo per cui sono qui. Ieri è stato tremendo.»

Lei fece una smorfia.

«Lo so e mi scuso. Questo progetto merita la mia completa attenzione e ieri non gliel'ho data.»

«Non c'è bisogno di scusarsi. Io non sono certo stato meglio e sto iniziando a comprendere la saggezza della tua scelta.»

Aveva già dei problemi di concentrazione dopo un solo bacio. Se si fossero frequentati oltre, poteva ben immaginare quanto inutile sarebbe diventato.

«Mi sono scervellato pensando a come dovessimo muoverci e l'unica cosa che sono riuscito a escogitare è stata quella di portarti una torta per evitare un possibile stallo.»

«Cosa che apprezzo davvero» disse lei sorridendo.

«Qualche idea su come procedere, quindi?»

Anche se tra loro non ci sarebbe mai potuto essere nulla, Adam voleva ancora quell'Olivia che non aveva paura di muovergli delle critiche o dirgli di cambiare atteggiamento.

«Beh, spero che col tempo l'imbarazzo passi. Forse il fatto che ci rivedevamo per la prima volta dopo il bacio ha reso le cose più difficili? Di sicuro ora sembra andare meglio. Ehi, senti qua: possiamo mangiarci la torta mentre rivediamo le cose di cui avremmo dovuto parlare ieri se non fossimo stati tanto distratti.»

«Ti distraggo?» quel pensiero gli riscaldò il cuore.

«Sai benissimo che è così.»

«Sì, ma volevo sentirtelo dire.»

Olivia rise.

«Comunque, mentre stavo rivedendo le annotazioni che intendo mandare a Tina, mi sono venute alcune idee. Avrei scritto una mail a Ricky più tardi, ma possiamo vagliarle adesso.»

Al pensiero che lei fosse disposta a superare quell'impasse tra loro, Adam si sentì profondamente sollevato. Si era preoccupato di aver fatto un errore irreparabile.

«Mi piace.»

«Ottimo. Prendo piatti e posate.»

* * *

Olivia attraversava il ristorante a lei noto, ammirandone il mix unico tra artigianato americano e architettura moderna. Con le luci calde e la semplice boiserie, La Taverna vantava una comoda eleganza che quasi non aveva rivali.

Era ancora presto, perciò non c'era molta gente ma per esperienza sapeva che entro l'ora in cui lei e Stacy lo avrebbero lasciato, sarebbe stato pieno. L'amica le aveva telefonato chiedendole se fosse libera a cena. Considerato quanto era occupata al lavoro, Olivia era stata felice di avere la possibilità di staccare per un po'.

Trovò l'amica al solito tavolo defilato, lontano dalla sala principale.

«Ciao, Stacy» la salutò avvicinandosi.

«Livie!» Stacy sorrise posando il cellulare e si alzò per abbracciarla.

Rammentando la sua guardia del corpo, Pete, Olivia guardò due tavoli più lontano, il posto che occupava solitamente e gli fece un breve cenno. L'uomo non faceva che ricordarle costantemente come Stacy fosse stata rapita in cambio di un riscatto quando erano entrambe più giovani. Dopo essere tornata a casa sana e salva, i suoi genitori non l'avevano mai più lasciata senza protezione. Al pensiero di quel periodo spaventoso, Olivia rinsaldò la presa sull'amica prima di lasciarla.

«Allora, festeggiamo qualcosa in particolare?» le domandò mentre si sedevano.

«No, ma questo mi fa venire in mente che il prossimo sabato ci sarà l'inaugurazione del nostro centro sociale a Trenton.»

«Oh. Non vedo l'ora di ammirare il risultato.» L'ultima volta che ci era stata, stavano posando le fondamenta.

«Guarda, ti mostro le fotografie» Stacy prese il cellulare e aprì l'album, «Ancora grazie per il tuo aiuto col design» le disse poi, allungandoglielo.

«Non è niente.»

Una sera durante una cena insieme, Stacy le aveva raccontato la sua idea per il rifugio. Olivia aveva iniziato a scarabocchiare qualcosa distrattamente su un tovagliolino e a fine serata aveva una borsa piena di fazzolettini e una mente occupata dai progetti. Nelle settimane seguenti, le due amiche avevano collaborato per dare forma ai concept, visitando persino un paio di centri per vedere cosa servisse e cosa potessero migliorare.

Olivia visionò le fotografie a bocca aperta. Vedere le sue idee divenute realtà le sembrava incredibile. Sì, lei aveva dato dei suggerimenti per quanto riguardava i rinnovi degli hotel, ma solo quello restavano: suggerimenti. Non come in quel centro sociale, dove la biblioteca aveva un accesso separato sul retro e l'angolo dedicato ai più piccoli era accanto alla sala da pranzo perché era stata lei a mettercelo. Quella sfida diversa le era davvero piaciuta ed era felice che ora, tutto il duro lavoro venisse ripagato. Il centro sociale era bellissimo.

«Non è niente» le fece eco Stacy, «Oltre ad averci fatto risparmiare un sacco di soldi, non penso che qualcun altro avrebbe avuto nei miei confronti tutta la pazienza che hai avuto tu.»

Olivia rise.

«Se ti fossi affidata meno ai volontari sarebbe stato di maggior aiuto.»

Stacy era magnifica a trovare donazioni ma stiracchiava ogni singolo centesimo. Ogni dollaro risparmiato, diceva, era un dollaro che poteva usare per cibo e vestiti. Il problema era che faceva un eccessivo affidamento sui volontari, molti dei quali avevano altre priorità.

«Lo so, lo so. Questa volta ho assunto un architetto e una società di costruzioni, no?»

«Perché praticamente hai dovuto tirare su tutto dal nulla» replicò spiccia Olivia.

L'ente di beneficenza con cui collaborava Stacy, solitamente recuperava vecchi edifici per adattarli ai loro bisogni ma questa volta qualcuno aveva donato un lotto vuoto e invece di venderlo, il consiglio aveva deciso di costruirci sopra un centro.

«Ce l'hai fatta» le disse poi sorridendo, «Ancora non posso credere che Megan Carlyle abbia messo a disposizione i servizi del nipote per quel centro nel Queens, senza chiederlo a lui.»

Una cosa era aggiustare qualche tubatura, un'altra era buttare giù pareti e costruire una cucina da ristorante.

«Ho provato a dire di no, ma è stata davvero insistente. Comunque penso che abbia imparato a...»

«Buonasera, Ms. Montgomery. È bello rivederla» Derek, il loro cameriere le interruppe e versò del vino a Olivia, che dopo averlo ringraziato guardò l'amica.

«Sai già cosa vuoi mangiare?»

Anche se non era arrivata in ritardo, non voleva che la sua amica aspettasse più di quanto non avesse già fatto.

Stacy annuì. «Derek raccomandava lo *snapper*.»

«Due allora» ordinò Olivia porgendo il menù al cameriere che se ne andò.

«Che mi racconti? Adam Campbell ti dà ancora del filo da torcere?» le domandò l'amica una volta sole.

Olivia fece una smorfia al pensiero di tutte le cose brutte che aveva detto di lui appena assegnata al progetto.

«Non è così male come pensavo all'inizio» ammise, «Sai già che dopo avergli presentato quelle cifre come mi hai raccomandato tu, ha accettato di rinnovare la sala da tè e quella da ballo. Abbiamo avuto un paio di divergenze d'opinione da allora, ma sono sempre sorpresa nel vedere la sua disponibilità ad ascoltare anche più di quanto faccia io, sebbene stia cercando di migliorare. Tutto sommato è un buon socio.»

Passò un attimo prima che Stacy arguisse: «Santo cielo! Ti piace.»

Olivia stava per negare ma poi rammentò che era con Stacy che stava parlando. La sua migliore amica non avrebbe mai tradito la sua fiducia.

«È vero» ammise, «Mi sa che quando ha accettato di mantenere la sala da tè, me ne sono innamorata. Considerato il modo in cui mi ero comportata in precedenza, non era costretto a farlo, non ne aveva alcun motivo eppure...» scosse dolcemente la testa, «È che non so come potremmo lavorare assieme. Da quando ci siamo baciati è diventato tutto così imbarazzante.»

Stacy inarcò un sopracciglio.

«È successo prima o dopo la storia della sala da tè?»

Le guance di Olivia si accesero. «Dopo. Un paio di settimane fa siamo andati a cena assieme e quando mi ha accompagnato all'auto ci siamo baciati.»

Quando ripensava a tutti i dettagli personali che gli aveva rivelato quella sera, provava ancora un senso di disagio. Aveva iniziato a provare sentimenti più intensi nei confronti di Adam da quando le aveva permesso di restare nel progetto, ma poi lui si era rivelato molto più di quanto lei si aspettasse. Sfortunatamente per lei, più le piaceva qualcuno e meno filtri aveva.

«Dopo gli ho detto che non volevo rovinare il nostro rapporto di lavoro, ma la riunione seguente è stata un totale disastro: non riuscivo a concentrarmi su una sola parola, pensavo solo a quel bacio.»

Ci aveva davvero pensato molto, a essere onesti. Che lui fosse presente nella stanza in quel momento era stata una vera sfortuna.

«Credo di essere arrossita per tutta la durata della riunione. Poi lui mi ha portato una torta...»

«Ti ha portato una torta?»

«Sì.»

Non importava quanto bello e dolce considerasse quel gesto, Olivia sapeva che Adam l'aveva fatto solo per salvare il rapporto di lavoro. Semplicemente non voleva un'altra riunione disastrosa.

«Vorrei che qualcuno la portasse a me.»

«Beh» Olivia sorrise, «lui sembrava ansioso di tornare al punto di prima, solo che da allora non ha più presenziato ad alcuna riunione.»

Lei non vedeva l'ora di rivederlo e quando lui non si era presentato, era rimasta delusa.

«Ricky, il suo vice, dice che è occupato a Houston, per via del nuovo complesso che sta costruendo, ma temo che in realtà mi stia evitando. È sempre stato super coinvolto col progetto, mancare tre riunioni di fila non è da lui.»

Forse era *davvero* occupato. Considerato che era un socio attivo, Olivia non voleva nemmeno pensare a cosa sarebbe accaduto se fosse venuto fuori che non potevano più lavorare assieme.

«E sei sicura che non ti piace solo perché ha mantenuto la sala da tè?»

«In quel caso non ne sentirei la mancanza.»

Anche se sapeva di aver preso la decisione giusta, quella di non intraprendere una storia più personale, spesso aveva pensato a quel bacio e a cosa sarebbe successo se non avesse fermato Adam.

«Allora penso che dovresti starci» le suggerì Stacy.

Olivia puntellò il mento sul palmo. «Chissà come mai sapevo che me l'avresti detto.»

«Perché sai che ho ragione» replicò l'altra, sorridendo e facendo spallucce, «Insomma: cos'hai da perdere? Non è che le cose possano peggiorare, anzi: potrebbe aiutarti a liberarti delle tensioni tra voi. Non passeresti tutto questo tempo a chiederti 'e se' e tireresti avanti col tuo progetto.»

Un pensiero che la tentava. Troppo. E comunque, non si era forse detta lo stesso nelle ultime settimane?

«Sto già pagando pegno» mormorò. Anche se non ci era andata a letto, c'era comunque la possibilità che venisse sostituita nel progetto.

«Esattamente! Lo so che farsi coinvolgere con un cliente sembra brutta» proseguì Stacy con tono più dolce, «ma non è una tua abitudine. Se le cose non funzionano, non funzionano. Dubito che tuo padre ti giudicherebbe per questo, specie considerato che non fa che chiederti dei nipotini.»

Nel sentire menzionare suo padre, Olivia increspò la fronte.

«Ancora non c'è nulla di concreto, ma il mio hotel a Yosemite dipende dal successo di questo progetto.»

E quello sarebbe stato il suo biglietto per uscire dal ramo della gestione in franchise.

Il fatto che suo padre non solo le avesse affidato maggior responsabilità con Il Palazzo, ma stesse anche prendendo in considerazione Yosemite, la onorava. Aveva fatto un casino col Whitcombe eppure lui si fidava ancora di lei. Non poteva deluderlo.

«Allora non fallire e so che non lo farai, perché stiamo parlando de Il Palazzo. Non importa cosa succeda tra te e Adam, tu non permetterai mai che la cosa si metta tra te e l'hotel.»

Stacy lo faceva sembrare così semplice…

«Oltretutto non ti ho mai sentita parlare così di qualcun altro. Quando è stata l'ultima volta che hai provato quest'attrazione che hai per Adam?»

«Mai» rispose onesta Olivia.

In certi momenti lui era l'unica cosa a cui riusciva a pensare. Era come essere tornata alla prima cotta in terza media - Josh Hicks - era dieci volte peggio, perché ora i suoi desideri non erano tanto innocenti.

«Proprio per quello so che c'è la possibilità che mi innamori di lui. Alla grande.»

L'istinto le diceva che lui aveva il potere di ferirla.

«E sarebbe un male?»

«Se lui non provasse lo stesso sì e mi sa tanto che sia più un tipo da 'amale e lasciale'.»

Certo, l'aveva fatta sentire speciale quando erano stati assieme ma doveva fare quell'effetto su tutte le donne e anche se probabilmente Adam non aveva l'abitudine di mescolare lavoro e piacere, lei non era sicura di essere altrettanto forte.

Si accigliò: non importava se lo faceva oppure no. Era un suo cliente e farsi coinvolgere così era il massimo della mancanza di professionalità.

«E la relazione più breve che hai avuto è durata meno di due anni.»

Olivia tacque per un momento prima di rispondere: «Tu pensi ancora che dovrei starci, vero?»

Stacy sospirò. «Beh, a me è piaciuto davvero un solo ragazzo e probabilmente penso che se avessi mai avuto la possibilità di starci assieme per non so quanto, l'avrei colta in un attimo.»

Olivia provò una stretta al cuore: Stacy stava parlando dell'ex guardia del corpo. Erano passati probabilmente tre anni da quando lui se n'era andato e lei aveva ancora il cuore a pezzi.

«Hai più parlato con Brad?»

Lei scosse la testa.

«Sai che la mia offerta è sempre valida. Se vuoi che lo assuma per un evento o qualcosa del genere, così che tu possa imbatterti in lui, lo farò.»

Stacy si meritava almeno una chiusura, dato che lui non si era nemmeno preso il disturbo di salutare.

«Lo apprezzo, ma se non vuole parlarmi, allora io non voglio parlare con lui.»

Il silenzio calò per momento, prima che l'amica proseguisse. «E poi, sto cercando di andare avanti, esco e conosco gente.»

«Vai alle feste e chiedi denaro per beneficenza» puntualizzò Olivia.

A volte, si domandava se l'amica chiedesse donazioni semplicemente per tenere lontane le persone. Non tutti erano disposti a starti vicino quando una delle prime cose che facevi dopo averle conosciute era suggerire una donazione.

Stacy rise. «Ehi, prendo due piccioni con una fava!»

Visto che quell'argomento per l'amica era difficile, Olivia passò ad altro.

«Allora, che mi dici dell'imminente galà? Hai già prenotato il catering?»

L'altra abboccò all'amo e iniziò a parlarle del menù che aveva scelto ma mentre le raccontava degli stuzzichini, Olivia pensò alla situazione dell'amica con Brad e si rese conto di non voler finire nella stessa barca. Tra molti anni, si sarebbe guardata indietro chiedendosi cosa sarebbe accaduto se si fosse concessa una possibilità con Adam?

Era probabile, per quello realizzò che non voleva avere rimpianti.

CAPITOLO DIECI

Lo stomaco di Olivia si strinse quando entrò nella sala riunioni e vide nuovamente il team di Adam al completo ma senza di lui. Considerato che ormai era passato quasi un mese, avrebbe dovuto abituarsi alla sua assenza e invece continuava a provare delusione.

Si obbligò a sorridere e scambiò qualche convenevole con gli altri prima di sedersi. Mentre i ragazzi riprendevano a parlare della stagione di baseball alle soglie, lei decise che l'assenza di lui era una cosa positiva. Se Adam saltava le riunioni del tutto, non ci sarebbe stato alcun imbarazzo e quindi, lui non avrebbe avuto alcun motivo di sospenderla dal progetto. Era la soluzione perfetta… eppure non era contenta. In pratica, preferiva passarci del tempo assieme col rischio di essere buttata fuori a calci, il che era assurdo. Era talmente persa nei suoi pensieri che non si rese conto dell'arrivo di Seth fino a che non sentì il rumore della sedia accanto alla sua che veniva spostata.

«Penso di avere qualcosa che potrebbe piacerti» le disse

l'architetto con aria cospiratrice mentre si sedeva. Interessata, Olivia lo guardò prendere un contenitore dalla sua valigetta e darglielo. Il rendering la sorprese: era un nuovo concept della hall in cui Seth aveva integrato alcune parti del design attuale come le finiture del soffitto e la balaustra di marmo che dominava il piano principale, con altri spazi di sua concezione più aperti e aerodinamici. E la cosa funzionava sorprendentemente bene.

Olivia era contraria a rimuovere l'affresco nell'area check-in ma ora poteva vedere che così facendo, il bellissimo lavoro artigianale dei cassettoni ne avrebbe giovato.

«Lo adoro» commentò.

Improvvisamente, si rese conto che la concezione originale del nonno, per quanto bella conteneva troppi elementi che avevano finito col cozzare uno contro l'altro. Questo design più semplice aveva maggior classe ma comunque manteneva la bellezza e l'eleganza della hall.

«Wow, grazie per averlo creato. Lo apprezzo davvero.»

Nessuno se lo sarebbe aspettato da lui, specie dopo che la versione precedente era già stata approvata.

«Non c'è di che» replicò Seth, «Dato che stiamo praticamente rinfrescando la sala da ballo e quella da tè, volevo un design più coerente in tutto l'hotel, così da creare maggiore armonia.»

La donna sentì fiorire la speranza al pensiero di poter mantenere intatto qualcosa di più del lavoro di suo nonno, ma la realtà le ricordò che Adam doveva ancora approvare quella versione. Passò il rendering a Ricky.

«Pensi che ad Adam piacerà?»

«Glielo chiederò» Ricky diede un'occhiata al disegno poi a Seth, che annuì.

«Te ne mando una copia.»

«Come hai imparato a fare cose simili?» gli domandò Olivia. Seth faceva sempre cambiamenti piccoli ma significativi.

«Ho avuto la fortuna di lavorare per Tom Fielding» rispose lui, citando il famoso architetto post-moderno e ridendo, «Beh, all'epoca non pensavo esattamente questo. Era solo tantissimo lavoro. Lui disegnava tutto a mano e noi dovevamo convertire in CAD, ma alla fine della fiera è stato il miglior apprendistato che potessi mai fare. Ho imparato tantissimo sul design, dal disgregare le cose, al metterle insieme. Ehi, dimenticavo che anche tu hai studiato architettura: dove hai fatto il tirocinio?»

Olivia avvampò. «Non l'ho fatto. Ho smesso subito dopo il terzo anno per dare una mano qui.»

A volte sentiva ancora di aver scelto la strada più facile. Aveva sempre amato il design, da bambina progettava continuamente palazzi, ma al college aveva davvero fatto fatica, molto più dei suoi compagni. Aveva lavorato per settimane su un progetto solo per vederlo distrutto alla lezione di Progettazione. La critica era stata giusta, ma Olivia aveva sempre faticato a integrare il giudizio. Aveva sistemato un problema e tuttavia, ne aveva creato uno più grosso del precedente. Era stata quella l'occasione in cui il professore le aveva detto davvero cosa non andava.

C'erano stati momenti in cui il suo lavoro era stato giudicato non ispirato o pedestre, e il professore o il critico si era aspettato un miglioramento, ma il più delle volte,

Olivia aveva finito col rifare tutto con un'idea completamente diversa, perché non sapeva da che parte iniziare ad affrontare il problema.

«E fammi indovinare: eri sollevata quando te ne sei andata?»

Olivia rise. «Esatto» ammise, «Per quanto m'impegnassi non riuscivo mai a manipolare concettualmente luce e texture. Ad ogni semestre mi sembrava sempre di pregare i professori perché passassero a un approccio più tangibile. Quando si trattava di luoghi reali e strutture vere e proprie me la cavavo piuttosto bene, ma per tutto il resto ero sempre appesa a un filo.»

«E quasi tutto a scuola è astratto» concluse lui. Olivia annuì.

«Esatto.»

Seth fece un sospiro. «Sai, anche io ho avuto dei grossi problemi nell'adattare i modellini 3D alla carta durante il corso di studi. Nella mia mente sapevo cosa volevo, ma non riuscivo a traslarlo correttamente su una scala 2D.»

Olivia ne fu sorpresa. Non si aspettava che qualcuno del suo calibro avesse avuto problemi con una parte tanto fondamentale dell'architettura. Problemi grossi probabilmente quanto i suoi, ma invece di mollare si era impegnato, diventando un architetto fantastico. Si sentì umiliata.

«Lascia che te lo dica» proseguì lui, «fare l'apprendistato alla Fielding mi ha insegnato molte più cose sulla mia visione della vita, di quanto abbia mai fatto Progettazione. Non mentirò dicendo che le cose migliorano. Solo poco più della metà dei miei compagni di classe sono riusciti a laurearsi in realtà, ma il lavoro dopo non è mai stato come lo studio. Tutto si basa sulla realtà, quindi dovresti decisamente fare di nuovo un pensierino ad architettura se sei interessata a quell'aspetto.»

Aveva già sentito quelle parole, ma una parte di lei era preoccupata di non avere quel che serviva per laurearsi, punto e basta. Anche se aveva completato tutti corsi, c'erano state volte in cui quasi non c'era riuscita e per qualcuno abituato ad avere quasi tutte A, sforzarsi tanto e riuscire a malapena a passare un esame era scorante.

«E se decidessi mai di tornare a scuola, potresti sempre fare l'apprendistato al mio studio.»

«Grazie, lo apprezzo davvero.»

Non avrebbe mai potuto accettare per via del conflitto d'interessi, ma era toccata da quell'offerta.

«Certo. Hai un talento per il design che io...»

Seth si interruppe all'apertura della porta. Tina entrò col resto della squadra Montgomery. Lui le lanciò un'occhiata di scuse, poi prese le sue cose e andò a sistemarsi a capotavola. Una volta che tutti furono seduti, iniziò la sua presentazione.

Mentre Seth parlava della sua visione per i negozi interni all'hotel, Olivia guardava il suo nuovo design, restando meravigliata da come i più semplici cambiamenti conferissero eleganza alla stanza. Avrebbe voluto saper fare lo stesso e si ritrovò a pensare a come tornare a scuola. Forse poteva iscriversi a qualche corso, così da non stressarsi troppo, o magari frequentare di nuovo quelli vecchi e vedere che voti otteneva

Di certo, questa seconda volta sarebbe stato più semplice...

* * *

«Ciao, Adam. Grazie per avermi ricevuto con un preavviso tanto breve» lo salutò Edward Monroe entrando nel suo ufficio.

«Sai che la porta è sempre aperta per te» replicò l'altro, accogliendo l'investigatore, «Cos'hai trovato?»

Sapeva già che i suoi avevano sparso le voci su di lui, ma voleva conoscere esattamente la portata di quelle chiacchiere. C'erano altre società che avevano deciso di non comprare più, come quella di Landon? Non riusciva a immaginare che le persone si prendessero il disturbo di controllare la veridicità di quelle voci come aveva fatto Jake. Anzi, la maggior parte delle società probabilmente le avrebbe considerate reali e sarebbe andata avanti, costandogli un'enormità in termini di affari.

E poiché i suoi erano incapaci di sentire ragione, Adam avrebbe risposto al fuoco col fuoco. Una parte di lui detestava di doversi mettere al loro livello. Quando si trattava dei genitori, aveva sempre scelto la via più semplice, smarcandosi dalla loro ricerca di una lite ma ora, stavano provando a mandarlo a fondo lavorativamente parlando e non sarebbe rimasto con le mani in mano.

Non avrebbe certo inventato delle bugie come avevano fatto loro, ma di sicuro poteva lavare qualche panno sporco fuori casa, così che tutti sapessero.

Edward sospirò. «Temo che non ti piacerà: a quanto pare è stato tuo fratello, non i tuoi genitori.»

Adam lo fissò attonito: lui e Doug non erano propriamente vicini, era vero, ma non gli avrebbe mai fatto una cosa del genere.

«Deve esserci un errore» commentò quando finalmente ritrovò la voce. Non solo Doug era una brava persona, ma sapeva anche cosa si provava a venire bullizzati dai propri genitori. Non avrebbe mai dato loro una mano a ferire Adam.

A meno che i miei non abbiano Doug sul libro paga, anche se lui non ha mai fatto un cazzo di niente...

«Mi dispiace» gli disse Edward, «Ho la conferma da due fonti separate.»

Adam scosse la testa e pensò all'ultima volta in cui aveva incontrato il fratello. Era stato il mese scorso, quando tutti e tre si erano riuniti a cena. Assolutamente nulla nel comportamento di lui lo aveva preoccupato. Doug era stato divertente e alla mano come sempre.

Era da escludere che ci fosse lui dietro quegli attacchi, ma forse poteva sapere qualcosa. Magari era stata una delle sue conoscenze a malignare contro la AC Developments e quando Doug non l'aveva corretto, la gente aveva dato per scontato che dicesse la verità. Era un'ipotesi un po' tirata ma molto più credibile che non il sabotaggio da parte di suo fratello. Una volta che Edward se ne fosse andato, gli avrebbe telefonato e poi, forse, sarebbe riuscito a mettere l'investigatore sulla pista giusta.

Mentre questi riassumeva le conversazioni avute, Adam si rese conto che erano tutte informazioni di seconda mano. Nessuna delle persone aveva parlato direttamente con Doug. Se ne rincuorò: c'era stata una sorta di incomprensione.

Edward si congedò. Lui prese il cellulare e chiamò il fratello, che rispose dopo qualche squillo.

«Ciao, Adam. Che c'è?»

«Stai dicendo in giro che sono finanziariamente insolvente?» domandò, facendo una smorfia tra sé e sé. Aveva in mente di arrivarci in modo blando, ma quelle voci lo stavano facendo cambiare completamente.

«No. Certo che no. Aspetta… forse sì.»

Adam si sentì preda dell'inquietudine. «Spiegati.»

«Beh, c'era questa ragazza davvero carina che mi credeva te. Le ho detto che stava cercando il Campbell sbagliato e posso aver implicato che eri senza un soldo.»

Adam grugnì. «Fammi indovinare: eri a una festa?»

Anche se suo fratello non era motivato a fare altro oltre a divertirsi, aveva un mucchio di amici tutti pieni di altri amici. Dei tre fratelli, Doug era l'unico che aveva preso a cuore il mantra genitoriale 'dipende da chi conosci'.

«Sì, la festa di compleanno di Alan Plummer.»

Ecco spiegato come si fossero diffuse le chiacchiere. Plummer era Amministratore Delegato della Banca Teller.

Con la fortuna che aveva, anche la donna su cui Doug stava cercando di fare colpo era un pezzo grosso di una qualche banca. O magari, qualcun altro aveva origliato.

«Perché? È successo qualcosa?» gli chiese il fratello.

Adam scosse la testa: Doug avrebbe mai imparato che le sue azioni portavano a delle conseguenze?

«La catena di ristoranti Landon si è tirata fuori dal Plex per via di certe chiacchiere sulla mia insolvenza. I permessi erano già stati approvati e stavamo per iniziare a costruire.»

«Oh… merda. Mi dispiace davvero, Adam. Vuoi che dica qualcosa?»

«No, peggioreresti solo le cose. Senti, apprezzerei davvero se in futuro evitassi di parlare di me e della mia situazione finanziaria.»

Sperava che le chiacchiere si sarebbero esaurite spontaneamente non appena le persone avessero visto che andava tutto bene. Il fatto che quello fosse un attacco isolato e non costante, per mano dei genitori come aveva pensato, aiutava.

«Scusami.»

Sospirò. Sebbene fosse deluso da Doug, sapeva che il cervello di suo fratello evaporava non appena vedeva una bella donna.

«Almeno ti ha dato il suo numero?»

«Siamo usciti insieme un paio di volte ma non ha funzionato.»

Certo che no. Non c'era da sorprendersi che lui e i suoi fratelli non avessero mai avuto relazioni serie: quale persona sana di mente l'avrebbe avuta dopo esser stata testimone del matrimonio dei loro genitori? Sì, una volta si erano amati, altrimenti suo padre non avrebbe mai sposato qualcuno che non fosse ricco e potente, ma in un qualche modo quel sentimento si era avariato, diventandone una versione malata in cui lo scopo comune sembrava farsi reciprocamente del male con le loro scappatelle. Adoravano rendersi infelici e se non fossero stati tanto preoccupati delle apparenze e del denaro, avrebbero divorziato anni fa.

A Martha piaceva pensare che era stata la tendenza a dover controllare tutto della madre, a spingere il padre nelle braccia di altre donne. Dato che la mamma non era nata ricca come il marito, aveva sovracompensato assicurandosi che la famiglia non apparisse mai bisognosa di qualcosa. Indossavano sempre gli abiti giusti, si comportavano in un certo modo e partecipavano agli eventi più esclusivi. Tuttavia, anche il padre era così perciò Adam dubitava che il motivo fosse quello.

Considerato quanto fossero orribili sua madre e suo padre, era plausibile che avrebbero reso infelice chiunque avessero sposato. La fortuna di Adam e dei suoi fratelli era che si fossero trovati ed avessero avuto loro come figli.

Al pensiero di quanto loro tre fossero molto più avvantaggiati della maggior parte delle persone, Adam sospirò. Avrebbe semplicemente dovuto essere felice di non essere più sotto al loro controllo.

Quando chiuse la telefonata con Doug, si rese conto con sorpresa che i suoi genitori non c'entravano proprio niente questa volta. Non riusciva a crederci, erano innocenti. Perché allora suo padre gli aveva telefonato la settimana prima? Possibile che volesse davvero solo salutarlo?

Si sentì in colpa per come aveva reagito e prese in considerazione l'idea di richiamarlo per scusarsi, prima di respingerla. Solo perché suo padre non aveva dato il via a quelle chiacchiere, non significava che non stesse tramando qualcosa. Perché francamente, quell'uomo non chiamava *mai* a meno che non volesse qualcosa.

Era comunque bello avere avuto la conferma della loro innocenza e l'uomo si prese l'appunto mentale di essere più cordiale quando si sarebbero parlati di nuovo.

CAPITOLO UNDICI

Nell'attesa dell'ascensore, Olivia rivide mentalmente i punti salienti per la riunione imminente con la Julian Spa.

La Montgomery di solito gestiva le proprie SPA all'interno dei loro hotel, ma lei voleva discostarsi da quel modello. Per quanto riguardava gli alberghi di lusso erano uno dei marchi più importanti, mentre per le SPA non arrivavano nemmeno a rasentare il meglio e non aveva senso competere con chi stava nell'Olimpo, quando potevano semplicemente chiedere a uno di loro di aprire una SPA all'interno di un hotel Montgomery.

La Julian Spa avrebbe ottenuto un grosso sconto sull'affitto mentre loro avrebbero venduto di più e i loro clienti avrebbero avuto la certezza di ricevere il meglio del meglio. Suo padre e Adam avevano dato l'okay al progetto e se Olivia avesse chiuso quell'accordo, Il Palazzo sarebbe stato il loro primo albergo a vantare una SPA diversa.

Le porte dell'ascensore si aprirono e la donna fu sorpresa nel vedere Adam che usciva. Era la prima volta che si incrociavano da quando lui le aveva portato la torta e Olivia dovette trattenersi dal sogghignare come una sciocca. Le era mancato... era ridicolo!

Concordavano sul fatto che la priorità fosse il rapporto lavorativo, eppure eccola lì che lo ammirava nemmeno dovesse nuovamente sparirle da sotto il naso. Con quelle spalle ampie che riempivano il completo scuro, sembrava meglio di come lo ricordava e improvvisamente, la donna realizzò di essere proprio nei guai.

Era molto più facile raccontarsi che le cose dovevano restare sul professionale quando Adam non era in piedi davanti a lei, perché non importava quanto fosse tentata di abbandonare ogni cautela, non poteva rischiare la propria posizione nel progetto e i suoi sogni di costruire una piccola catena di hotel, solo per un uomo.

I loro sguardi s'incrociarono e quello di lui si fece caldo. Olivia pensò che fosse felice di vederla, ma sapeva che era solo un pio desiderio. Adam abbassò gli occhi sulla valigetta di lei poi allungò la mano per fermare l'ascensore.

«Scendi?»

Lei annuì.

«Vengo con te.»

«Volevi parlarmi?» chiese lei entrando nella cabina.

«Sì, de Il Palazzo.»

Al pensiero di cosa volesse dirle, Olivia si sentì riempire dalla preoccupazione, ma non voleva fare tardi. «Veramente stavo andando a una riunione con la Julian Spa» disse.

«Ti accompagno e parliamo per strada?»

La sua offerta di seguirla la colse di sorpresa, ma non avrebbe dovuto. Anche quando non presenziava alle riunioni, Adam era comunque più attivo nel processo decisionale di qualsiasi altro cliente con cui avesse mai lavorato. Aveva persino approvato i cambiamenti di Seth alla hall poche ore dopo la riunione. Un bel cambiamento rispetto a certi clienti che impiegavano due settimane per rispondere.

«Va bene.»

Il fatto che la tallonasse contribuiva a lenire le sue preoccupazioni. Dubitava che se la sua performance non lo avesse soddisfatto, l'avrebbe seguita e mentre Olivia era felice al pensiero di passare del tempo assieme a lui, una parte di lei si domandava se per caso Adam stesse sondando il terreno, per capire se potessero o meno collaborare. In quel caso, gli avrebbe dimostrato che non solo era capace di mantenere tutto a un livello professionale, ma anche che sapeva negoziare un buon affare per Il Palazzo.

«È la società di cui hai parlato, quella che possiede una SPA vicina all'hotel?» domandò lui.

«Già» replicò lei, felice che lui rammentasse un dettaglio tanto piccolo, «Ne hanno una a due isolati.»

Summerville era un'altra opzione, ma lei preferiva la Julian perché la posizione e i valori si adattavano meglio al marchio Montgomery. Era di alta classe ma comunque accessibile, mentre la Summerville, per quanto avesse un servizio clienti incomparabile, riusciva talvolta a intimidire.

Olivia sollevò la valigetta.

«Ho le cifre. La maggior parte dei clienti che frequentano le SPA Montgomery è ospite e ritengo che i numeri bastino a giustificare l'apertura di un'altra sede senza cannibalizzare le attuali vendite. Comunque, grazie per avermi permesso di portare avanti quest'idea.»

Voleva fare qualcosa di simile anche per il loro hotel di Los Angeles ma il gestore si era rifiutato di ridurre i profitti in qualsiasi modo.

«Di nulla. Credo che il brand Julian indurrà quegli ospiti che normalmente non userebbero la SPA, a provarla e il volume di affari extra compenserà abbondantemente i margini di profitto ridotti.»

Anche lei pensava la stessa cosa e fu grata ad Adam per essersi dimostrato un partner tanto disponibile.

* * *

«E pensereste voi a lenzuola, asciugamani e simili?» le chiese un'ora e mezza più tardi Greg Mateik, Vice Presidente delle operazioni alla Julian.

Olivia digrignò i denti. Aveva risposto a quella particolare domanda già due volte ormai.

«Sì, penseremmo noi a tutto» ripeté e prima che lui chiedesse di nuovo, aggiunse: «compresi posate e piatti» riferendosi a piattini e tazzine che la Julian usava per servire tè e biscotti ai clienti.

Iniziava a temere che contattare la Julian fosse stato un errore. Sapeva che Greg era il genero del proprietario, ma non riusciva a credere che permettessero a qualcuno con cui era tanto difficile interloquire, di essere vice presidente alle operazioni. E non solo. Stava lentamente rovinando tutto quanto, ricordandole tanto Don Frazer, un gestore in franchise che aveva da ridire su ogni singola riga di ogni loro dichiarazione.

Olivia temeva le telefonate a cadenza quindicinale, che

duravano ore ma sfortunatamente, lui non ne aveva mai mancata una. Non poteva fare niente al riguardo perché Don era cliente di vecchia data, ma se avesse potuto evitarlo, non sarebbe mai entrata in affari con uno come lui. E poi, quanto poteva mai costare lavare qualche lenzuolo? Non le sembrava qualcosa in grado di decidere le sorti di un affare.

«E gli altri nostri prodotti?»

La donna si accigliò. «Cosa intendi?»

«La Montgomery si prenderebbe una percentuale anche dalle vendite dei nostri prodotti?»

Olivia strinse il pugno sotto al tavolo. Non riusciva a credere che Greg avesse il fegato di chiederglielo dopo che lei gli aveva già detto che la Montgomery avrebbe pubblicizzato i prodotti nella hall e all'interno del loro catalogo.

Fece del suo meglio per mantenere un tono uniforme e rispose: «Se il cliente li compra in hotel, sì. Ricaveremo la stessa percentuale dei servizi SPA.»

Riusciva proprio a immaginare come l'avrebbe pungolata su qualsiasi cosa se si fossero associati e mentre era d'accordo che discutere certi dettagli fosse meglio prima di inoltrarsi più a fondo nella discussione, questo era davvero troppo. Non voleva più fare affari con persone come lui.

Al pensiero di quanto potesse sembrare incompetente agli occhi di Adam in quel momento, le sue guance si tinsero di rosso. Prima, Olivia gli raccontava tutti i suoi fallimenti a cena e adesso questo! Senza dubbio Adam si stava pentendo della decisione di tenerla a bordo e probabilmente, si chiedeva se fosse troppo tardi per rimpiazzarla.

«Non mi sembra giusto. I prodotti non richiedono tutto quello spazio.»

«E vuoi che siamo noi a coprire i costi delle carte di credito anche per quelli?» domandò, tornando a un discorso precedente, in cui Greg aveva proposto di venire pagato in base al ricavo totale invece che ai crediti netti.

«Beh, potremmo avere due POS» ipotizzò lui.

Olivia brontolò fra sé e sé: quella cosa stava diventando ridicola. Per un attimo pensò di ignorare del tutto Greg per parlare con qualcun altro, ma poi rifiutò l'idea. Non solo quella collaborazione sarebbe partita col piede sbagliato, ma i superiori avrebbero potuto delegargli quel lavoro e lei si sarebbe ritrovata ad averci a che fare di nuovo.

Peccato, perché la Julian sarebbe stata davvero perfetta per la Montgomery.

Lo schermo del suo cellulare s'illuminò. Di norma Olivia lo avrebbe ignorato, ma in quel momento stavano semplicemente perdendo tempo. Non avrebbe mai accettato di fare affari con lui, perciò lo prese e vide che c'era un messaggio da parte di Adam.

SOS?

Lieta di avere una scusa per smarcarsi da quell'incontro, resistette all'impulso di sorridere. Lo avrebbe ringraziato più tardi.

«Mi dispiace, Greg ma temo di dover andare. Ho qualche problema in ufficio.»

«Okay. Ti invierò le altre domande via mail.»

«Ottimo» replicò Olivia alzandosi. Si assicurò di avere preso tutto poi si accomiatò.

«È stato bello conoscerti.»

«Sì, anche per me» replicò lui stringendo la sua mano poi quella di Adam, «Non vedo l'ora di collaborare con la Montgomery.»

Non sarebbe mai uscita abbastanza in fretta da quell'ufficio, ma si assicurò di misurare i suoi passi mentre attraversavano la hall. Avrebbe dato un'occhiata alle offerte della Summerville appena tornata in sede. Dopo quell'orribile incontro di cui Adam era stato testimone, Olivia era ansiosa di aggiustare le cose e trovare un'alternativa il più velocemente possibile.

«Insomma, un fiasco totale» commentò con Adam una volta fuori.

«Mi dispiace per averti fatto perdere tempo e grazie per il salvataggio» apprezzava che lui le avesse dato una scelta con quel messaggio. Considerato quanto stesse andando male, Adam avrebbe potuto facilmente fingere di averne ricevuto uno per sgattaiolare via, e invece le aveva passato la palla. Gliene era grata.

«Non è stato proprio totale. I biscotti erano deliziosi» replicò lui, facendola ridere.

Arrivarono agli ascensori e lui premette il pulsante per scendere. Mentre aspettavano, un uomo in completo passò loro vicino. Squadrò Olivia dalla testa ai piedi senza alcuna fretta, poi le fece un sorriso. La donna percepì Adam alle sue spalle fare protettivamente un passo in avanti. Lo sguardo dell'altro si fece gelido mentre dedicava loro un cenno secco del capo e proseguiva.

Brontolò fra sé e sé: già Adam le piaceva più di quanto avrebbe dovuto, col modo in cui si era comportato oggi - lasciandole decidere se terminare quell'incontro - e ora questo, l'avrebbe fatta capitolare in fretta. Non aveva alcuna difesa contro qualcuno che non solo era sexy come il peccato, ma anche pieno di attenzioni.

«Grazie per la protezione» mormorò mentre le porte si spalancavano ed entrambi entravano nell'ascensore. Dentro di sé non riusciva a non preoccuparsi per quei sentimenti che si stavano velocemente sviluppando nei suoi confronti e come avrebbero influito sul loro rapporto di lavoro.

* * *

Olivia pensava che lui stesse cercando di proteggerla.

Probabilmente era meglio continuare a lasciarglielo credere, anche se quello non era il vero motivo. Adam aveva notato lo sguardo di quell'uomo e aveva marcato il territorio.

Volendo dimostrarle che non l'aveva fatto per gentilezza, la trasse a sé e la baciò. Lei si immobilizzò e l'uomo ricordò troppo tardi che Olivia aveva snobbato le attenzioni di quell'altro e rifiutato anche le sue avances, perciò la lasciò.

«Non avrei dovuto...» ma venne interrotto quando lei spinse la sua testa verso il basso, invitandolo a un altro bacio.

La cinse e andò a fondo. Aveva un sapore dolcissimo e ne voleva di più. Mordicchiò le sue labbra spingendole a schiudersi. Olivia gemette quando la lingua di lui scivolò incontro alla sua e quel suono gli arrivò dritto al membro.

L'ascensore trillò e le porte si aprirono proprio mentre si separavano. Lei aprì gli occhi e lo sguardo velato regalò all'uomo un'ondata di orgoglio: era stato lui a provocarglielo, voleva farle molte altre cose, ma sapeva che a Olivia sarebbe servito del tempo prima che prendesse una decisione.

Entrarono due persone e l'ascensore si richiuse nuovamente. Il silenzio era assordante e Adam si ritrovò preso in contropiede dal desiderio di sentirla nuovamente tra le sue braccia. Era così perfetta, ci stava bene come se fosse quello il suo posto.

Quando finalmente arrivarono alla hall, gli parve che fosse passata un'eternità.

«Allora, immagino che avrai un po' di tempo libero visto che la riunione è finita prima?» domandò mentre raggiungevano la porta. Il suo tono calmo non rispecchiava il tumulto interiore. Il suo cuore correva e non stringerla ancora richiedeva uno sforzo erculeo.

Olivia annuì.

«Il mio ufficio è a pochi isolati da qui. Ti va di vedere il nuovo complesso che sto costruendo?»

Avrebbe di gran lunga preferito portarla a casa sua, ma si sorprese a scoprire di voler passare con lei del tempo in qualunque modo possibile e cosa ancor più strana, voleva davvero mostrarle il progetto che stava per significare così tanto per lui.

«Mi piacerebbe» rispose Olivia.

Anche lei voleva conoscerlo meglio e sapere cosa faceva. Adam provò un improvviso calore.

CAPITOLO DODICI

Olivia era impressionata dal modellino del Plex, il polo dello shopping che Adam stava costruendo. Era molto di più bello di quanto si sarebbe aspettata. Da come gliel'aveva descritto, aveva pensato a qualcosa di più simile a un centro commerciale, mentre questo era un vero e proprio complesso con tanto di cinema, ristoranti, negozi e persino un hotel. Un hotel Stone House.

«Perché non hai scelto la Stone House anche per Il Palazzo?» domandò curiosa.

Aveva una buona reputazione e una divisione lusso con cui la Montgomery si trovava a competere. Naturalmente, secondo lei la Montgomery era meglio, ma sapeva anche di essere troppo di parte per una scelta imparziale.

«La Stone House è stata davvero un fantastico partner per noi, ma io volevo qualcosa di meglio per Il Palazzo.»

«E che fosse qualcosa di più di uno dei tanti posti di New York» aggiunse lei.

Adam annuì.

Anche se non diminuiva il suo senso di colpa, improvvisamente Olivia si rese conto che aver perso il Whitcombe poteva averle portato bene. In caso contrario, Adam probabilmente non avrebbe mai proposto loro Il Palazzo. Per quanto avesse sempre desiderato che tornasse in mano alla famiglia, era a lui che stava pensando in quel momento. Beh, era a lui che stava pensando da settimane ormai. Prima per quel loro bacio dopo la cena assieme e ora per quello in ascensore.

Era ancora sorpresa per la sfacciataggine dimostrata nel baciarlo a sua volta quando si era scostato. Colpa del fatto che lui non l'avrebbe rifatto e il pensiero di non essere più baciata era insopportabile. Per quello ci aveva pensato lei e Adam aveva risposto.

I brividi corsero lungo tutto il suo corpo mentre ci ripensava. Non ricordava di essere mai stata tanto eccitata da un solo bacio e immaginava senza fatica quanto sarebbe stato fantastico il sesso con lui. L'abbraccio nell'ascensore era stato emozionante e sensuale e il fatto che Adam non le avesse messo pressione glielo faceva desiderare ancor di più. Andarci a letto era una pazzia, ma Olivia non voleva sentire ragioni.

Si rese conto che gli stava fissando quelle labbra che l'avevano baciata così avidamente. Abbassò lo sguardo sul modellino e arrossì.

«Dove si trova per l'esattezza?» domandò, obbligandosi a concentrarsi. Lui sembrava così fiero di mostrarle il suo lavoro che il meno che potesse fare, era prestargli attenzione.

«A circa mezz'ora da Houston, a Clear Lake.»

«Dove c'è il Centro Spaziale?»

Lui annuì «E tante aziende.»

«Perciò avrai turisti ma anche viaggiatori per affari» la Montgomery cercava spesso la stessa cosa tranne nelle città più grandi, ma il suo hotel a Yosemite non sarebbe stato così. Dato che non avrebbe avuto vicino alcuna società o multinazionale, avrebbero dovuto fare affidamento principalmente sui turisti. Però, Olivia riusciva a immaginare società interessate a usarlo per tenerci delle conferenze o come rifugio…

«È quello che speriamo.»

Qualcosa nel tono di lui le fece alzare lo sguardo, sorprendendosi nel vederlo che le fissava le labbra. Quando anche Adam la guardò negli occhi, Olivia provò un brivido delizioso: era uno sguardo che ardeva. Lei gli piaceva come era. Tante volte gli uomini avevano finto interesse nei suoi confronti solo per poter avere accesso a uno dei membri della sua famiglia, ma Adam non era così. Aveva già siglato il suo affare e tutti i termini erano stabiliti, quindi l'aveva baciata perché voleva farlo. E si era persino ingelosito. Non ricordava di aver mai reso geloso nessuno prima, ed era qualcosa in grado di darle alla testa. Si era preoccupata che lui non ricambiasse i suoi sentimenti, ma se invece l'avesse fatto?

«Andiamo da me?»

I nervi affiorarono appena quelle parole lasciarono la sua bocca. Non si era mai comportata così, ma era anche vero che nessuno l'aveva fatta sentire in quel modo e ora si ritrovava a voler fare qualcosa per sé stessa. Delle conseguenze si sarebbe preoccupata in un secondo momento.

Passò un attimo prima che lui annuisse. «Guido io.»

* * *

A ciascuno dei gradini della casa in arenaria di Olivia, il cuore di Adam accelerava. Sapeva che era una pessima idea, ma non riusciva a trovare la forza per mettere la parola fine. Non voleva. Erano settimane che la pensava. Quando si buttava nel lavoro, sperando di scordarla, Olivia trovava il modo per insinuarsi nella sua mente durante la notte.

La guardò aprire la porta con movimenti sicuri e precisi e si rammaricò di non essere altrettanto calmo. Voleva andarci piano e assaporare ogni attimo, ma dopo averla desiderata per così tanto, era troppo su di giri. Appena si ritrovarono all'interno e la porta si chiuse, la spinse contro e la baciò. Le mani di Olivia gli accarezzarono ansiose il torace, dandogli i brividi mentre piccoli baci gli tempestavano il mento e la gola. La donna gli tolse la giacca poi iniziò a sbottonargli la camicia.

Lui trovò la cerniera del suo abito e quando lo abbassò, rivelando il seno coperto dal pizzo, si ritrovò con la bocca secca. Vi posò immediatamente sopra la bocca, mordicchiandolo dolcemente. Olivia ansimò, lo strinse e lo avvicinò maggiormente a sé.

I suoni che stava emettendo gli davano alla testa. Sorridendo, lui le inumidì il capezzolo. Mentre si spostava per dedicare la stessa attenzione all'altra mammella, le mani di Olivia andarono alla sua cintura, strofinandosi contro l'erezione e mandandogli l'intero corpo fuori controllo.

Temendo di rendersi ridicolo prima ancora che iniziassero, Adam si scostò.

«Io penso ai pantaloni. Tu...» il suo sguardo scivolò sulle mutandine coordinate. Giurò a sé stesso che più tardi l'avrebbe assaggiata.

Per fortuna, Olivia aveva capito e le tolse. Il piccolo triangolino stuzzicante gli fece momentaneamente dimenticare quello che doveva fare. Solo quando lei fece un passo avanti, Adam recuperò il senno: si liberò velocemente degli abiti e prese un profilattico.

Sfiorò la sua intimità, grato di trovarla umida e scivolosa. La penetrò con un dito e gemette: diavolo se era stretta! Le palpebre di Olivia vibrarono e la sua testa andò all'indietro con un mugolio.

Adorava che fosse tanto reattiva. Inserì un secondo dito ma dopo un paio di colpi decise di non poter attendere oltre. La mano scivolò via e Adam indossò il preservativo, poi l'afferrò per i fianchi, la sollevò ed entrò in lei. Il suo stretto calore lo intrappolò, facendogli rovesciare gli occhi: che meraviglia era! Iniziarono a muoversi in perfetta armonia, come se l'avessero già fatto un milione di volte. Olivia lo avvolse tra le gambe, spingendolo ancor più a fondo dentro di sé. Lui le abbassò le coppe del reggiseno, svelando i due globi succulenti e iniziò a succhiarne uno.

Sentì le unghie di lei che gli incidevano la schiena e un grido prima che iniziasse a contrarsi. La sensazione di lei che lo stritolava lo spedì dritto al punto di non ritorno e vennero insieme.

Adam sentì le sue gambe slacciarsi, allora rinsaldò la presa poi appoggiò la fronte su quella di Olivia. Caspita, sapeva che insieme sarebbero stati perfetti ma non si aspettava tanto. E la voleva ancora. La sua bocca calò su quella donna e questa volta si prese tutto il suo tempo, assaporandola.

«Beh, questo sì che è stato qualcosa!» esclamò lei quando si separarono. Adam rise.

«Sì, è vero.»

Si sentiva come se avesse appena attraversato di corsa Central Park e aveva davvero voglia di rifarlo, ma voleva prendersela con comodo, esplorando tutto quanto quel suo corpo. Olivia era davvero sensibile, già immaginava i suoi gemiti quando lui avrebbe scoperto un punto particolarmente delicato. Ridacchiò, poi la sollevò scostandola dalla porta.

«Andiamo in camera.»

* * *

«Cosa ti ha fatto cambiare idea su di noi?» le domandò ore dopo, mentre se ne stavano accoccolati nel letto, «Non che mi lamenti, ovviamente.»

«Una volta tanto volevo qualcosa solo per me» probabilmente l'indomani se ne sarebbe pentita, ma per il momento era felice di ritrovarsi tra le sue braccia ad assaporare il momento.

«Quindi sono una ricompensa.»

Olivia rise poi si voltò verso di lui. Considerato che aveva appena fatto il miglior sesso della sua vita, era una descrizione corretta però non si era trattato solo di sesso, c'era anche una connessione reale. Non si era mai sentita sincronizzata con qualcuno a quei livelli e sperava che anche Adam provasse la stessa cosa.

«Certo che sì. Diciamo che sono sempre stata conscia di quanto le mie azioni si riflettessero sulla mia famiglia. Per una volta ho voluto buttare al vento ogni cautela.»

«Tu sei davvero vicina alla tua famiglia, vero?»

«Sì. Forse è perché abbiamo lavorato insieme in hotel per tanti anni, ma siamo sempre stati uniti.»

Non se ne era resa conto allora, ma coi suoi genitori aveva davvero vinto il jackpot. Mentre gli altri affidavano i figli alle tate o all'asilo, i suoi si erano presi cura di lei e di suo fratello praticamente ventiquattro ore al giorno. Sì, a volte erano stati insopportabili, ma lei e Robbie avevano sempre avuto la certezza che ci sarebbero stati per loro due.

«E tu? So che non va tanto bene coi tuoi genitori, ma i tuoi fratelli?»

«Sono davvero legato a mia sorella, Martha. A scuola eravamo a una classe di distanza, perciò siamo sempre stati uniti. Doug invece ha sette anni meno di me. Quando era in prima, io andavo già a lavorare da mio nonno dopo scuola. Andiamo d'accordo, ma non credo che saremmo mai rimasti in contatto se non fosse per Martha che ci spinge a vederci spesso.»

Adam fece una pausa poi proseguì. «Mio padre mi ha finanziato la scuola dei miei sogni solo per rifiutarmi.»

Olivia non mosse un muscolo nell'attesa che continuasse.

«Io volevo studiare Chimica per lavorare all'aspetto tecnico dell'azienda mentre lui voleva che facessi Economia nella sua stessa università. Feci un patto coi miei: se mantenevo una media dell'otto e venivo accettato dove volevo, mi avrebbero permesso di studiare Chimica.» Scosse la testa, «Non credo si aspettassero che ce la facessi, non ero mai stato un gran studente, ma mi impegnai davvero e riuscii ad entrare. Però mio padre aveva altri piani.»

«Ma è terribile!»

Lui scrollò le spalle. «Almeno so cos'ha fatto. Casualmente, l'avvocato di famiglia mi mise in copia per conoscenza la lettera di ringraziamento di mio padre al rettore e così lo scoprii. Diavolo, non ci avrei nemmeno mai creduto» rise amaramente, «Non vedevo davvero l'ora di lavorare con mio padre, di realizzare i miei progetti per la ditta.»

«E sei in contatto coi tuoi?»

«Di solito li vedo una volta all'anno, alla festa di compleanno di mia sorella, anche se in realtà ho parlato con mio padre il mese scorso.»

«Ha cercato di scusarsi?»

Detestava il pensiero di lui in rotta con i genitori. Quello che gli avevano fatto era impensabile, ma Olivia dubitava che avessero cattive intenzioni. Probabilmente stavano solo cercando di fare quello che ritenevano meglio. Anche i genitori erano esseri umani e come tali, sbagliavano.

«Ha detto di voler cenare con me prima o poi, il che è un'assurdità perché lui e mia madre sopportano a malapena la mia vista. Gli ho chiesto se per caso uno dei due fosse malato e mi ha detto che stavano bene.»

«E li vedrai?»

«Non abbiamo fatto alcun progetto ma credo di sì se mi ricontattano.»

Pensando che forse tutto ciò che serviva ad Adam fosse

una piccola spinta per potersi riconciliare con i suoi, Olivia si domandò se ci fosse qualcosa che potesse fare. Poi, nuovamente rammentò che la Dannier aveva una SPA. Forse un affare poteva essere il primo passo per ricucire lo strappo tra loro. La SPA Dannier non era avviata come quella del Julian o della Summerville, ma il loro marchio era sicuramente più riconoscibile per l'americano medio. La crema per il viso veniva venduta praticamente in ogni grande magazzino e aveva un seguito di enorme portata.

Il giorno dopo ci avrebbe dato un'occhiata prima di parlarne ad Adam, ma più ci pensava e più le piaceva l'idea di integrare la famiglia di lui nei loro affari. E una piccola parte di lei si domandò se il motivo per cui Greg Mateik era stato così pedante, fosse alla base del successo della Julian. Magari avevano così tante offerte che potevano permettersi di pretendere quanto volevano. Dannier d'altro canto era una SPA ancora agli inizi e probabilmente più affamata di opportunità.

E a proposito di fame, improvvisamente, Olivia si rese conto dell'ora.

«Ti va di ordinare qualcosa da mangiare?»

«Tu hai fame?»

«No.»

Lo sguardo di Adam si riempì di malizia mentre le accarezzava un braccio.

«Allora mi viene in mente un modo migliore per passare il tempo» la informò e passò a dimostrarle come.

CAPITOLO TREDICI

L'indomani mattina, un movimento risvegliò Adam. Guardò al suo fianco e vide che Olivia si era raggomitolata contro di lui nel sonno. Sorrise mentre ripensava a quello che era successo il giorno prima: lui che la prendeva contro la porta, lei che glielo succhiava guardandolo con quei bellissimi occhi castani, la cena tailandese consumata tra le lenzuola… Era decisamente qualcosa a cui si sarebbe potuto abituare e quel pensiero lo sorprese.

Non aveva *mai* passato la notte assieme a una donna con cui aveva fatto sesso. Non solo non voleva che si facesse l'idea di un interesse oltre la scopata, ma arrivava sempre un momento in cui il bisogno di andarsene aveva la meglio su di lui. Eppure, per un qualche motivo ieri non aveva avuto la stessa sensazione. Accidenti, non la stava provando nemmeno ora.

Avrebbe dovuto capirlo che sentiva qualcosa di diverso per Olivia.

Non mescolava mai gli affari e il piacere. Ogni volta che

si sentiva attratto da una donna con cui lavorava, si diceva di dover semplicemente passare oltre e lo faceva. Con lei non ci era riuscito. Olivia gli era penetrata sotto pelle e non se ne andava.

Aveva a sua volta delle riserve sul farsi coinvolgere per via del loro rapporto lavorativo, ma forse non avrebbe considerato quella solo come l'avventura di una notte, perché per quanto lo riguardava, non ne aveva affatto avuto abbastanza.

Già aveva dei problemi a stare con lei nella stessa stanza prima, ora che sapeva come suonava il suo nome pronunciato dalle sue labbra e che l'aveva tenuta tra le braccia, non sapeva come avrebbe fatto a sopravvivere a un'altra riunione. Avrebbe passato il tempo pensando a quello che si stava perdendo, morendo dalla voglia di passare un'altra notte assieme a lei.

Come se avesse percepito di essere oggetto delle sue tenerezze, Olivia aprì gli occhi e lo guardò. Era così bella che Adam non poté non chinare la testa per baciarla.

«Voglio vederti ancora» le disse quando si staccarono.

«Venerdì abbiamo un incontro con Prism» rispose lei, citando l'attuale gestore de Il Palazzo. L'uomo emise un gemito.

Per favore, dimmi che stai scherzando.

Un sorrisino sexy le curvò le labbra mentre Olivia gli stringeva le natiche.

«Sono libera questa sera.»

«Ecco, somiglia più a quello che intendevo io.»

Un peso che non sapeva di avere venne immediatamente sollevato. Adam si chinò a baciarla nuovamente ma Olivia notò qualcosa alle sue spalle e sgranò gli occhi.

«Oh!» esclamò saltando giù dal letto. Lui si voltò curioso e vide un orologio. Non sapeva se sentirsi insultato o ridere.

«Mi dispiace» si scusò lei aprendo l'armadio per prendere una camicetta, «Di solito a quest'ora sto già andando al lavoro.»

Ecco un'altra cosa che gli piaceva di Olivia: come lui era nata benestante ma non l'aveva mai usato come scusa per non lavorare.

La donna si chinò per aprire un cassetto e la visione di quel suo culo perfetto gli fece dimenticare persino come si pensava. La vide prendere un reggiseno e delle mutandine e all'improvviso ricordò: erano a casa di lei e lui doveva ancora accompagnarla in ufficio, dove avevano lasciato la sua auto.

Scese dal letto e cercò i suoi vestiti mentre già iniziava a contare le ore che lo separavano dal momento in cui le avrebbe tolto quella biancheria.

* * *

«Ti dispiacerebbe non rendere pubblica la notizia di noi due in ufficio?» gli domandò Olivia quella sera a letto. Avrebbero voluto uscire a cena, ma dopo essere andati all'appartamento di lui a piedi, avevano iniziato a baciarsi e Adam era stato spacciato.

«Perché? Ti metto in imbarazzo?» la stuzzicò lui.

«Certo che no, ma è qualcosa che fa una buona impressione. Voglio dire... se uno dei nostri impiegati andasse a letto con un cliente, so come mi sentirei. Non mi interessa quel che pensano gli altri ma non voglio che in ufficio ci vedano diversamente o temano di farci qualche critica.»

«Capisco. Davvero.»

Se un membro del team avesse iniziato a frequentare uno dei suoi soci non avrebbe apprezzato di certo, «Quindi in pratica niente palpatine al sedere o baci rubati nel corridoio?»

Lei sorrise. «Proprio così.»

«Perciò immagino che dovrò compensare per il tempo perso» esclamò lui prima di baciarla. Le labbra morbide di Olivia cedettero sotto le sue e Adam approfondì il bacio, esplorandola e ubriacandosi della sua dolcezza.

Dopo un attimo, lei lo spinse via.

«Aspetta, devo chiederti un'altra cosa.»

Le sopracciglia di lui guizzarono e lei emise un gemito.

«Non riesco a pensare con te nudo davanti.»

Adam ridacchiò pensando all'effetto che aveva su di lei. Era bello sapere che non era l'unico a provare certe sensazioni.

La mano di Olivia non si era staccata dal suo corpo e continuava ad accarezzargli il torace. Con un sospiro, lui si spostò sul suo lato del letto e sfortunatamente, lei si coprì il seno col lenzuolo.

«Cosa ne pensi se scegliessimo Dannier come SPA per Il Palazzo? Ne hanno poche…»

Adam era ancora incantato sul maledetto lenzuolo che le copriva il seno, perciò gli ci volle un attimo per capire e quando accadde, il buonumore svanì.

«Assolutamente no» tagliò corto, raggelandola per un istante.

«Non nel senso di trattarla in modo speciale» proseguì lei esitante, «Anche se la Dannier è nuova nel mercato, sta crescendo in modo costante. Oltre ad avere un marchio noto…»

«Non mi interesserebbe nemmeno se fossero i numeri uno delle SPA mondiali. Non parteciperanno al progetto.»

Accettare una SPA Dannier in hotel avrebbe annullato lo scopo di sbattere il suo successo in faccia ai genitori. Come poteva Olivia chiedergli una cosa simile? Eppure sapeva cosa provava nei confronti dei suoi.

Rammentando quanto lei e la sua famiglia fossero legati, Adam affilò lo sguardo.

«Stai cercando di mettere una pezza tra me e i miei genitori?»

Lei parve voler negare, poi sospirò.

«Forse. Credo di sì. Secondo me la Dannier non sarebbe male, ma penso anche che per voi sarebbe più facile perdonarvi partendo da un rapporto d'affari.»

Lui grugnì sfregandosi il viso. Avrebbe dovuto intuire che Olivia avrebbe cercato di aiutare, ma quel rapporto non era recuperabile. Era un'opzione svanita molto tempo fa. Per quanto il tentativo di infilarsi nei suoi affari personali lo frustrasse, da un lato apprezzava che la donna ci tenesse abbastanza da provarci. Però, doveva stabilire un confine.

«Chiariamo una cosa» la avvertì mettendosi seduto, «Se continueremo a frequentarci, non proverai più a sistemare il mio rapporto, o la sua totale mancanza, con i miei genitori.»

«Capito. Non lo farò più» dichiarò lei solennemente.

Adam detestava il pensiero che Olivia pensasse male di lui: sapeva quanto fosse importante la famiglia per lei, ma i genitori di lui erano disumani.

«I miei non sono brava gente» commentò. Il fatto che non fossero stati loro a mettere in giro quelle chiacchiere su di lui, non cancellava certo tutte le brutte cose che avevano fatto, «Mi hanno usato per fottere mia zia quando è rimasta vedova e mio cugino.»

Era una storia che non aveva mai raccontato a nessuno prima, ma voleva che Olivia capisse la pericolosità di quei due soggetti.

«Mio nonno aveva in mente di lasciare la società in parti uguali ai due figli, ma cambiò idea quando divenne chiaro che mio zio - fratello di mio padre - col denaro era pessimo. Era un giocatore compulsivo e spesso perdeva tutto quanto per poi rivincerlo. Dopo la sua morte, i miei genitori dissero a mio nonno che se lui avesse lasciato tutto a mio padre, loro avrebbero dato a zia Helen e suo figlio Louie una parte uguale di profitti.»

Gli si strinse la gola al ricordo del nonno che gli chiedeva la promessa di prendersi cura della zia e del cugino una volta a capo della Dannier. Ignorando quel che stavano tramando i suoi, Adam aveva pensato che fosse il suo modo per sottolineare l'importanza della famiglia e aveva prontamente accettato.

«Pensando che dopo l'azienda sarebbe passata a me, mio nonno cedette. Dato che ero il suo primo nipote aveva sempre avuto un debole per me, che aumentò quando mi dimostrai interessato alla Dannier. Dopo la sua morte però, i miei genitori misero la parola fine alla distribuzione dei profitti e aumentarono la paga di mio padre.»

Ancora si vergognava ad ammettere di non averlo intuito. Lui e i suoi fratelli avevano scoperto quella perfidia dopo che Martha aveva invitato la zia Helen e il figlio alla sua festa di compleanno. Martha era rimasta sorpresa quando la zia, solitamente amichevole, aveva rifiutato di avere a che fare con loro e in cerca di risposte, l'aveva inseguita fino a che, finalmente, la donna le aveva svelato il motivo della sua rabbia.

Adam e i fratelli ci avevano messo un po' a convincerla di non avere nulla a che fare col piano dei genitori, e alla fine lei li aveva perdonati. Detestava l'idea di aver involontariamente aiutato i genitori a rovinare sua zia e suo cugino, depredandoli della giusta eredità e sebbene Louie avesse un fondo fiduciario aperto dai nonni, era nulla paragonato a quello che gli sarebbe spettato di diritto.

«Povera zia!»

«Appena ho iniziato a fare soldi ho cercato di aiutarla, ma lei era troppo orgogliosa.»

A volte si chiedeva se c'era nulla che avrebbe potuto fare per fermare i suoi genitori. Se avesse passato più tempo a casa, forse avrebbe capito cosa stava combinando. Invece se ne stava tutto il tempo in ditta per evitare di sentire i loro continui battibecchi e le liti. In un certo senso però, avrebbe dovuto ringraziare che fossero sempre così. Pensare a cosa riuscivano a ottenere quando univano le forze era spaventoso.

«Per favore, dimmi che hai un altro nome in mente per la SPA.»

Olivia era sembrata così contenta di parlargli della Dannier, che detestava il pensiero di deluderla.

«Prima ero orientata sulla Summerville, ma credevo che la vostra sarebbe stata più motivata dato che è solo agli albori nel giro delle SPA. La prossima settimana contatterò la Summerville.»

All'improvviso, Adam si rese conto che Olivia era proprio il tipo di donna che i suoi genitori avrebbero voluto fargli sposare e si ritrovò a metterla sull'attenti.

«Se i miei cercassero mai di contattarti, hai il mio permesso di mandarli affanculo.»

Considerato quanto avevano sempre desiderato essere parte dell'élite storica della città, non era assurdo immaginare che vedessero Olivia come tale. Avrebbero persino potuto cercare di far pace con lui a quello scopo.

Lei rise. «Speriamo di non doverci arrivare.»

L'uomo si ritrovò a chiedersi cosa dovesse pensare di lui. Olivia amava la sua famiglia e ci lavorava persino assieme, mentre lui non voleva nemmeno vederla la sua.

Nella speranza di distrarla da quelle differenze la baciò, poi le diede una sculacciata scherzosa.

«Meglio andare.»

La prenotazione ormai era saltata, ma sapeva che il ristorante avrebbe comunque trovato loro un posto.

CAPITOLO QUATTORDICI

Olivia fece un sospiro felice mentre rivedeva mentalmente l'appuntamento del giorno prima con Adam. L'aveva portata a fare un tour privato dello zoo, dove avevano coccolato e nutrito gli animali.

Sorrise, ricordando lui che dava da mangiare agli orsi. Aveva cercato di farlo di nascosto ma senza grande successo e lei aveva dovuto soffocare la voglia di ridere. Con gli adorabili panda rossi era andata molto meglio.

«Olivia?»

«Mmh?»

«Olivia! Vuoi passarmi il burro, per favore?»

Le ci volle un secondo per registrare le parole della madre e quando avvenne, fece una smorfia. Prese il burro e glielo passò.

«Scusami.»

La famiglia si ritrovava per il brunch ogni domenica al club. Probabilmente oggi era un tantino distratta...

La mamma sorrise con l'aria di chi la sapeva lunga.

«Allora, quando porterai anche Adam al brunch?»

Non avrebbe dovuto sorprendersi del fatto che la donna sapesse di loro due, e invece era così. Non era che avessero tenuto segreta la loro storia, ma non l'avevano nemmeno pubblicizzata.

Insomma, quindi anche suo padre sapeva tutto...

Per un attimo, Olivia pensò fuggevolmente di scusarsi per essersi fatta coinvolgere con un cliente, ma poi ci rinunciò. Suo padre era sempre stato interessato a farla mettere con Adam, sin dal principio quindi dubitava che se la sarebbe presa. E poi, probabilmente era incoraggiato dal pensiero di sistemarla più che dal resto.

Frequentava Adam solo da un mese, non erano nemmeno vicino alla fase d'incontro coi genitori, anche se forse le cose erano diverse visto che Adam suo padre lo conosceva già... No. Non le sembrava corretto. Non avrebbe dovuto sentirsi obbligato a venire al brunch per via del loro rapporto lavorativo. Se avesse incontrato la famiglia di lei, sarebbe stato perché lo voleva e non perché era obbligato. Anche i suoi meritavano qualcosa di meglio.

«Non sono ancora pronta per presentarlo in famiglia» ammise, «È tutto così nuovo.»

Già immaginava sua madre che gli chiedeva le sue intenzioni verso la figlia e non lo avrebbe mai messo davanti a una cosa simile. E poi, nel profondo temeva la sua risposta. Anche se con Olivia non stava cercando un impegno, Adam ormai aveva acquisito un significato per lei e non voleva spaventarlo.

«Oh. Capiamo, ma non metterci troppo tesoro. Tamara

Blake ha già chiesto di lui. Vi ha visto al Monsieur Augustin.»

«Oh, non me ne sono accorta» altrimenti avrebbe chiamato, così che sua madre non lo scoprisse da qualcun altro.

Chissà cosa doveva aver pensato la donna a quella telefonata: erano molto vicine ma dopo l'eccitazione trapelata nel suo tono all'annuncio della prima cena con Adam, Olivia l'aveva tenuta intenzionalmente all'oscuro rispetto agli altri appuntamenti.

Non voleva alimentare le speranza di sua madre e sapeva che la donna avrebbe voluto conoscerlo, ma considerato il rapporto che aveva lui coi suoi, dubitava che Adam avrebbe mai voluto avere a che fare con i genitori di lei.

«Mi dispiace che tu l'abbia scoperto a quel modo.»

«Purché gli piacciano i bambini, ti perdono.»

«Mamma!»

Suo fratello sghignazzò e Olivia fece del suo meglio per non rispondergli con una boccaccia.

«Beh, lo sai: io e tuo padre non siamo più giovani.»

«Tua madre ha ragione» commentò il marito, «L'altro giorno ho parlato con Dan Laraby. Si lamentava che le ossa gli fanno male ogni volta che gioca ad acchiapparello col nipote. Non vuoi che succeda anche a noi, vero? Tua madre ed io vogliamo essere dei nonni divertenti, che sono in grado di portare i nipotini ai giochi, alle fiere; non due vecchi bacucchi che puzzano di crema per l'artrite e gridano loro di tenere il volume basso.»

«Frequento Adam solo da un mese. Non abbiamo nemmeno mai parlato di bambini.»

«Ma lui li vuole, vero?» insistette sua madre, «Insomma: chi non vuole dei figli?»

«Molta gente. Robbie ad esempio» replicò Olivia cercando di non ridere. Quanto le piaceva la vendetta!

«Olivia» la avvisò suo fratello, ma era troppo tardi. I genitori avevano colto la palla al balzo.

«Cosa vuol dire che non vuoi figli?» esplose la madre.

Sebbene i suoi si stessero comportando in modo bizzarro, avevano comunque sollevato una questione importante che Olivia aveva sempre ignorato. Prima o poi avrebbe voluto metter su famiglia e Adam era praticamente all'opposto rispetto a lei. Non c'era niente di male nel divertirsi in quel momento, ma doveva ricordarsi di non affezionarsi troppo. Erano troppo diversi perché le cose funzionassero nel lungo termine.

* * *

«Emporio Scarpe aprirà in ritardo, come Rebecca» ricapitolò Javier durante la sua telefonata giornaliera del venerdì mattina. Adam sospirò: con quello, il numero dei negozi che non sarebbero stati pronti per l'inaugurazione arrivava a sei. Non bastava per posticipare ulteriormente l'inaugurazione, però infastidiva.

«Cos'è successo?»

Javier sospirò. «L'uragano. Ha colpito il magazzino di Emporio Scarpe e ritardato la spedizione degli abiti di Rebecca.»

E comprensibilmente, i due negozi non volevano inaugurare con un'offerta limitata, volevano partire col botto. Menomale che almeno il cinema non subiva ritardi o sarebbe stato un grosso problema. Adam contava sulle uscite tanto pubblicizzate dell'estate per portare gente al nuovo polo.

«Dovrebbero essere pronti per luglio» proseguì Javier.

«Sarò lì domani» decise Adam. Aveva già messo in previsione di fare un salto la settimana seguente, ma andare prima e vedere da sé i progressi gli sembrava molto più saggio. Non voleva altre sorprese.

Si rese conto che avrebbe dovuto cancellare l'appuntamento con Olivia. Non era mai stato un grande amante di Broadway, ma gli piaceva passare del tempo con lei e quando lo aveva invitato, si era mostrata elettrizzata. Detestava deluderla, ma gli affari erano più importanti di uno spettacolo che avrebbero potuto andare a vedere in qualsiasi altro momento. E poi lei sembrava più interessata al design architettonico del teatro che non al musical vero e proprio.

«Domattina abbiamo un incontro con Stevens» gli riferì Javier parlando della società di costruzioni che edificava il complesso, «Vuoi che la rinvii?»

«No, ma grazie dell'offerta.»

Il problema era dei negozi, non di costruzione. Adam si sarebbe assicurato di presenziare alla riunione con loro il mese seguente, quando sarebbe tornato per l'inaugurazione.

Parlarono ancora per qualche minuto della seconda fase poi Adam riattaccò e chiamò la segretaria per prepararsi al volo. Una volta fatto, si abbandonò sulla poltrona e telefonò a Olivia. Sperava che fosse disposta a tenere buono l'appuntamento per il musical.

La voce allegra di lei che lo salutava lo fece sentire ancora peggio.

«Ciao, Olivia. Mi dispiace, ma domani non riuscirò a esserci. Ci sono dei problemi col Plex e voglio assicurarmi che tutto proceda senza intoppi prima dell'inaugurazione del mese prossimo.»

«Certo, capisco.»

Era sempre maledettamente comprensiva e invece di apprezzarlo, lui lo detestava. Quante volte aveva ritardato a un appuntamento perché la riunione si era protratta più del previsto? Aveva già avuto simili problemi con altre donne in passato, ma si era solo preoccupato di scusarsi e magari di portare un piccolo regalo. Con Olivia era diverso: era lui il primo a voler essere migliore, il che già di per sé era un concetto alieno.

Non aveva mai investito tanto in una relazione: organizzava appuntamenti, pensava a cosa le sarebbe piaciuto, cercava di fare colpo su di lei... Francamente, si sarebbe dovuto stancare settimane fa e invece, si ritrovava a non vedere l'ora dell'appuntamento seguente.

Pensò a quel suo imminente viaggio e a come potesse rimediare. Non voleva ritardarlo ma nemmeno perdersi quel momento con Olivia.

«Vieni con me?» le propose appena l'idea gli balenò in mente.

Sarebbe stato una specie di appuntamento allungato, col vantaggio aggiuntivo che le avrebbe mostrato il Plex. Gli piaceva condividere il suo lavoro con lei, una parte di lui voleva impressionarla. Era stata la stessa cosa col modellino che le aveva mostrato in ufficio. Non sapeva perché, ma voleva che Olivia lo considerasse un uomo d'affari di successo.

Quando lei non rispose, il dubbio lo assalì spingendolo ad aggiungere: «Dovremmo tornare per le nove o le dieci. Sempre se non hai da fare.»

Di solito, la donna trascorreva le domeniche mattina con la famiglia, perciò sapeva che avrebbe voluto tornare prima di allora.

Ci fu ancora una piccola pausa prima che Olivia rispondesse: «Certo, mi piacerebbe molto.»

Adam ridacchiò. Non capiva come una cosa semplice come lei che lo accompagnava in Texas potesse renderlo così felice, ma era così.

«Fantastico. Passerò a prenderti.»

Si accordarono per andare a vedere il musical il sabato seguente e Adam si ritrovò a pensare che la giornata gli sembrava già migliore.

CAPITOLO QUINDICI

«Usi lo stesso design per tutti i tuoi complessi?» domandò Olivia mentre esaminavano la seconda fase del Plex.

Adam resistette all'impulso di sorridere: non solo gli sembrava sinceramente interessata al progetto, ma era pure carina col caschetto protettivo in testa. Avrebbe voluto rubarle un paio di baci, ma sapeva che le dimostrazioni di affetto in pubblico si limitavano al tenersi per mano e per quanto amasse vederla arrossire, non voleva metterla in imbarazzo. Forse l'avrebbe fatto più tardi, di ritorno nel modulo che ospitava gli uffici.

«Non usiamo le specifiche per tutto quanto come fanno gli altri.»

C'erano società che usavano lo stesso format in ogni costruzione per risparmiare tempo e denaro. Compravano lotti di uguale misura e costruivano gli stessi edifici ancora e ancora.

«Però spesso usiamo un design e colori simili per motivi di branding.»

Accennò alla struttura. «Il Plex è nuovo di zecca. Visto che è più lussuoso dei miei precedenti progetti, non ho pensato al marchio.»

Olivia sorrise. «Conosco un tizio che dipinge di giallo brillante il tetto di ogni sua proprietà, così quando ci vola sopra riesce a identificarle con facilità.»

Adam rise. «Sono piuttosto sicuro di averle viste.»

Le fece un cenno. «E la Montgomery? So che il design può variare di molto da hotel a hotel, ma c'è una qualche caratteristica comune che hanno tutti?»

«Non mi viene in mente nulla di strutturale. Immagino sia differente dato che noi rinnoviamo hotel vecchi invece di costruirli, ma cerchiamo di dare a ciascuno la propria personalità e spesso ci ispiriamo alla storia locale. Non usiamo il nostro marchio nemmeno nei nostri alberghi. A volte preferiamo utilizzare il nome originale se ha un qualche valore storico, o se è grande abbastanza da spiccare, come per il Biltmore.»

La strategia della Montgomery era così diversa da quella della Stone House, che invece aveva linee guida molto severe su come tutto dovesse apparire. Era talmente pedante a livello di uniformità che spesso un hotel non si distingueva dall'altro. In una struttura Stone House non esistevano servizi costosi, ma c'era la certezza di trovare stanze comode e pulite.

«Se dovessi scegliere una caratteristica peculiare, probabilmente direi il nostro servizio clienti» proseguì Olivia, «Siamo consapevoli che molti dei nostri clienti risparmiano per trascorrere una notte da noi, perciò facciamo sempre del nostro meglio per superare le loro aspettative.»

Pur avendo molto senso, quel ragionamento lo lasciò di stucco. Quando qualcuno ti accordava la fiducia del suo sudato guadagno, facevi tutto ciò che era in tuo potere per non deluderlo.

Olivia arricciò il naso. «Vorrei solo che la gente smettesse di postare recensioni tanto dettagliate online. Noi amiamo sorprendere i clienti con piccoli gingilli o cesti regalo, specie se stanno festeggiando qualche occasione speciale ma ormai siamo arrivati al punto che non è più una sorpresa.»

«È il pensiero che conta» non era certo colpa loro se gli altri ospiti rovinavano la sorpresa.

«Lo so, ma tant'è!»

Adam rise e si rese conto che gli piaceva avere al lavoro su Il Palazzo qualcuno che amasse tanto l'industria dell'ospitalità e i clienti, ma in quell'esatto momento era ancor più grato che quella passione avesse condotto Olivia da lui.

Le diede un buffetto alla spalla. «Vuoi andare a pranzo da Stanton? I miei amici non fanno che parlarne, è un ristorante fusion.»

Terminata l'ispezione e annotata la mancanza di questioni urgenti, Adam poteva rilassarsi e godersi quel momento insieme. Non gli interessava particolarmente la cucina fusion, ma voleva fare qualcosa di carino per compensare il fatto di non averla portata a vedere il musical e come segno di apprezzamento per la sua presenza lì. Gli sarebbe piaciuto accompagnarla in qualche posto divertente come lo Space Center, ma non avevano tempo se volevano rientrare a Manhattan quella sera. Aveva chiesto in giro e da quel che aveva sentito, Stanton era il ristorante da provare.

«No, a meno che non vada a te. Io mi sento ancora piena per quei bignè.»

Adam rise. Il bar, uno dei locatari, stava insegnando al personale a fare i dolci quel giorno e ne aveva sfornati a sufficienza per sfamare una squadra intera. Lui e Olivia probabilmente avevano esagerato un po'.

«Allora mangeremo più tardi» decretò mentre proseguivano il tour, «Quando tutto sarà completato, avremo un trenino per bambini e genitori che fa il giro del complesso.»

«Oh, sì, so di cosa parli. Quando ero più piccola, di solito i più piccoli andavano sulla giostra al centro commerciale» rise lei, «Io sceglievo sempre l'elefantino. Era il mio preferito.»

Adam fu sorpreso che i genitori di lei le avessero permesso di salire su una giostra e persino di andare al centro commerciale. Sua madre l'aveva sempre tormentato sul non mescolarsi con la 'gente comune'. Invece di fare spese nei negozi, ricevevano la merce a casa. Si domandò come avrebbe reagito Olivia se le avesse raccontato che una delle famiglie che si sforzava di emulare tanto, non ci aveva mai messo piede in un centro commerciale.

La donna scosse il capo. «Ancora non so se quelle giostre stessero lì per attirare le famiglie o per tranquillizzare i bambini che dovevano avere a che fare con lo shopping dei genitori.»

Stava per invitarla di nuovo a ultimazione del polo, perché potesse vedere tutto quanto finito e funzionante, quando si zittì: il completamento della seconda fase non era previsto che entro sette mesi e dubitava che per allora sarebbero ancora stati assieme. Non aveva praticamente mai frequentato una donna per tutto quel tempo. Olivia finora era e rimaneva la sua relazione più lunga.

Adam non si era mai affezionato alle sue conquiste, eppure il pensiero di loro due separati all'inaugurazione del Plex gli suonava vuoto e ribelle, tanto da rifiutarlo.

«Un po' di entrambe, credo.»

Non serviva pensare a qualcosa che non ci sarebbe mai stata. Non era proprio il tipo d'uomo da relazione stabile, non ci era portato. Eppure, era convinto che in caso contrario, Olivia sarebbe stata perfetta per lui. La sua personalità e la determinazione andavano perfettamente d'accordo con quelle di lui.

«E qui ci sarà la corte secondaria» annunciò, accennando allo spazio tra due ampi negozi principali.

Lei parve raggiante. «Riesco già a immaginarci l'albero di Natale al centro» commentò voltandosi, «Perché lo metterete qui, vero?»

Adam scacciò il tormento di chi l'avrebbe riscaldata in quelle notti invernali. *Non ci pensare.*

«Sì, e al mattino terremo lezioni di yoga e musica live alla sera.»

«Le gestirete voi o affitterete lo spazio a qualcuno?»

«Lo diamo a uno studio di danza locale per una tariffa minima.»

«E le lezioni vi portano nuovi potenziali clienti. Furbo da parte vostra.»

La sua approvazione lo riempì d'orgoglio. Non aveva mai davvero cercato l'opinione delle donne che frequentava prima di quel momento, ma si ritrovava costantemente a chiedersi cosa ne pensasse Olivia. Capire che quella loro storia iniziava a diventare qualcosa di più di quanto si sarebbe aspettato lo bloccava, ma Adam sapeva che era la verità: se non era con lei, la pensava costantemente e quando stavano assieme voleva condividerci ogni cosa, compresi pensieri e idee che solitamente teneva per sé.

Quel sentimento bizzarro doveva probabilmente avere a che fare con il loro rapporto di lavoro. Adam aveva sempre amato il suo e gli sembrava naturale innamorarsi di una donna con lo stesso interesse, ma si stava allargando un po' troppo. Aveva bisogno di tracciare un confine che tenesse separati lavoro e piacere. Da quel momento in poi, avrebbe parlato con lei solo de Il Palazzo, evitando di menzionare gli altri progetti.

«Non tutti i negozi saranno aperti al momento in cui terminano le lezioni, ma ammetto di averlo preso in considerazione.»

Uscendo, i clienti avrebbe potuto prendersi un frullato o un panino.

«Vieni, andiamo a controllare la sicurezza.»

Sabato mattina erano a letto quando Olivia si voltò verso di lui.

«Ti andrebbe di venire al brunch con la mia famiglia?»

In realtà non avrebbe voluto invitarlo, ma sua madre stava diventando insistente e non voleva che i suoi genitori nutrissero l'impressione di essere evitati.

«Certo.»

«Non è un problema, vero?» insistette, sorpresa dalla facilità con cui aveva accettato.

«Ammetto che sarebbe una prima volta. Cavolo, nessuno dei miei fratelli ha mai portato qualcuno a casa, tranne mia sorella una volta che voleva liberarsi del suo ragazzo.»

«Funzionò?»

Adam rise. «Sì. Il poveretto ruppe con lei la settimana dopo. Io e Doug, che lo sapevamo, gli demmo filo da torcere mentre i nostri genitori lo spaventarono per come erano, senza nemmeno doversi impegnare.»

«Ma sono davvero così terribili?»

«Beh, solitamente quando sono in mezzo alla gente si controllano, ma quella volta devono aver pensato che il ragazzo di Martha fosse inferiore a loro.»

«Ma è orribile!»

«Già, però funzionò bene per Martha. Senti, che ne dici di un piccolo quid pro quo? Io vengo al brunch a conoscere i tuoi genitori, e tu vieni con me alla festa di compleanno della mia figlioccia il mese prossimo.»

Olivia batté le ciglia. «Tu sei un padrino?»

Lui ridacchiò. «Sì, di una bellissima bambina. Perché sembri così sorpresa?»

«Non lo so. Immagino che mi sembri una versione casalinga di te.»

Adam non sembrava affatto il tipo da famiglia. Che si fosse sbagliata nel giudicarlo? La speranza fiorì spontanea dentro di lei.

«Di solito rifiuto questo genere di inviti, ma sono molto vicino ai suoi genitori.»

«A entrambi? Per caso li hai fatti mettere insieme?» domandò lei intrigata. Forse allora ci credeva nel matrimonio!

«Vorrei poterlo affermare, ma no. Non ho proprio niente a che fare con la loro unione. Andavo a scuola con un tipo di nome Jason Collins e rimanemmo in contatto. Alla fine, lui aprì un fondo d'investimenti con una sua conoscenza, tal Luke Darren. E…»

«Un attimo… tu sei il padrino della figlia di Luke e Samantha?» chiese Olivia, sorpresa.

«Sì. Li conosci?»

«Non di persona, ma ricordo che il loro matrimonio ha fatto davvero notizia.»

Luke aveva sposato la vedova di Jason nemmeno un anno dopo la morte di quest'ultimo. Olivia rammentava di aver pensato quanto fosse triste che qualcuno potesse andare avanti tanto in fretta. Forse da parte sua era ingenuo ma le piaceva l'idea dell'amore che durava per tutta la vita.

Stacy, invece aveva avuto la reazione opposta e aveva ritenuto quella storia romantica. Credeva alle voci secondo cui Luke aveva sempre amato Samantha e aveva tifato per lei nei momenti difficili.

Adam fece una smorfia.

«Già. La stampa non è stata particolarmente gentile con loro, ma vedrai quando li conoscerai. Non sono affatto come i giornali vogliono farli apparire.»

Alla donna venne in mente che quando non cercavano di dipingere lei come la più incantevole delle cacciatrici di dote, descrivevano Luke come una specie di squalo del mondo finanziario, che l'aveva sposata solo per avere il pieno controllo della società.

«Allora: affare fatto?» le chiese Adam.

«Sì, mi piacerebbe molto» replicò la donna, felice che lui la volesse presentare agli amici. Doveva pur significare qualcosa, no?

«E tu che mi dici, invece? Vuoi dei figli?» le chiese quando Olivia si sistemò nuovamente tra le sue braccia.

«Sì, ma non ancora. Prima di crearmi una famiglia voglio essere sistemata a livello lavorativo.»

Magari una volta aperto un hotel o due, ci avrebbe pensato su.

«E tu?»

«Direi un deciso no» l'uomo esitò prima di aggiungere, «Non ho niente contro i bambini, ma non sono un grande fan del matrimonio.»

«Oh» esclamò Olivia delusa. L'aveva già dedotto, ma quella conferma era comunque difficile da ascoltare.

Al pensiero dei suoi genitori e di quanto volessero dei nipotini, gemette tra sé e sé: non voleva dar loro false speranze portando Adam al brunch, ma non poteva certo ritirare l'invito, specie considerato quanto intensamente sua madre la stesse pressando per poterlo conoscere. Non sapendo cosa fare, pregò semplicemente che ai genitori finisse per non piacere.

CAPITOLO SEDICI

«Grazie ancora per essere venuto» disse Olivia mentre attraversavano l'atrio del country club. Era la terza volta che lo ringraziava e Adam iniziava a sospettare che forse, la sua famiglia non fosse così perfetta come l'aveva dipinta lei.

«Di nulla. Oltretutto, è probabilmente il modo migliore per restare nelle grazie di tuo padre.»

Se le cose si fossero messe male ancor prima dell'inizio dei lavori, non sarebbe stato positivo. Adam sapeva che si sarebbe pentito di aver rischiato un affare tanto grosso come quello de Il Palazzo per una donna, ma stare con Olivia gli piaceva troppo per importarsene.

«Lo so, ma mio padre si affiderà a mia madre per chiedere quelle cose che lui non chiederebbe mai.»

«Per mettermi sotto torchio, intendi?»

Lei annuì. «Mamma è più dura di quanto appaia.»

Non sapeva perché, ma trovava quella sua agitazione per lui, tenera.

«Se ho bisogno di aiuto, disegnerò la lettera A sul tuo palmo.»

Dubitava che sarebbe successo ma essere preparati, specie con Olivia tanto preoccupata, male non faceva.

«Funzionerà, ma probabilmente dovremmo pensare a un piano B, in caso mia madre ci separasse.»

Mentre discutevano di possibili segnali, Adam diede un'occhiata a quel club che i suoi genitori avevano cercato tanto disperatamente di conquistare e venne sorpreso da quanto caldo e invitante sembrasse. Si era aspettato qualcosa di più simile a quello di cui erano membri, pieno di lampadari, marmo e camerieri inamidati; mentre questo era il completo opposto. Oltre ai bambini, le cui risa riempivano l'aria, i pannelli di legno e il fuoco che scoppiettava nel camino della hall davano una sensazione di calore quasi casalingo. Al club dove andavano i genitori i bambini non erano ammessi salvo in occasioni speciali, forse perché i membri di quel circolo erano per la maggior parte nuovi ricchi, che sentivano il bisogno di mettersi alla prova.

Riempiendo quei luoghi di pezzi d'arte costosa, creavano un ambiente respingente nei confronti di famiglie con bimbi piccoli e lo facevano intenzionalmente. Entrambi i club incoraggiavano legami politici e d'affari, ma forse quelli di più vecchia data come questo si concentravano prima sul senso di famiglia e comunità che sull'aspetto commerciale. Chi era nato benestante poteva scegliere con chi lavorare, mentre i nuovi ricchi spesso non avevano quel lusso.

«Il nostro tavolo è all'interno, in veranda» gli spiegò Olivia mentre superavano una rotonda e uscivano dall'area principale, «Dato che a tutti noi piace di più il brunch a buffet piuttosto che quello servito individualmente, mio padre ha fatto sì che il ristorante ne prepari uno tutto nostro.»

Arrivarono alla veranda coperta e Adam vide la famiglia attorno a un tavolo rettangolare. Erano circa in dieci. Dopo aver letto ogni articolo che aveva trovato su di loro la notte precedente, riconobbe all'istante oltre ai genitori di Olivia, anche gli zii e i cugini. Quando lei gli aveva menzionato che ci sarebbero stati tutti, non ci aveva dato molto peso ma ora si rendeva conto di quanto fosse strano che si incontrassero tanto spesso.

Barbara Montgomery, madre di Olivia alzò lo sguardo e s'illuminò nel vederli.

«Olivia!» esclamò alzandosi per andare incontro alla figlia, che le sorrise abbracciandola.

«Ciao, mamma.»

«E tu devi essere Adam» gli disse la donna, lasciando la figlia e avvolgendolo in un caldo abbraccio, «È bello conoscerti, finalmente. Sono Barbara Montgomery, la mamma di Livie.»

«Salve, Barbara. Conoscerla è un piacere mio. Grazie per avermi invitato.»

«Grazie per essere venuto. So che è un uomo molto impegnato» la donna lo prese per un braccio con una forza inaspettata e lo portò al tavolo del buffet, «Prendiamoci da mangiare poi la presenterò agli altri.»

L'ora seguente se ne andò in modo confuso, con la famiglia che parlava di tutto e gli amici occasionali che si fermavano al tavolo. Era come a una di quelle cene del

Ringraziamento che vedeva nei film, ma senza le liti. Non ancora, almeno. C'erano stati dei disaccordi ma Olivia e sua madre li avevano risolti prima che peggiorassero. A quanto pareva, parlare di politica ai pasti andava bene solo se avevi un buon arbitro.

Tutto sommato era sorprendente vedere come regnasse l'armonia. Considerato come suo padre avesse rubato le quote della Dannier del fratello, Adam si era aspettato la stessa frizione tra i membri della famiglia di Olivia. I Montgomery operavano in due rami con a capo due fratelli. L'industria alberghiera era grande ma non si avvicinava nemmeno al mondo delle banche, perciò non era pensabile una divisione equa. Adam non era a conoscenza dei termini della spartizione, ma a giudicare dalla serenità tra i due fratelli, era ovvio che si fossero messi d'accordo. Diavolo: persino Olivia e suo fratello sembravano essere in perfetta sintonia coi cugini. Dovevano proprio essere un gruppo molto affiatato.

«Allora, io pensavo a un general manager» disse Victor mentre mangiava con gusto il suo dessert, «Pierre...»

Venne interrotto dalla moglie che gli diede una pacca sulla spalla.

«Non si parla di affari quando si è in famiglia» gli disse sorridendo poi verso Adam, «Mi scuso. Victor praticamente vive per quegli alberghi.»

Aspettandosi che l'uomo fosse irritato dall'interruzione della moglie, Adam lo guardò e con sorpresa lo vide sorriderle brevemente prima di lanciargli uno sguardo di scuse e scrollare le spalle.

Quella coppia era stata affettuosa per tutta la mattinata,

c'era da chiedersi quanto fossero sinceri. I suoi erano bravi a interpretare gli innamorati davanti agli altri, ma a casa la storia era completamente diversa: se non si trattavano con freddezza, gridavano uno contro l'altro con quanto fiato avevano in corpo.

«Da quanto tempo vi frequentate tu e Olivia?» gli domandò Barbara, «Ci crederesti che l'ho scoperto da Tamara Blake, la quale a quanto pare vi ha visto durante uno dei vostri appuntamenti?»

Guardò la figlia con sguardo ferito e Adam si ritrovò a sorridere: che tipo era la mamma di Olivia! Nascondeva un carattere forte dietro l'affetto e l'affabilità, ma era anche molto determinata. Aveva notato il modo in cui si era adoperata per farlo sedere al suo fianco e come lo avesse lasciato ambientare prima di iniziare l'interrogatorio vero e proprio.

«Un paio di mesi. Abbiamo deciso di essere discreti per via del lavoro.»

«Mesi! E Olivia non hai mai detto una parola! Io pensavo che Tammy si fosse sbagliata, perché Victor non faceva altro che parlare de Il Palazzo: Il Palazzo di qua, Il Palazzo di là... Ero convinta fosse una cena d'affari e invece Tammy mi ha assicurato che era un appuntamento.»

«Barbara» la richiamò Victor.

Lei gli sorrise.

«Sto di nuovo straparlando, vero?» Il marito annuì e la donna rise, tornando a rivolgersi verso Adam.

«Mi dispiace. Allora: parlami di te.»

* * *

Olivia stava guidando in ufficio la mattina seguente quando ricevette una chiamata da Stacy.

«Ciao, Stacy come stai?» le domandò proprio mentre l'altra le faceva un'altra domanda.

«Allora... com'è andata?»

Sapendo che faceva riferimento al brunch domenicale, la donna sospirò.

«Suppongo dipenda da come la si voglia guardare.»

Stacy era a conoscenza delle preoccupazioni che Olivia nutriva sull'incontro tra i genitori e Adam. Non che avesse sperato in un odio a prima vista, ma piuttosto in una certa indifferenza nei suoi confronti e invece, a sua madre era piaciuto talmente che aveva detto alla figlia di portarlo ogni volta che voleva.

«Suppongo signifdichi che ai tuoi Adam piace» arguì Stacy.

«Già.»

«Beh, non è poi una sorpresa, giusto? Insomma, a tuo padre era piaciuto anche William» le ricordò l'amica, citando il ragazzo di Olivia delle superiori, «Non che ci fosse qualcosa di male in lui, ma tuo padre l'ha sempre chiamato 'parassita'.»

Olivia sorrise. «Già. Non importava che fossimo al liceo, lui si aspettava che tutti lavorassero. Ora che William ha un lavoro, ha tutto il necessario per essere un genero.»

Stacy rise. «È colpa dei nipotini. Una volta che vedono gli amici diventare nonni, iniziano ad aspettarselo a loro volta.»

«È davvero frustrante. Non è che menzionandolo di continuo ci farà accasare più in fretta. Non hanno chiesto a

Adam se volesse dei bambini, ma mia madre avrebbe voluto farlo.»

Le sembrava di aver passato metà del tempo a fissare la madre, assicurandosi che non chiedesse o dicesse nulla d'imbarazzante.

«È una follia. Mi sento come se fossi una madre single preoccupata che i propri figli non si affezionino troppo al suo uomo.» Era la prima volta che usciva con uno che non credeva nel matrimonio e si sentiva a disagio, ma non poteva certo lasciare Adam perché avrebbe rischiato d'incasinare nuovamente le cose con Il Palazzo. Avevano appena imparato a gestire le riunioni, se si fossero lasciati sicuramente avrebbero rovinato i progressi fatti. La verità però, era che lei si stava innamorando.

«I tuoi genitori sono adulti, sanno che non tutte le relazioni durano.»

Olivia sapeva che Stacy avrebbe detto qualcosa del genere e si domandò se era proprio per quello che l'altra sera aveva confidato in lei, perché cercava la conferma esterna che stare con Adam era giusto.

«Hai ragione. Probabilmente mi sto preoccupando per niente» disse, facendo un cenno al valletto del parcheggio e scendendo nel garage sotterraneo.

«Io adoro la tua famiglia.»

Improvvisamente, Olivia si rese conto che l'ultima volta aveva visto Stacy quando aveva presenziato al brunch. Si maledì per essere un'amica tanto pessima. Non voleva diventare una di quelle donne che ignorava le amiche appena trovava un uomo, ma era molto facile perdersi in Adam.

«Sei libera per cena mercoledì?»

«Giovedì. Mercoledì ho una riunione.»

«Perfetto.»

«Fantastico. Ho trovato questo buco libanese che fa il pollo migliore di tutti.»

Olivia rise parcheggiando nel suo posto privato. «Nemmeno ti piace il pollo.»

«Lo so, ma ho sentito un buon profumo e ho chiesto al cameriere cosa fosse. Mi ha risposto che era pollo e ho dovuto ordinarlo.»

«Non vedo l'ora di assaggiarlo, allora.»

Se Stacy diceva che un ristorante era buono, era favoloso. Il suo gusto era eccellente.

«Ti manderò i dettagli via SMS.»

Dopo essersi salutate, Olivia prese la sua valigetta e andò agli ascensori. Aveva appena passato i controlli di sicurezza e stava aspettando il suo ascensore quando le squillò il telefono. Guardò lo schermo e aggrottò la fronte: era Kevin Mayer, il gestore del Crown Jewel, l'hotel Montgomery a New Orleans. Di solito prendeva appuntamento quando voleva parlarle.

«Buongiorno, Kevin» lo salutò, preparandosi alle cattive notizie. A meno che non avessero vinto un qualche premio, i gestori raramente la contattavano di punto in bianco per dirle qualcosa di buono.

«Olivia, mi dispiace davvero tantissimo ma ho appena venduto l'hotel alla Tierpoint Properties. Mi serviva il denaro per i miei ristoranti.»

Provò una fitta allo stomaco. Le porte dell'ascensore si aprirono e lei entrò, sistemandosi in un angolino per terminare quella conversazione. Sapeva che Kevin aveva dei problemi finanziari già da un po'. L'uomo era sempre stato schietto sul dover fermare la prevista espansione della sua catena di pollo fritto e su come avesse dovuto persino chiudere un paio di locali a causa della competizione agguerrita. Proprio per quello, Olivia aveva fatto del suo meglio per minimizzare la portata dei restauri, stirando al massimo il suo budget ma non aveva comunque fatto la differenza. Risparmiare qualche centinaio di migliaia di dollari non era esattamente d'aiuto quando te ne servivano milioni.

«Va bene» replicò, facendo del suo meglio per non lasciar trapelare quanto fosse ferita. Non importava che l'hotel fosse redditizio quando al proprietario serviva denaro. Alla fine della fiera, dovevano fare quello che era meglio per loro.

La Montgomery non aveva il diritto alla prima offerta sul Crown Jewel ma la feriva comunque non esser stata contattata prima che la decisione venisse presa. Probabilmente era stata la Tierpoint a contattare lui. Stavano aggiungendo alberghi al loro portafoglio in maniera aggressiva e spesso erano disposti a pagare molto più del loro valore di mercato.

«So che i tempi non sono stati i migliori» mormorò.

La Tierpoint era uno dei licenziatari più grossi della Silver Stream perciò nutriva dei dubbi che la nuova gestione sarebbe rimasta con la Montgomery. In ogni caso avrebbe telefonato alla nuova direzione per vedere cosa poteva fare.

«Grazie per la comprensione. Apprezzo davvero tutto il lavoro che tu e la Montgomery avete fatto negli anni. In giornata vi manderò una lettera formale sulla vendita e tutti i dettagli. Spero che in futuro avremo nuovamente la possibilità di collaborare.»

Olivia scosse incredula la testa e riattaccò. Non aveva più parole. Aveva passato così tanto tempo a lavorare su quella struttura, dai restauri all'assunzione dei manager, e alla fine sarebbe stata la concorrenza a beneficiare di tutti i suoi sforzi. Sapeva che l'accaduto era fuori dal suo controllo. L'hotel era sempre stato un hobby per Kevin, un po' come comprare cavalli o barche per qualcun altro. Erano i ristoranti la sua vera passione ed era su quelli che aveva costruito la sua fortuna, perciò era ovvio che li mettesse sempre al primo posto ma la realtà comunque bruciava e non riusciva a non pensare che se avesse avuto la sua linea personale di alberghi, non sarebbe successo.

Dato che sarebbero stati proprietà della Montgomery, Olivia non avrebbe avuto a che fare con i capricci dei gestori affiliati o con eventuali dissesti negli altri loro affari. Con i licenziatari potevi fare tutto alla perfezione e finire comunque col perdere qualcosa.

Non poteva distogliere la concentrazione sul suo hotel a Yosemite: aveva finalmente trovato un progetto con cui suo padre poteva avere un'affinità, non avrebbe mai permesso che fallisse.

CAPITOLO DICIASSETTE

Adam degluti mentre Olivia leccava un po' di formaggio spalmabile che le era rimasto sul dito. Era facile immaginare quelle labbra e quella bocca su di sé. Troppo facile. Quando lei diede un morso al suo bagel, l'uomo si sforzò di concentrarsi sulla sua colazione.

«Stavo pensando che potremmo andare al mare» le disse affrontando l'omelette. Era sabato mattina e anche se gli sarebbe piaciuto restare a letto tutto il giorno con lei, non voleva che Olivia credesse che per lui fosse solo una questione di sesso, «Potremmo fare kayak, giocare a paddle o passeggiare sulla battigia...»

Martha aveva una casa negli Hamptons dove possedeva praticamente ogni genere di attrezzatura per gli sport acquatici nota all'uomo. Sua sorella era l'epitome del detto 'lavora sodo e divertiti alla grande'.

«Mi dispiace. Volevo dirtelo ieri sera ma oggi devo lavorare. Con tutto quello che è successo con Il Palazzo, sono rimasta indietro con i compiti giornalieri.»

Dannazione! Lui non vedeva davvero l'ora di passare la giornata con lei, ma capiva. Dal gestore attuale che stava cercando di ricavare il più possibile dall'affare, ai locatari che creavano problemi sembrava quasi che ci fosse sempre qualcosa. Avevano persino dovuto aggiungere una seconda riunione settimanale per affrontare tutto quanto.

Gli obblighi di Olivia verso Il Palazzo erano tutt'altra cosa e Adam si domandava come mai Victor non li avesse delegati ad altri. Pensava forse che la figlia avrebbe fallito o era una specie di test per farle dimostrare che valeva, prima di potersi accollare ulteriori responsabilità? Probabilmente quest'ultima, perché Olivia era decisamente qualificata. A volte poteva anche essere una perfezionista, ma per il suo modo di lavorare era una buona cosa.

«Potresti lavorare qui» si ritrovò a dirle. Non importava dove fossero, lui voleva stare con lei.

«Sai che quando lavoriamo assieme a casa di uno o dell'altra non riusciamo a fare quasi niente. Tu mi distrai troppo.»

«Io? Sei tu che vai in giro in camicia e niente altro mentre io sto leggendo le mie email.»

Non che la cosa gli dispiacesse. Apprezzava vederla con addosso le sue camicie.

«Ehi, tu mi togli i vestiti un attimo dopo avermi vista e non sono io quella che gira a torso nudo.»

Adam ridacchiò. Gli piaceva stuzzicarla e ancor di più amava che lei non riuscisse a tenere giù le mani, ma Olivia doveva lavorare e in verità anche lui. Anche se la sua squadra era brava a gestire le cose, di solito di quei tempi stava già cercando una location per il complesso successivo.

Da quando aveva iniziato a frequentare Olivia, non si era sforzato più di tanto. Poteva ripetersi che era perché il suo denaro era diviso tra il Plex e Il Palazzo e non voleva correre altri rischi chiedendo ulteriori prestiti, ma la verità nuda e cruda era che preferiva passare il tempo libero con lei, invece che cercando nuovi possibili affari.

Quel genere di ammissione avrebbe dovuto spaventarlo e invece si domandò come mai s'impegnasse sempre così tanto. Francamente, si meritava quella tregua assieme a Olivia e decise che si sarebbe goduto il tempo con lei, preoccupandosi di ampliare il suo giro di affari in un secondo momento.

«Facciamo così: tu puoi lavorare nel mio ufficio con la porta chiusa, mentre io starò in salotto. Ti prometto di non scocciarti fino a che non ne uscirai» sarebbe stata dura, ma avrebbe resistito.

Lei socchiuse gli occhi. «Lavorerai anche tu?»

Considerato che Adam trascorreva la maggior parte del suo tempo libero lavorando prima di conoscerla, l'uomo trovò ironico il suo sospetto. Probabilmente, Olivia pensava che fosse un playboy e mentre in passato poteva sicuramente essere considerato tale, con gli anni era maturato.

«Sì» mormorò, «Devo leggere una proposta e guardare anche altre cose.»

«Va bene» accettò e un senso di sollievo lo colmò.

Olivia sarebbe rimasta.

Adam stava rivedendo i progetti per l'inaugurazione del Plex quando Olivia entrò in salotto.

«È quasi ora di cena» annunciò, «Vuoi che ordini qualcosa?»

«Certo. A cosa pensavi?»

«Che ne dici della cucina mediterranea?» domandò sedendosi sul suo grembo e abbracciandolo.

«Mi sembra perfetto» Adam le diede un veloce bacio, «Sei riuscita a fare tutto quanto?»

A parte la colazione e il pranzo in cui erano stati insieme, Olivia era rimasta tappata nello studio tutto il giorno.

«Quasi, ma comunque sopravvaluto sempre il quantitativo di cose che riesco a fare. E tu?»

«Ho sfoltito considerevolmente la mia casella di posta in arrivo.»

Per quanto le fosse mancata, era comunque felice di essere riuscito a mettersi in pari con alcune questioni.

Uno dei suoi agenti immobiliari gli aveva scritto che uno dei locatari non riusciva a pagare l'affitto. Quella notiziola era finita sepolta sotto altre e se non fosse stato per la decisione di rimanere di Olivia, Adam non era certo che l'avrebbe vista in tempo.

Poiché il Lavasecco di Nick era uno dei suoi affittuari di più vecchia data, aveva immediatamente chiamato il suo manager. Gli aveva concesso una riduzione temporanea dell'affitto, ma se il problema persisteva avrebbero dovuto rivalutare la situazione.

Suo padre gli avrebbe dato dello stupido: già concedeva ai vecchi locatari un bello sconto e ora aveva calato ulteriormente il costo dell'affitto per uno di loro. Era un lusso che poteva concedersi. Visto che la AC Developments era completamente sua, non doveva preoccuparsi di fare resoconti agli investitori o di far lievitare la riga finale di bilancio.

Olivia abbassò lo sguardo e Adam si rese conto di avere ancora gli occhiali da vista sul naso. Imbarazzato, li tolse.

«Come mai non te li ho mai visti prima?»

Perché evitava di metterli davanti a lei. Non ci aveva mai pensato due volte prima, ma ora era conscio di come dovesse apparirle. Era stupido ma non riusciva a farci niente.

«Servono solo per guardare il monitor» le spiegò. Spesso di perdeva talmente nelle sue ricerche che gli si stancava la vista.

«Menomale che non li porti mai alle riunioni o non riuscirei a fare nulla.»

«Eh?»

Olivia annuì. «Già così mi distrai, con questi occhiali mi mandi letteralmente il cervello in tilt.»

Era uno scherzo, quegli occhiali non erano affatto sexy! Però, ad esempio Adam non aveva mai ritenuto sensuali le braccia eppure l'aveva beccata centinaia di volte a guardargliele. Li riprese e li indossò nuovamente.

«Quindi mi stai dicendo che mi trovi irresistibile?»

«Mm-mmh» replicò lei disegnando dei piccoli cerchi dietro al suo collo, «Non è che ti fanno male se li usi anche senza stare al computer, vero?»

Il suo tocco morbido gli mandò in cortocircuito il

cervello, tanto che dovette fermarsi a pensare prima di risponderle.

«No, servono solo a schermare il riflesso, perciò non c'è problema.»

Le labbra di lei s'incurvarono in un sorriso sensuale.

«Bene» mormorò prima di chinarsi a baciarlo. Le loro lingue s'incrociarono e il suo sapore lo riempì. Olivia gli morse leggermente il labbro e Adam mugolò. La strinse per le gambe alzandosi. *Il letto.* Aveva bisogno di un letto per tutto quello che voleva farle.

Le mani della donna presero a esplorargli avide la schiena mentre lui approfondiva il bacio. Non sarebbero mai arrivati in camera abbastanza in fretta. Adam accese le luci entrando, poi la sistemò sul materasso. Le tolse velocemente la camicetta e venne accolto dalla vista del suo magnifico seno. Con un gemito ne prese uno in bocca, riempiendosi il palmo con l'altro e torturandone deliziosamente il capezzolo.

Le unghie di Olivia affondarono nella schiena di lui e il suo nome le sfuggì dalle labbra. Adam lasciò il capezzolo passando a punteggiarle lo stomaco di baci, esplorandone al contempo il corpo con le mani. Slacciò i bottoni dei pantaloni e glieli tolse assieme alle mutandine nere.

Quando lei schiuse le gambe mostrandogli la sua eccitazione scintillante, gli diventò dolorosamente duro. Olivia era pronta per lui. Adam abbassò la bocca percependola tremare sotto di sé mentre iniziava a leccarla. Sogghignando, si prese il suo tempo, leccandola e mordicchiandola, amando il modo in cui i suoi gemiti riempivano l'aria.

Lei venne con un grido. Tenendola per le gambe, lui

proseguì senza tregua, dandole un secondo orgasmo. Rallentò quando la sentì riprendersi, poi smise e alzò lo sguardo.

Un paio di occhi velati lo guardarono, facendolo ridere.

«Non sei felice di aver scelto di restare?»

«Sto ancora decidendo» lo stuzzicò lei.

«Allora è meglio che mi sbrighi.»

Si alzò e lei rise. Adam si tolse i vestiti godendo del modo in cui Olivia lo ammirava con quei suoi occhi scuri. Gli piaceva che sembrasse affascinata da lui quanto lui da lei. Tornò sul letto, accoccolandosi tra le sue braccia spalancate e la baciò, poi riempì la sua intimità calda e gonfia con un gemito. Maledizione, non riusciva ad averne abbastanza di lei.

Il piacere crebbe fino a vette impensabili mentre si muovevano l'uno contro l'altra. Le gambe di lei lo circondarono, stringendolo e Adam quasi venne. Stringendo i denti, proseguì con le sue stoccate ma ben presto, la percepì prossima all'orgasmo e la sensazione divenne troppo intensa. Le sue pareti strette iniziarono a contrarsi, i suoi gemiti lo infuocarono… La seguì, svuotandosi dentro di lei fino a che non si sentì del tutto consumato.

Quando si abbandonò al suo fianco, stringendola tra le sue braccia, si sentì pervaso da un profondo senso di soddisfazione. La vita era bella, l'unica cosa che poteva renderla migliore era la decisione di Olivia di non lasciarlo mai. Stava per chiederle di trasferirsi da lui, quando si bloccò: ma che diavolo stava facendo?

Sì, il sesso era stupefacente e gli piaceva tantissimo passare il tempo con lei, ma voleva davvero andarci a convivere? Era il primo passo verso l'accasarsi e non era intenzionato a percorrere quella strada.

Avrebbe voluto illudersi che fosse colpa di quella bella giornata, ma sapeva che avrebbe mentito a sé stesso. Più tempo stava con Olivia e più la voleva. Era iniziato tutto con il bisogno di passarci assieme la notte. Ora, dopo qualche mese, Adam voleva che lei restasse anche durante il giorno. Ancora rammentava la delusione provata quando lei gli aveva detto di voler lavorare a casa quella mattina; e il sollievo quando aveva cambiato idea.

Da qualche parte lungo quel percorso, il suo senso della felicità aveva iniziato a dipendere da lei e la cosa lo spaventava a morte.

Era iniziata così la storia tra i suoi genitori? Non avrebbe mai capito il modo in cui erano finiti a ferirsi reciprocamente, ma se i momenti belli erano così, allora forse avevano pensato che anche quelli brutti dovessero valere.

Non voleva che qualcuno avesse quel genere di potere su di lui, mai. Avrebbe dovuto allontanarsi da lei, prima che Olivia iniziasse a significare qualcosa di più.

Perché col cavolo che sarebbe mai finito come i suoi genitori.

CAPITOLO DICIOTTO

«La Strength Fitness ci ha contattato per chiederci di consentire ai nostri ospiti l'accesso alla loro palestra.»

Due settimane dopo, erano tutti riuniti attorno al tavolo ed erano appena passati all'ennesimo punto della lista.

Olivia aveva pensato di discutere quel particolare solo alla fine della riunione, ma Ricky aveva sollevato l'idea di aggiungere un ristorante all'attico dell'hotel e quello avrebbe ridotto la metratura della zona riunioni che avevano ipotizzato. Lei non apprezzava particolarmente l'idea di usare una palestra esterna, ma così avrebbero potuto aggiungere il ristorante senza compromettere lo spazio. Oltretutto, era obbligata a informare i partner di opportunità come quelle.

«Ho incluso i progetti per la palestra nell'allegato. Apriranno una sede all'angolo» proseguì mentre tutti andavano ai fogli in questione, «Non ci sarebbe accesso diretto con l'hotel, ma ci permetterebbe di avere un maggior spazio atto a generare introiti e gli ospiti potrebbero usare anche la piscina oltre alla palestra.»

«Avete accordi con altri gestori di palestre per quanto riguarda gli altri vostri hotel?» le chiese Adam alzando lo sguardo.

Per quella che parve l'ennesima volta quel giorno, Olivia cercò di capire se ci fosse qualcosa di diverso nel modo in cui le si rivolgeva. Non lo aveva visto molto nelle ultime due settimane per via della sua agenda piena e non riusciva a non chiedersi se Adam non stesse accampando delle scuse per evitarla.

Dato che nulla le parve diverso, rispose: «Solo a San Francisco ma la Razor Gym è stata costruita all'interno dell'albergo, perciò è comoda per i clienti.»

Forse non era più interessato a lei. Di sicuro avrebbe spiegato quell'essere sempre così occupato. Fu un pensiero che le strinse il cuore: si stava innamorando sempre di più e lui sembrava essersi stancato.

«E tu ritieni che uscire dall'hotel sia scomodo per gli ospiti» commentò Adam. Olivia annuì.

«Sì. Dovrebbero farlo vestiti o portarsi dietro un cambio. Penso però che la piscina della Strength sia da considerare» sapeva che un accesso alla piscina per alcuni era di vitale importanza ma ne Il Palazzo non c'era posto per farla, punto e basta. Forse avrebbero raggiunto un accordo con la Strenght e gli ospiti dell'hotel avrebbero potuto usare quella della loro palestra.

«Okay. Vedi cosa riesci a fare.»

Lei annuì. «E parlerò con Seth per quanto riguarda il

ristorante» replicò rivolta a Ricky. Passarono poi alla lista delle richieste di manutenzione della Prism e alle sue raccomandazioni. Al termine della riunione Olivia voleva parlare con Adam, ma lo vide già impegnato con Ricky e non sapendo quanto sarebbe durato il loro colloquio o se volessero della privacy, se ne andò verso il suo ufficio.

Probabilmente si stava preoccupando inutilmente. Sì, era vero che ultimamente non si erano visti molto, ma le poche volte che era successo, Adam era sempre stato il solito.

Sospirò. Era abituata a passare tutto il suo tempo al lavoro e ora le sembrava di non riuscire a fare altro che pensare a lui. Forse avrebbe fatto meglio a comportarsi come lui e iniziare a concentrarsi sul lavoro.

Aveva appena acceso il monitor del suo computer quando sentì la voce di Adam.

«Allora, ci vediamo più tardi?»

Il suo cuore saltò un battito. Alzò lo sguardo e lo vide sulla soglia. Il calore del suo sorriso le arrivò dentro, placando le sue preoccupazioni. *Allora aveva davvero da fare.*

«Era quello che avevo pensato.»

«Lasagne e pollo?»

Rise. «Dovrebbe essere così. Probabilmente Cynthia lo sta già preparando» disse, a proposito della cuoca di lui, «E comunque, tutto quello che prepara è divino.»

«Glielo riferirò» replicò l'uomo con uno scintillio negli occhi.

Quanto avrebbe voluto baciarlo! Olivia rimpiangeva spesso il loro accordo di tenere nascosta la loro relazione in ufficio, specie in momenti come quello: perché doveva essere così dannatamente bello con addosso un completo?

«Bene, meglio che vada» decretò Adam, «Ricky mi sta aspettando.»

«A stasera.»

«Non cambiarti. Ho dei programmi per quel vestito.»

Quella frase la colse di sorpresa, ma prima che potesse rispondere lui se ne andò con un ghigno.

* * *

Il resoconto di Javier sul Plex diede ad Adam grande soddisfazione. Il cinema e qualcuno dei negozi avevano aperto in anticipo rispetto all'inaugurazione e nonostante alcuni intoppi, le cose stavano andando talmente bene che uno dei loro parcheggi era quasi del tutto pieno. Era troppo presto per definire il progetto un successo, ma era sicuramente una buona partenza.

Il suo team era stato all'altezza della sfida, specie con tutti i ritardi e i problemi insorti e lui non poteva andarne più fiero. Molti dei suoi collaboratori erano con lui dall'inizio e vederli crescere era fantastico.

Pensò alla sua prima segretaria, Sylvia Lee, che al telefono era dura come una roccia ma timidissima di persona quando aveva iniziato a lavorare per lui. Con gli anni aveva guadagnato sempre più fiducia e ora era a capo della squadra di Pubbliche Relazioni. Javier aveva iniziato con uno stage e adesso guidava i nuovi progetti e ce n'erano tanti altri.

Adam spesso dava a tutti il bonus natalizio in anticipo,

ma voleva fare qualcosa di più per ricompensare la loro fedeltà in tutti quegli anni. Ricordava vagamente il contabile che gli aveva parlato della condivisione dei profitti un po' di tempo fa e decise di prenderlo in considerazione dopo l'inaugurazione.

Ripensando all'ultimo viaggio a Houston sorrise. Doveva essere andato in Texas centinaia di volte, ma la presenza di Olivia aveva reso quello, indimenticabile. Dal rubarle baci al vantarsi del proprio lavoro, Adam se l'era spassata e si era improvvisamente reso conto di quanto l'avrebbe voluta all'inaugurazione. Senza contare che sarebbe andato a Houston per le due settimane a venire e non voleva restare tutto quel tempo senza vederla.

Sapeva che Olivia non avrebbe potuto seguirlo per un'intera settimana, ma fare avanti e indietro una volta in più non gli sarebbe pesato se significava avere la sua compagnia. Negli ultimi tempi non l'aveva vista molto, ma doveva ammettere che era colpa sua. Temendo di attaccarsi troppo, aveva iniziato a distaccarsene ma alla fine della fiera, la sconfitta era stata la sua. Tutto il tempo passato a sentire la sua mancanza, era tempo che avrebbe potuto passare con lei. Una volta deciso, prese il telefono.

«Ehi, Adam» lo salutò lei con voce allegra.

«Ehi, Olivia. Che ne dici di venire con me a Houston tra due settimane per l'inaugurazione?»

Ci fu una pausa prima che lei rispondesse.

«Mi dispiace, ma ho un sacco di lavoro arretrato da recuperare.»

Provò un'acuta delusione, ma allo stesso tempo comprese. Il lavoro non si fermava solo perché frequentavi qualcuno e mentre Adam ammirava la dedizione di lei, non riusciva a non sentirsi geloso. Non vedeva l'ora di mostrarle il centro commerciale pieno di clienti.

Scosse la testa. Quando esattamente era diventato un pavone? Olivia gli stava davvero facendo uno strano effetto.

«E questa sera?» domandò, «Vuoi andare a *Il Tarzano*?»

«Mi piacerebbe ma ho davvero molto da fare. Che ne dici di domani?»

«Certo, vengo a prenderti alle sei.»

Qualche minuto dopo si salutarono e Adam aggrottò la fronte: Olivia non si era mai lamentata quando lui un paio di settimane prima aveva iniziato a fare un passo indietro e ora si rendeva conto di quanto quella cosa lo infastidisse. Probabilmente una piccola parte di lui aveva sperato che lei pretendesse di più, che gli chiedesse di assegnare una prio-rità maggiore alla loro storia. Invece era sempre compren-siva e concordava di avere del lavoro a sua volta. Per quanto sapesse che era vero, l'istinto gli suggeriva che ci fosse dell'altro. Che mancasse qualcosa. E se frequentarlo non le importasse più?

Quel pensiero gli fermava il cuore, ma avrebbe spiegato la mancanza di lamentele sui suoi orari o le sue assenze. Avevano trascorso la maggior parte delle nottate assieme e ora si vedevano solo un paio di volte a settimane. Eppure, lei continuava a tacere.

Pensare che Olivia non sentisse la stessa connessione di lui, lo feriva. Ovviamente, Adam sapeva che prima o poi la loro relazione sarebbe terminata, ma non era ancora pronto.

Gli sembrava che avessero appena iniziato e a volte, aveva la bizzarra sensazione che non si sarebbe mai stancato di lei.

Dannazione! Sperava di sbagliarsi e che Olivia fosse davvero solo molto impegnata, perché se lei avesse detto 'basta', lui non avrebbe saputo cosa fare.

CAPITOLO DICIANNOVE

Olivia guardava i suoi calcoli accigliata. Aveva raggruppato le situazioni finanziarie di alcuni degli hotel Montgomery per vedere se erano migliorate dopo la riapertura sotto il loro marchio e in quel caso, di quanto.

Aveva sperato di poter usare quelle cifre per stimare l'introito de Il Palazzo dopo il restauro. Era facile capire che l'attività - grazie agli introiti e al tasso di occupazione - era migliorata su tutta la linea per ogni albergo, ma a parte questo i numeri erano confusi. Il tasso di occupazione era aumentato ovunque dal due al tredici percento e la disparità di gettito era anche maggiore. Come diavolo si poteva decidere quale cifra usare per le stime relative a Il Palazzo?

Domandandosi se avesse sbagliato qualche calcolo, ricominciò da capo. Aveva un incontro con uno dei contabili della Montgomery l'indomani per rivedere numeri che non capiva e voleva usare il suo tempo in modo saggio. Aveva ancora qualche mese prima che Seth consegnasse i disegni definitivi e suo padre si aspettava un budget finale oltre alle proiezioni, ma dato che la parte finanziaria non era mai stata il suo forte, la donna doveva iniziare a prepararsi fin da subito.

Dato che ora era lei a capo del progetto, era anche colei che avrebbe dovuto rispondere alle domande… un'idea che le procurava il mal di testa. Già aveva dei problemi nello stimare il tasso di occupazione, non voleva nemmeno immaginare come avrebbe affrontato i calcoli degli incassi.

Il campanello suonò. Convinta che fosse Adam sorrise, ma poi ricordò che gli aveva detto di dover lavorare. Corrugò la fronte, controllò il cellulare e vide che alla porta c'era William Yates.

«Un secondo» disse al suo ex attraverso la app connessa alla videocamera. Chissà cosa voleva William.

Si alzò e andò ad aprire. Lui era sulla soglia, che passava da un piede all'altro come se non fosse sicuro di ricevere un benvenuto. Ansiosa di metterlo a proprio agio, gli sorrise.

«Ciao, William» lo salutò abbracciandolo, «È da tanto che non ti vedo.»

Erano stati amici prima di iniziare a frequentarsi, ma non si erano lasciati in modo esattamente indolore. Olivia tuttavia sperava che il tempo avesse mitigato ogni ruggine tra loro.

«Ciao, Olivia» replicò lui. Scosse la testa e fece un passo indietro per guardarla, «Wow, sei una favola.»

«Grazie. Anche tu stai bene.»

Per un attimo calò un silenzio imbarazzante, poi lui le fece un cenno.

«Possiamo entrare per parlare?»

La sua curiosità s'impennò. A parte quel momento sgradevole in cui lui aveva insistito perché tornassero insieme e quel paio di volte in cui si erano imbattuti l'uno nell'altra, da quando si erano lasciati cinque anni prima non avevano mai condiviso nulla più di qualche augurio via SMS per le feste o per il compleanno.

«Certo. Vuoi qualcosa da bere?»

«No, grazie» rispose lui entrando, «Non so come altro dirtelo, perciò lo farò in modo diretto: sono fidanzato.»

Quell'annuncio la colse di sorpresa. Considerato come al college fosse stato un festaiolo, Olivia credeva che si sarebbe accasata prima di lui e invece frequentava un uomo che non credeva nel matrimonio.

Scrollò la testa per mandar via quel pensiero capriccioso e abbracciò nuovamente William.

«Congratulazioni! Chi è la fortunata?»

«Penelope Hunter.»

«Parente di Charlie Hunter?» chiese, citando il loro vecchio compagno di scuola.

«Sua sorella. La notizia comparirà sulla stampa tra breve ma ho pensato che dovessi saperlo prima.»

Non era una cosa che la feriva, ma apprezzò la delicatezza di voler proteggere i suoi sentimenti.

«Grazie per avermelo detto.»

Lui sedette sul divano, la fronte corrugata. «Sai, ho sempre creduto che ci saremmo sposati.»

Anni fa anche lei lo aveva pensato, come probabilmente la maggior parte dei ragazzi faceva con il loro primo amore. All'epoca, sembrava che tutto potesse durare per sempre.

«Eravamo così giovani quando abbiamo iniziato a frequentarci» commentò lei sistemandosi al suo fianco,

«Probabilmente, pensare che non sarebbe durata sarebbe stato da insensibili.»

Però insieme non erano riusciti ad arrivare nemmeno al secondo anno di college.

Olivia ricordava ancora il sollievo dopo aver rotto. All'epoca, William era diventato una sorta di fardello, un'altra responsabilità che doveva gestire assieme al suo infinito percorso di studi. Lui voleva andare per locali praticamente ogni sera, mentre lei non riusciva nemmeno a star dietro ai compiti. Non erano stati in grado di comprendersi e quello li aveva portati a un litigio continuo. Che contrasto con Adam, che invece le lasciava persino usare il suo studio per lavorare.

«Ancora mi pento che le cose tra noi siano finite» mormorò William.

«È andato tutto per il meglio. Tu stai per sposarti e io ho un ragazzo meraviglioso.»

«Ti vedi con qualcuno?»

Lei annuì sorridendo. «Sì, ho…»

«Olivia!»

La voce di Adam risuonò dall'esterno prima che tre colpi rimbombassero contro la porta, «Apri questa porta. Subito!»

* * *

Adam era accecato dalla rabbia mentre picchiava contro la porta di Olivia. Il pensiero di lei con l'uomo che era entrato, gli aveva riempito la mente e lui era scoppiato.

«Apri questa porta. Adesso!»

Tra loro era finita, ma non le avrebbe permesso di scoparsi un altro proprio sotto al suo naso! Per forza Olivia non si lamentava mai del lavoro di lui: aveva già trovato un rimpiazzo! E pensare che quando aveva parcheggiato lungo la strada, si era dato persino del pazzo per non averle creduto. Eppure sentiva che qualcosa non andava e aveva deciso di sorvegliare comunque casa sua. Non era arrivato nemmeno da mezz'ora, quando era comparso quell'uomo.

Adam stava per buttare giù l'uscio quando la porta si aprì.

«Adam, va tutto bene?» gli domandò Olivia come se non fosse successo nulla di male.

«Va tutto bene? Mi hai mollato per stare con lui?» domandò, indicando il tizio dietro di lei. E pensare che aveva le creduto quando gli aveva detto di dover lavorare.

Olivia si acciglio. «William è arrivato inaspettatamente.»

Sì, per questo era stata così felice di vederlo. L'immagine di lei che abbracciava un altro gli bruciava ancora nella mente e gli rivoltava lo stomaco.

«Ehm, salve» il soggetto in questione lo salutò tendendogli la mano e Adam lo ignorò, entrando. Non avrebbe stretto la mano dell'uomo che lei frequentava alle sue spalle.

«Sono William Yates. Sono solo passato per dare a Olivia una notizia di carattere personale.»

«Si sposa» aggiunse lei. William le lanciò un'occhiata e la donna scrollò le spalle, «Cosa? Hai detto che l'avreste annunciato a breve e Adam non divulgherà certo la notizia.»

Dopo un attimo Olivia sospirò, «Va bene» cedette

voltandosi verso Adam, «Non dirlo a nessuno. Ancora non è di dominio.»

Adam era troppo in collera per replicare. Non poteva credere che Olivia stesse inventando delle storie invece di ammettere la verità. Pensava forse di poter continuare a frequentare entrambi?

«Andrebbe bene se invitassi i tuoi genitori?» le domandò William proseguendo quella pantomima.

Lei sorrise. «Sono certa che alla mamma farebbe piacere.»

William inclinò leggermente la testa indicando Adam mentre la guardava, suggerendole se fosse sicuro lasciarla sola assiema a lui.

La rabbia dell'altro crebbe ulteriormente. Non era mai stato violento, ma in quel momento avrebbe seriamente voluto prendere a pugni William fino a farlo sanguinare.

Olivia annuì. «Grazie per avermelo detto. Lo apprezzo davvero.»

«Okay, allora ci vediamo» Corrugò la fronte, guardò Adam e se ne andò.

Olivia chiuse a chiave e si voltò verso Adam.

«Pensavi che ti stessi tradendo, vero?»

«Hai intenzione di negarlo?»

Lei strinse le labbra. Sembrava fosse in procinto di dire qualcosa ma poi scosse la testa e riaprì la porta.

«È meglio se te ne vai anche tu.»

«Così William può tornare? Per che razza di idiota mi prendi?»

Sarebbe rimasto anche tutta la notte se avesse dovuto. Non era razionale cercare di tenerli lontani, ma non riusciva a digerire il pensiero di lei con qualcun altro in quel momento.

Avevano avuto qualcosa di speciale, o almeno così credeva e all'improvviso, quei sentimenti sparivano perché lei lo tradiva di nascosto.

«Uno enorme, se pensi che ti tradisca» Olivia scosse la testa, «Non l'ho mai fatto con nessuno in vita mia, perché mai dovresti pensare una cosa del genere? Non ti ho mai dato alcun motivo per sospettare di me. Ancora non riesco… Un attimo: tu hai mai tradito prima?»

«Io non ho mai…» Adam si bloccò quando si rese conto che stava per dirle di non aver mai avuto una relazione lunga a sufficienza per un tradimento. Se le avesse spiegato la verità, che prima di lei nessuna era mai durata più di un fine settimana, avrebbe fatto la figura dello stupido, «Non mi hanno mai tradito» dichiarò invece.

«Ma pensi che io lo abbia fatto» la donna lo indicò, «Immagino significhi che sei tu quello tradisce me, perché solitamente chi accusa è sospetto. Per questo motivo ultimamente sei sempre così 'impegnato'» aggiunse mimando le virgolette con le dita.

«Ma ho davvero avuto da fare» ribatté Adam, pur sapendo che avrebbe potuto trovare il tempo per lei. Temeva ciò che Olivia gli faceva provare, si era smarcato per quel motivo ed era stata la mossa giusta, anche se con la giustificazione sbagliata.

Scosse la testa fra sé e sé: da quanto andava avanti? Come aveva fatto a non rendersene nemmeno conto?

«E poi, non voltare la frittata» proseguì lui, «Sei tu

quella che ha detto di essere impegnata quando invece vedevi un altro.»

«Te l'ho detto: William è arrivato di punto in bianco per dirmi che si sposa.»

«Perché non poteva dirtelo con una telefonata o un messaggio? Perché è dovuto venire di persona?»

«Perché ha voluto essere cortese e non farmelo scoprire tramite terzi. Siamo stati insieme anni fa.»

La mascella di Adam si tese mentre pensava al modo in cui lo sguardo di William l'aveva consumata. Quello provava ancora un interesse per Olivia.

«Per quanto tempo?»

Lei si mise a braccia conserte. «Quasi quattro anni, dal liceo al college.»

«E tu cosa volevi? Tornarci assieme?»

Perché per quale altro motivo quello avrebbe dovuto dirle che si sposava?

Adam imprecò silenziosamente: perché continuava ad ascoltare le sue bugie? Olivia lo aveva talmente incantato che voleva crederle. Temeva di perderla, era talmente disperato da attaccarsi a qualsiasi spiegazione pur di poter continuare a frequentarla. Ancor più stupido.

Lei socchiuse gli occhi. «No, ma sai com'è col tuo primo amore: c'è sempre un legame, una specie di affetto anche se non lo ami più.»

Considerava l'idea di quel legame con William un anatema, perciò sorvolò.

«Hai detto che dovevi lavorare questa sera.»

«Lo stavo facendo prima che tutti decideste di passare!» la donna indicò il tavolo da pranzo pieno di scartoffie e col computer aperto sopra, «Tu perché sei venuto, comunque?»

Passò un attimo.

«Aspetta un secondo: stavi tenendo d'occhio casa mia?» la sua voce si alzò incredula, «Mi stavi controllando? Non posso crederci! Cos'avrò mai fatto per spingerti a pensare che possa tradirti?»

Adam stava per negare, poi si rese conto che non doveva. Considerato che aveva trovato un uomo in casa sua, non aveva nulla di cui sentirsi colpevole. Aveva avuto un giusto sospetto.

«Mi stavi evitando.»

«E per quello tu...» Olivia scosse la testa, «Non posso. Vattene.»

Lui serrò la mandibola: lei lo buttava fuori? Bene, allora. Non sarebbe rimasto ad ascoltare le sue balle, sperando che fosse invece la verità. Senza aggiungere una parola, si voltò e se ne andò. Avevano chiuso.

Olivia chiuse la porta e gridò per la frustrazione: non poteva credere al fegato di quell'uomo! Aveva scelto di passare più tempo libero a lavorare e lui aveva pensato che lo tradisse. Ma se lo stava semplicemente imitando! Adam era stato impegnato nelle ultime settimane e lei aveva colto l'opportunità per mettersi in pari con le sue cose. Non importava quanto diversamente si fosse comportata negli ultimi mesi: la sua vita non girava attorno a lui. Solo perché improvvisamente Adam era libero, non significava che lei potesse mollare tutto per lui. Capiva che fosse deluso, ma spiarla e poi dare automaticamente per scontato che lo stesse tradendo… Come poteva qualcuno a cui teneva così tanto, avere un'opinione tanto bassa di lei?

Era decisamente finita tra loro. Anche se Adam si fosse scusato, quale genere di relazione avrebbero mai potuto avere se lui non riusciva a fidarsi?

Provò un dolore al petto a quel pensiero. Dentro di sé, Olivia sapeva che la loro storia era segnata fin dall'inizio: lui non credeva nel matrimonio e nei figli, mentre lei voleva entrambi. Aveva ignorato i campanelli d'allarme perché voleva davvero stare con lui e ora la realtà sollevava la sua orribile testa.

L'unica a cui poteva dare la colpa era solo sé stessa.

Ricacciò indietro le lacrime ma non riuscì a impedire che cadessero. Considerato il pessimo modo in cui Adam si era comportato, avrebbe dovuto essere felice di essersene liberata, e invece non era così. Lei voleva che tornasse indietro e le dicesse che si era trattato solo di un grosso malinteso, che non aveva mai pensato al suo tradimento ma non sarebbe successo e così singhiozzò ancor di più. Quando finalmente le lacrime si arrestarono, andò a lavarsi il viso e mentre si asciugava con una salvietta, pensò alle conseguenze della loro rottura: considerato il modo in cui Adam l'aveva guardata, dubitava che l'avrebbe tenuta nel progetto e sfortunatamente era lui ad avere l'ultima parola, dato che era il partner maggioritario.

Per il bene del suo orgoglio sarebbe stato meglio andarsene che non venire licenziata, ma non lo avrebbe mai fatto con l'hotel di suo nonno. No. Se Adam la voleva fuori, l'avrebbe cacciata di persona.

Sperò solo che tenesse le accuse per sé. Suo padre l'avrebbe spalleggiata senza alcun dubbio se lui l'avesse tacciata di tradimento, e Adam in conseguenza avrebbe anche potuto cavarsi del tutto dall'affare. Non voleva essere la causa dell'ennesimo hotel perso a Manhattan, specialmente de Il Palazzo.

Gemette. Non avrebbe mai dovuto farsi coinvolgere da lui.

CAPITOLO VENTI

La mattina dopo molto presto, Adam correva sul tapis roulant spinto dalla rabbia. Sapeva che la sua relazione con Olivia non sarebbe durata per sempre, ma non aveva mai creduto che lei lo avrebbe tradito. Non faceva che parlare di continuo di quanto importanti fossero famiglia e lealtà e nel mentre, gliela faceva dietro le spalle! Non era la donna che credeva. La cosa più saggia che poteva fare era dimenticarsela.

Più facile a dirsi che a farsi.

Non importava che fosse fedifraga, tutto quello a cui riusciva a pensare in quel momento era quanto le mancasse. Anche se cercava di ripetersi che era solo una delle tante in fila, sapeva di mentire a sé stesso.

Se Olivia fosse stata come le altre donne, Adam non avrebbe avuto tanti problemi a concentrarsi sul lavoro o a dormire. E invece, quel tradimento lo aveva tenuto sveglio tutta la notte, in un mix assurdo di emozioni che lo aveva lasciato desideroso sia di maledirla che di farci l'amore.

Disgustato da sé stesso, era andato dritto in palestra nella speranza di dissipare la rabbia ma non stava funzionando. Aveva appena terminato il quarto miglio e ancora fumava di rabbia.

Non riusciva a credere che avesse cercato di ingannarlo. Persino i suoi genitori non si comportavano così con lui. No. Loro si mostravano indiscreti, colpendo l'altro dove faceva più male.

Olivia non lo aveva nemmeno ammesso. Adam si accigliò a quel pensiero. A giudicare da ieri sera, Olivia dover aver sperato che lui non scoprisse di William, quindi se non voleva ferirlo perché l'aveva tradito? Che avesse a che fare con Il Palazzo? O peggio: era stata con lui solo per l'albergo?

A quel pensiero si sentì chiudere lo stomaco: non aveva mai provato nulla del genere prima e se per caso avesse scoperto che lei era stata con lui solo per via del lavoro... No. Non voleva pensarci.

E se stesse dicendo la verità?

Scacciò quel pensiero ribelle che gli funestava la mente sin da quando se n'era andato da casa sua. Volere credere alle sue bugie non le rendeva vere. Se non altro, quella sua pia illusione dimostrava quanto lei gli fosse penetrata sotto pelle. Adam voleva proseguire quella sciarada che era il loro rapporto, perché il pensiero di non stringerla più tra le braccia gli causava un senso di vuoto troppo pesante da sopportare.

Era ridicolo. Avrebbe dovuto essere grato di aver capito che genere di donna fosse prima di farsi coinvolgere oltre, e invece riusciva a pensare solo a quanto Olivia gli mancasse.

Non ho mai tradito nessuno in vita mia.

Le sue parole gli risuonarono nella testa e per strano che fosse, si rese conto che ci credeva. Rallentò, iniziando a pensare a quello che aveva visto: lei aveva aperto la porta e abbracciato William senza alcuna esitazione. Adam era troppo lontano per vedere se si erano baciati, ma quando era arrivato, il suo rossetto non era sbavato e gli abiti non avevano l'aria spiegazzata…

Possibile che stessero solamente parlando?

Forse, ma a giudicare dal modo in cui William osservava Olivia, voleva riallacciare la loro relazione. Per fortuna lei non l'aveva guardato in alcun modo particolare. Adam non apprezzava comunque la serenità tra i due, ma non era certo intenzionato a lasciare che un ex lo spaventasse.

Quando comprese che era pronto per tornare da lei, il suo petto si allargò: considerato come si era comportato, Olivia avrebbe anche potuto non rivolerlo, ma doveva provarci. E poi, visto quello che gli aveva detto, avrebbe scoperto prima o poi se William era fidanzato oppure no.

* * *

Olivia camminava verso casa sua quando vide Adam seduto sui gradini all'esterno. Provò una sensazione di disagio. Non le aveva scritto messaggi né l'aveva chiamata, anche se una parte di lei aveva sperato che passasse. Eppure, ora che c'era davvero, non sapeva cosa aspettarsi. Si sarebbe scusato per come si era comportato o le avrebbe detto che non potevano più lavorare assieme?

Come se l'avesse percepita, Adam sollevò lo sguardo e si alzò. «Olivia.»

Lei si ripeté di essere gentile. Adam non era solo un ex, era anche un socio importante.

«Ciao, Adam. Stai aspettando da molto?»

«Da un po'. Non sapevo se avresti voluto vedermi.»

«È un po' difficile non farlo, dato che sei seduto sul mio pianerottolo» replicò lei fraintendendolo intenzionalmente mentre saliva i gradini. Aprì la porta con un sospiro. «Entra.»

Una volta all'interno, fu lui a prendere la parola.

«Mi dispiace. Per tutto quanto.»

Olivia avrebbe dovuto sentirsi sollevata da quell'ammissione di colpevolezza, eppure provava rabbia. Non si meritava di essere trattata a quel modo, non aveva fatto nulla di male.

«Ultimamente eri impegnata e quando ti ho vista con William…» L'uomo scrollò le spalle e scosse la testa, «Beh, mi sono venuti in mente i miei genitori e le loro storie e sono esploso.»

Anche se le aveva raccontato alcuni brutti episodi della coppia, era la prima volta che Adam le parlava del loro matrimonio. All'improvviso, il suo comportamento durante il brunch coi genitori di lei, acquisì un senso: era stato divertente e affascinante come sempre, ma allo stesso tempo continuava a guardare i genitori di Olivia come se si aspettasse che succedesse qualcosa.

Dato che quelli di Adam si tradivano a vicenda, non era difficile immaginare che casa loro fosse piena di dissapori e lei capiva adesso che probabilmente, lui aveva cercato segnali di una qualche tensione. Magari si aspettava una lite o una discussione di qualche tipo.

«Mi dispiace sapere queste cose dei tuoi genitori» gli disse con cautela, «Non so davvero immaginare quanto sia stata dura per te, ma solo perché loro si comportano così, non significa che lo facciano anche gli altri.»

«Lo so e mi dispiace.»

«Beh, apprezzo che sia venuto qui a scusarti» sfortunatamente era un po' troppo tardi.

Adam esitò. «Allora, è finita?»

La gola di lei si serrò ma annuì.

«Non posso stare con qualcuno che non si fida di me. Non solo sei arrivato come una furia a casa mia, convinto che ti stessi tradendo ma mi hai anche spiato.»

Aveva sempre trovato romantica la gelosia in un uomo nei suoi confronti, ma in realtà era del tutto deprimente. Non era l'amore che motivava la gelosia, erano insicurezza e possessività.

«So che può non sembrare, ma io mi fido. Solo che quando si tratta di te non riesco a ragionare. Io...» Adam scosse la testa, «Amici?»

Lei batté gli occhi. «Vuoi che siamo amici?»

«Io vorrei di più, ma prenderò quello che puoi darmi.»

«Non credo di riuscirci. Finirei per caderci di nuovo» specie se lui avesse continuato a dirle cose del genere.

«Perché non proviamo a prendere le cose con calma? Possiamo andare al compleanno della mia figlioccia questo sabato e vedere come vanno le cose.»

Quando lei non ribatté, aggiunse: «Hai detto che saresti venuta.»

Olivia avrebbe dovuto rifiutare. Non aveva assolutamente difese quando c'era di mezzo Adam e avrebbe finito per starci male di nuovo, ma avevano fatto un patto ed era brutto rimangiarsi la parola, specie visto che lei *voleva* considerarlo degno di fiducia.

Erano tutte delle scuse. Voleva andarci, punto e basta.

«Okay. Verrò alla festa di compleanno della tua figlioccia con te, ma non ti prometto niente, né amicizia o altro per il futuro.» Sperò che non fosse un errore madornale.

Lui le fece quel sorriso che lei amava tanto e Olivia capì di essere nei guai.

«Ottimo. Passerò a prenderti alle dieci.»

Il giorno dopo, Adam avanzava verso la casa di William Yates pieno di sensi di colpa. Olivia non sarebbe stata contenta se avesse scoperto che era andato a fare visita al suo ex, ma non poteva lasciare decidere il caso.

Lei poteva anche averlo perdonato per il comportamento dell'altra sera, ma non lo aveva ripreso con sé e mentre Adam cercava di farle cambiare idea, l'ultima cosa che gli serviva era un ex che s'intrufolava tra loro per cercare di defenestrarlo.

Aveva notato lo sguardo di William nei confronti della donna e sapeva che a prescindere da cosa avrebbe detto lei, non considerava le cose del tutto finite tra loro. A che pro altrimenti passare da lei per dirgli che si sposava? Un uomo si comportava così solo quando era ancora interessato a una donna. Olivia era troppo innocente per capirlo.

Conscio di non potersi permettere alcun sospeso, appena tornato a casa aveva incaricato Edward di investigare su William. L'uomo gli aveva ritelefonato meno di mezz'ora dopo. All'apparenza, William era il figlio di un magnate della televisione via cavo e quello aveva facilitato la ricerca.

Ignorando gli sguardi curiosi mentre attraversava l'ufficio, Adam trovò la porta col nome dell'uomo sopra e senza bussare, entrò. William era al telefono. Sgranò gli occhi mormorando un «Ti richiamo» a chiunque stesse parlando, prima di riattaccare.

«Sta' lontano da Olivia» gli intimò l'altro, parlandogli addosso.

«Come diavolo hai fatto a entrare qui?» gli chiese William, prima di scoppiare a ridere alle sue parole, «Lo sai che sono fidanzato, giusto? Con Penelope Hunter, hai presente? Hunter, come la Hunter Broadcasting Company.»

«Fidanzato o meno, non devi avvicinarti a Olivia.»

A giudicare dagli occhi da triglia che le aveva fatto, avrebbe rotto quel fidanzamento in un attimo se avesse ricevuto da Olivia il benché minimo incoraggiamento.

L'uomo sollevò il mento. «Oppure cosa?»

«Oppure dirò alla tua fidanzata che sei andato da lei.»

«Penelope sa che l'avrei invitata al matrimonio» replicò beffardo William.

«Sì, ma sa anche che vorresti riprendertela?»

Il viso dell'altro divenne paonazzo per la rabbia. «Te l'ha detto Olivia?»

Adam strinse le labbra. No, Olivia non l'aveva fatto ma lui aveva un presentimento e vista la sua reazione, lei chiaramente doveva averlo rifiutato. Il che significava che non lo aveva tradito. Si sentì più leggero. Ci aveva sperato ma non era completamente sicuro.

«E il matrimonio?» chiese William, «Olivia si aspetta l'invito.»

L'uomo scrollò le spalle. «A volte la posta si perde.»

«Anche quelli della sua famiglia?»

«Wedding planner da strapazzo.»

Non era un problema suo. Adam gli fece un cenno. «Sarà meglio che sia l'ultima volta che ti vedo.»

Si voltò e se ne andò, felice della conferma che Olivia e William non se la intendessero dietro le sue spalle. Bastava quello a valere l'improvvisata.

Vedere lo sguardo stravolto dalla paura dell'altro? Beh, era stata la ciliegina sulla torta.

CAPITOLO VENTUNO

«Adam! Grazie per essere venuto!» Samantha Darren lo accolse avvicinandosi con in braccio la figlia, Suzie.

Pur non credendo nell'istituzione del matrimonio, era evidente che a Sam calzasse a pennello. Dopo la morte di Jason era stata così triste e sola mentre ora scoppiava praticamente dalla felicità.

«Figurati. Non mi perderei il compleanno di Suzie per niente al mondo!» replicò lui facendo il solletico sulla pancia alla bimba, che ridacchiò.

L'uomo sorrise. «E questa è Olivia Montgomery» la presentò, cogliendo l'occasione per cingerla con un braccio.

Durante il viaggio, la tensione tra loro era stata tangibile. Sembrava che all'improvviso lei avesse innalzato delle barriere attorno a sé e Adam lo detestava. Le mancava la leggerezza e sperava che un tocco occasionale l'avrebbe aiutata a sciogliersi nei suoi confronti.

«Ciao, che bello conoscerti» le disse Sam stringendole la mano.

«Anche per me. Hai una casa bellissima.»

Imitando la madre, Suzie sollevò la mano verso Olivia, che gliela strinse con un sorriso.

«Ed è un piacere conoscere anche te!»

La piccola rise e come se quello fosse stato una specie di test, le tese le braccia. Sam annuì.

«Ti spiace?»

«No. Affatto.»

La bambina passò di braccia.

«Oh, ma che tesoro!» commentò Olivia mentre la piccola le sorrideva. Adam si rese conto di come lo sguardo della donna si fosse addolcito. Sapeva che Olivia avrebbe voluto dei figli, ma quel pensiero bruciava. Avrebbe anche potuto cambiare idea riguardo al matrimonio, ma i figli proprio no. Non avrebbe mai permesso a una creatura di attraversare quello che lui e suoi fratelli avevano passato e anche se gli piaceva pensare che avrebbe potuto essere un genitore migliore di quanto non lo fossero stati i suoi, non poteva esserne certo.

Insomma, bastava guardare come si era comportato con la storia del tradimento di Olivia. Non aveva mai creduto di essere un tipo geloso ma a quanto pareva era così. Alla grande!

Francamente, se si trattava di lei non riusciva a pensare in modo coerente, perciò immaginava senza sforzo di finire a fare qualsiasi cosa pur di farla restare al suo fianco, compreso sfruttare i loro potenziali figli.

«Sì, lo pensiamo anche noi» commentò Sam, interrompendo i suoi pensieri. Adam fu grato per quella distrazione. Non aveva mai capito perché i suoi genitori potessero comportarsi a quel modo, ma dopo aver sperimentato di persona quanto Olivia l'aveva fatto impazzire, iniziava ad avere qualche idea.

«Forza, andiamo all'ombra prima che lei diventi troppo pesante.»

Mentre si avvicinavano alla tenda, adocchiò le decorazioni e gli scaldavivande.

«A quanto pare, hai organizzato una mega festa.»

Sam rise. «Probabilmente ci saranno venti persone ma visto che è il suo primo compleanno, Luke ha esagerato. Ha persino assunto uno vestito da C-O-N-I-G-L-I-O, il suo cartone animato preferito per farle una sorpresa.»

Stavano per sedersi quando le sentì aggiungere: «Scusami. Sono arrivati i miei genitori. Vi prego di servirvi al buffet. Luke dovrebbe arrivare da un momento all'altro, sta solo facendo sfoggio del lettino che suo padre ha realizzato a mano.»

Olivia le passò la bambina e Sam andò a raggiungere la coppia di anziani.

«È molto più carina di quanto credessi» commentò la donna, una volta che la padrona di casa fu lontana. Adam rise.

«Te l'ho detto: la stampa ha reso la situazione peggiore di quanto non fosse in realtà.»

«Già. Avrei dovuto immaginarmelo, ma era una storia così succosa. Adesso mi dispiace di aver fatto del gossip su di loro. Luke probabilmente è carino quanto lei» Olivia gli fece un cenno, «Ma non vuoi andare a cercarlo?»

Normalmente lo avrebbe fatto, ma non avendo fatto

altro che aspettare quel momento da passare con lei, col cavolo che l'avrebbe lasciata.

«Arriverà prima o poi. Vieni, andiamo a vedere cosa c'è da mangiare.»

* * *

«Ehi Olivia, hai preso la torta?» le chiese Samantha, abbandonandosi accanto a lei due ore dopo.

Olivia annuì. «Già due fette.»

Avrebbe voluto mangiarne una sola ma era talmente buona che non era riuscita a resistere all'offerta del cameriere.

Samantha sorrise. «È la seconda anche per me» ammise prima di prenderne un morso.

«Adam mi raccontava che hai avviato il tuo fondo d'investimenti personale» disse Olivia dopo un po'. L'altra annuì.

«È principalmente per amici dei miei e qualche parente. Molti di loro avrebbero voluto investire con Luke senza capire i rischi che correvano» Sam la indicò, «Tu probabilmente sai cosa intendo.»

La Banca Montgomery gestiva svariati fondi ma a Olivia non era mai capitato che qualcuno le chiedesse di fare un investimento presso di loro, probabilmente perché la maggior parte delle persone nel loro giro conosceva già suo fratello, suo padre o suo zio, tutti molto più esperti di lei in quei campi. Comunque capiva bene Samantha, specie se gli amici dei genitori non avevano nessun altro a cui rivolgersi per un consiglio finanziario.

«Ho cercato di spingerli verso un fondo indicizzato» proseguì la donna, «ma preferivano che fosse qualcuno di loro conoscenza a gestire i loro soldi. E tu? Luke ha menzionato che lavori per la divisione Ospitalità della Montgomery?»

«Sì, gestisco le relazioni pubbliche dei nostri licenziatari. Al momento sto lavorando con Adam a Il Palazzo.»

«Oh, adoro la loro sala da tè. La mia amica Nina - l'hai conosciuta, giusto?» al cenno di assenso di Olivia, Sam proseguì, «Mi ci ha portato l'anno scorso e ci siamo sentite proprio come due principesse!»

Olivia s'illuminò.

«Era esattamente l'obiettivo di mio nonno per l'albergo. Voleva che gli ospiti si sentissero come membri della famiglia reale e prese ispirazione dai castelli europei.»

Avevano mescolato e accorpato quelle che sembravano strutture differenti, definendo il risultato 'il meglio del meglio'.

«Non per essere impicciona, ma avete venduto l'hotel a Adam e poi vi siete accordati per gestirlo?»

«Oh, no. Mio nonno vendette Il Palazzo negli anni ottanta per salvare la banca di famiglia durante la crisi.»

In origine voleva chiedere un prestito usandolo come garanzia, ma considerato il mercato creditizio al momento, non era stato possibile.

«Ero curiosa perché leggevo dei Key Hotel e li ho visti vendere una proprietà pur continuando a gestirla.»

«Non ne so molto della catena Key, conosco solo il loro programmi sperimentali.»

Gli investimenti della Key per portare la tecnologia e

l'intelligenza artificiale in prima linea nel campo dell'ospitalità, spesso occupavano le prime pagine.

«Però è una pratica comune in questo ramo» infatti la maggior parte dei gruppi di ospitalità quotati in borsa si concentrava sul giro del franchise più che sul possedere le strutture.

«Oltre a società che scremano le location meno redditizie o spostano l'attenzione dell'impresa di punta, il franchising ti fa realizzare di più rispetto a possedere un hotel in sé» scrollò le spalle, «Ma nel caso della Key penso che stiano sperimentando una serie di diverse caratteristiche per vedere come funziona.»

Offrire una stanza pulita e un letto confortevole non bastava. Gli alberghi, specie quelli di basso-medio livello dovevano reinventarsi costantemente per spiccare rispetto alla concorrenza.

«Probabilmente avevano progettato l'hotel pensando a un determinato programma e quando non è andato secondo i piani, lo hanno venduto. In questo modo non sembra un fallimento e possono continuare a incassare tramite il franchise» Olivia sorrise, «Per un bene preesistente significa praticamente denaro gratis.»

Il rischio era minimo dato che l'hotel soddisfaceva già i loro standard.

«Per questo motivo alcuni marchi sono praticamente basati solo sul franchising.»

Olivia annuì. «Hai sentito di quei camerieri robotizzati che hanno testato?» domandò, riferendosi al trial fallito della Key sull'uso dei robot per fare piccole consegne in camera. Sapeva che la Montgomery non avrebbe mai fatto una scelta del genere, ma era stata una lettura affascinante.

«Sì, mi ha intrigato molto. So che è andata male ma spero che in futuro ci riprovino in un modo o nell'altro. La tecnologia ha così tanto potenziale!»

Discussero dei vari metodi per ridurre i costi di un hotel, dal limitare i prodotti in bagno e la gestione amministrativa alla doppia prenotazione delle camere. Spesso era difficile immaginare cosa facessero gli altri brand, perché operavano in modo diverso dalla Montgomery. Mentre tutti stavano passando dalle mini bottigliette di shampoo ai dispenser a muro, la Montgomery includeva ancora il dentifricio nel loro set da bagno.

Era in momenti come quello che era grata alla sua famiglia di aver mantenuto l'impresa. Non dovevano preoccuparsi di continuo di realizzare profitti sempre maggiori per soddisfare gli azionisti, potendo concentrarsi invece sul migliorare l'esperienza del cliente.

Un bambino si mise a piangere in lontananza. «Meglio andare a controllare» mormorò Samantha.

«Chiamami ogni volta che hai qualche domanda sugli hotel» la invitò Olivia dandole un bigliettino, «Adoro parlare di lavoro.»

«Lo farò» replicò Sam alzandosi, «È stato bello conoscerti. Tu e Adam dovete venire a cena una sera di queste. Sarà bello non essere l'unica donna per una volta.»

Prima che potesse dirle che lei e Adam erano solo amici, la donna se ne andò ad aiutare una madre col piccolo in crisi.

Olivia aggrottò la fronte, guardandola accompagnare la

donna e il bimbo in lacrime dentro casa. Cosa aveva voluto dire Samantha con 'non essere l'unica donna per una volta?' Per caso le stava suggerendo che Adam di solito non portava le sue ragazze qui o che non le frequentava? Al pensiero di poter significare qualcosa per lui, la speranza scalpitò dentro di lei: forse si era dimostrato così geloso di William per quello…

Ecco… lo stava di nuovo scusando. Sospirò: quel giorno Adam era stato molto cortese, era facile capire perché se ne fosse invaghita. Però, a essere onesta lo era sempre stato. Forse troppo, pensò ripensando al fatto che l'aveva tenuto d'occhio. Non era certo la prima volta che un ragazzo si lamentava di quanto Olivia lavorasse, ma non le era mai capitato di essere spiata e accusata di tradimento.

Accigliata, cercò di mettersi nei suoi panni: come si sarebbe sentita se avesse visto una donna bellissima lasciare l'appartamento di lui? Le piaceva pensare che non avrebbe automaticamente data per scontata una scappatella, ma non sarebbe stata molto contenta, specie se avesse scoperto che era una delle sue ex.

Ma comunque lei non lo avrebbe mai spiato, tanto per iniziare. Però, probabilmente fidarsi era più facile per lei che non per lui, visto come le aveva descritto i suoi genitori e a parte quella sera, Adam era stato il ragazzo perfetto…

Sospirò quando si rese conto che gli avrebbe dato un'altra possibilità. Forse se ne sarebbe pentita, ma una parte di lei temeva che non facendolo, se ne sarebbe pentita ancor di più.

* * *

«Grazie dell'aiuto» gli disse Luke mentre Adam sistemava l'ultimo regalo nella stanza dei giochi di Suzie.

«Quando vuoi» replicò l'amico raddrizzandosi.

Si era offerto di aiutarlo quando aveva visto Luke portare un grosso scatolone e solo dopo si era reso conto che probabilmente, l'uomo voleva allontanarsi dagli ospiti per un po'. Luke non era esattamente un tipo socievole.

«Allora, come stanno andando le cose?» gli domandò mentre tornavano alla festa.

«Bene. Tra un paio di settimane inauguriamo il Plex e con Il Palazzo va tutto come previsto. E a te?»

Luke sogghignò. «Ancora non lo abbiamo detto a nessuno, ma Samantha è incinta.»

Adam diede una pacca sulla schiena all'amico.

«Oh, congratulazioni!»

«Grazie. Ancora non riesco a credere a quanto sia stato fortunato» Luke scosse il capo, «Quando avrai un figlio, mi capirai.»

Adam non si preoccupò di ribattere che non era tipo da sposarsi e fare figli. Da quando Luke e Sam si erano sposati, lui sembrava convinto che anche Adam si sarebbe accasato e per quanto questi si fosse a volte trovato invidioso del loro amore, sapeva che quel genere di rapporto non era previsto per sé.

Venne salvato dal dover rispondere perché Olivia si avvicinò. Le sorrise e le passò un braccio attorno alla vita.

«Pronta per andare?»

Lei annuì.

«Bene» disse Luke, «Non vi trattengo ma spero di vedervi presto a cena. Entrambi.»

«Ma certo, grazie.»

Anche se Adam non intendeva uscire con gli amici, era comunque felice che Olivia ci si fosse trovata bene. Non gli era mai davvero importato il loro giudizio delle donne che vedeva, ma ora voleva disperatamente che Olivia piacesse a Luke e Sam. Ed era successo. Considerato quanto introverso fosse Luke, non l'avrebbe invitata a cena altrimenti.

Tuttavia, non era del tutto a suo agio a cena con Luke e Sam. A essere onesto, si sentiva tale da quando quei due avevano iniziato a frequentarsi. A volte si scambiavano degli sguardi che non gli sembravano naturali. Adam poteva quasi giurare di vedere l'amore che passava da uno all'altro. Era divertente: lui non aveva avuto quel problema quando Sam era sposata con Jason ma vederla così felice accanto a Luke lo spingeva a pensare a cose sulle quali non avrebbe dovuto indugiare, come ad esempio cosa sarebbe accaduto se fosse stato incline alla famiglia.

Ora che aveva conosciuto Olivia, quei pensieri si erano intensificati: riusciva a ipotizzare che se fosse stato diverso, si sarebbe accasato con lei. Adorava passarci del tempo assieme, fuori e dentro al letto e dubitava che si sarebbe mai stancato. Allo stesso tempo, lei gli provocava delle emozioni e non andava bene, perché la loro intensità era centuplicata. Non ricordava di essere mai stato tanto felice come quando era al suo fianco, eppure Olivia riusciva allo stesso tempo a farlo impazzire, come quando aveva scoperto la presenza di William in casa sua.

Avrebbe dovuto darci un taglio e lasciarla andare e invece si ritrovò a invitarla di nuovo all'inaugurazione del Plex.

«Andrò a Houston lunedì e rimarrò là fino all'inaugurazione» le disse mentre raggiungevano il vialetto, «So che sei
impegnata, ma mi piacerebbe se ci fossi anche tu quel
giorno.»

«È tra due mercoledì?»

«Sì. Se puoi, fammi sapere così ti faccio preparare
l'aereo.»

Sperava che lo raggiungesse con un paio di giorni in
anticipo, ma meglio il giorno stesso che mai.

«Non devi farlo.»

«Lo so, ma voglio.»

«Va bene, vedrò quello che riesco a fare» Olivia gli posò
una mano sul petto e lo baciò fuggevolmente, lasciandolo
col desiderio di qualcosa di più. Adam la strinse a sé e
replicò a dovere, accarezzandola con la lingua e riappro-
priandosi del suo sapore.

Erano passati solo un paio di giorni da quando l'aveva
fatto l'ultima volta, e non intendeva prolungare ulteriormente il tempo senza baciarla ancora. Olivia gli leccò le
labbra e si staccarono.

«Andiamo a casa tua.»

Gli ci volle un attimo per comprendere quelle parole e
quando accadde, la tensione al petto si allentò. Gli stava
dando un'altra possibilità.

Grazie a Dio.

CAPITOLO VENTIDUE

Il mercoledì sera seguente mentre lei e Adam rientravano a New York, Olivia guardava incupita le planimetrie delle stanze. Le sembravano troppo piccole considerato che erano di lusso. Anche quelle minori dovevano essere almeno venticinque metri quadri.

Curiosa di sapere, prese uno scalimetro dalla borsa e iniziò a sperimentare con diverse configurazioni. Stava proprio per vedere come ci sarebbe stata una camera a due piani accanto a una normale, quando Adam la informò che stavano per atterrare.

Sorpresa, Olivia alzò lo sguardo e vide che fuori era buio pesto.

«Grazie per avermelo detto.»

Il tempo volava quando progettava, specie quando si dilettava in design iterativo.

«A cosa stai lavorando?»

Lei sollevò i diagrammi. «Sto solo cercando di capire se avrebbe senso ampliare le stanze.»

«Posso?» le domandò lui.

Olivia annuì e glieli porse. L'uomo si prese il suo tempo per scorrere i fogli.

«Sono davvero buoni.»

Le sue guance si tinsero di rosa. «Grazie. Disporre le camere a mano mi aiuta a pensare.»

«Sai, non è mai troppo tardi per tornare a scuola.»

«Lo so, ma non credo di poterlo conciliare con il mio lavoro alla Montgomery.»

Era solo questione di tempo prima che suo padre approvasse uno dei suoi progetti Yosemite e quello avrebbe dato il via a tutta una nuova linea di alberghi. Il segmento avventura non sarebbe cresciuto quanto quello di punta della Montgomery, ma avrebbe dato forza all'attività principale portando un bel po' di nuovi clienti e la possibilità di dare quel contributo alla società che per lei era diventata tanto importante, era un'opportunità troppo grande per buttarla riprendendo gli studi.

«Beh, almeno saresti in grado di applicare quello che hai appreso» commentò Adam restituendole i diagrammi. Olivia li ripose.

«Grazie ancora per essere venuta.»

Lei gli sorrise. Era la decima volta quel giorno che la ringraziava.

«Grazie a te per avermi invitato. Mi sono divertita.»

Si stava chiedendo se quella loro riconciliazione fosse stata un errore. La sua mancanza di fiducia l'aveva davvero ferita e non era certa di come avrebbero potuto ripartire da lì, ma Adam stava cercando di compensare e lei apprezzava lo sforzo.

Le aveva inviato regali quasi tutti i giorni da Houston per farle sapere che la stava pensando. Persino in quel momento avrebbe dovuto essere in Texas a lavorare e invece si era preso del tempo per riaccompagnarla a casa dopo l'inaugurazione. Aveva detto di avere delle cose da fare in ufficio, ma Olivia sospettava che potesse svolgerle anche da remoto.

Era stato altrettanto attento durante l'inaugurazione. Lei pensava che avrebbe avuto tempo per controllare i suoi messaggi e le email durante la giornata, e invece lui non l'aveva mai persa di vista. Se non giravano per i vari negozi del centro commerciale, la presentava a chiunque potesse.

Le era piaciuto vederlo nel suo elemento. Non solo Adam era appassionato del proprio lavoro, ma teneva davvero ai suoi collaboratori. Era evidente dal modo in cui questi si comportavano nei suoi confronti. Anche mentre erano impegnati lo trattavano comunque con rispetto e molto spesso, anche con ammirazione. Se non fosse stato un bravo capo, non sarebbe mai andata così.

Olivia aveva inconsciamente cercato qualche crepa in quel suo comportamento, qualcosa che non aveva notato prima e che avrebbe spiegato quel suo modo di agire gratuito di qualche settimana prima. Non aveva trovato nulla e dato che solitamente era brava a giudicare un carattere, doveva ritenere che quella reazione di Adam fosse stata un'eccezione.

Pregava solo che l'uomo imparasse a fidarsi di lei perché nonostante il dolore che le aveva causato, Olivia gli voleva profondamente bene. Ipotizzare un futuro assieme? Era osare troppo.

* * *

Olivia gli dormiva sulla spalla mentre la macchina li riportava a casa di lei. Adam provava un senso di gioia. Le due settimane passate lontano da lei erano state un inferno, oltre a sentirne la mancanza si era costantemente preoccupato che cambiasse idea su quella seconda possibilità, ma poi non gli aveva esposto alcun dubbio e gli era parso che quel giorno con lui si fosse divertita. Il fatto che si fosse addormentata sulla sua spalla era solo la ciliegina sulla torta di una giornata perfetta.

Probabilmente la stava facendo più grossa di quanto non fosse. Gli piaceva pensare che per riuscirci ci volesse una certa fiducia e apprezzava che tra loro e l'autista ci fosse un vetro schermato che li nascondeva. Non era mai stato un uomo riservato, ma stava scoprendo in fretta di voler mantenere segrete certe cose.

Sorridendo tornò a controllare le notizie sul cellulare. Erano appena passate le sette e il traffico era quasi fermo ma invece di sentirsi irritato, era felice che lei finalmente si stesse riposando. Erano partiti alle tre della mattina per prendere il primo volo e da allora non si erano mai fermati.

Stava leggendo qualcosa su una società di sviluppo che progettava un polo dello shopping a zero consumi di energia, quando Olivia si risvegliò. Lo guardò e gli sorrise adorabilmente.

«Che ore sono?» domandò.

«Un quarto alle otto.»

«Oh, vuoi che ordini la cena?» domandò raddrizzandosi.

«Certo» L'avrebbe fatto lui stesso ma non voleva sembrarle presuntuoso.

«Pizza da *La Cucina*?» propose lei tirando fuori il cellulare.

«Perfetto.»

Adam tornò a leggere mentre lei faceva l'ordine. Aveva appena terminato l'articolo quando ricevette una chiamata. Stava per mandarla in segreteria poi notò che era suo padre. Esitò: aveva già chiamato in giornata e lui prevedeva di richiamarlo l'indomani, ma se fosse successo qualcosa?

«È mio padre» le spiegò prima di rispondere.

L'uomo non gli diede modo di aprire bocca. «Dove sei stato? Sono nella hall di casa tua, è da un'ora che cerco di raggiungerti.»

Suo padre a casa sua? Non era mai successo prima.

«Sono appena tornato da Houston» replicò confuso.

«Dobbiamo parlare.»

Adam gemette silenziosamente, lanciando un'occhiata a Olivia. Non vedeva l'ora di passare la serata con lei, ma non poteva ignorare il tono di urgenza dell'uomo.

«Arriverò tra un'ora.»

«Un'ora. Io sono già qui…»

«A dopo» tagliò corto lui. Non era che potesse controllare il traffico.

Scosse la testa e chiuse la comunicazione.

«Mi dispiace Liv, ma mio padre mi sta aspettando da me.»

«Vuoi andare direttamente là? Posso chiamare e far portare da mangiare da te.»

Ci pensò su: non gli andava di farle vedere che razza di

casino fosse la sua famiglia, ma voleva il suo sostegno e fu quello a sorprenderlo. Stava iniziando a dipendere da lei e non gli piaceva affatto.

Una volta stava perfettamente bene quando doveva controllare una delle sue proprietà, ora se non aveva Olivia accanto non era felice. Un pensiero terrificante. Non voleva che la sua soddisfazione dipendesse da lei e il fatto che stesse già succedendo lo fece fermare a riconsiderare la cosa.

«Grazie, ma penso sia meglio se incontro mio padre da solo.»

Nello sguardo di lei passò un'ombra di dolore che gli fece stringere il petto. Detestava farla stare male.

«Scusami.»

«Va bene» lei allacciò le dita alle sue, «Se vuoi parlare, chiamami.»

CAPITOLO VENTITRÉ

Adam uscì dall'ascensore e trovò suo padre seduto su una delle poltrone nella hall. Il portiere lo vide e fece una smorfia.

«Mi dispiace, Mr. Campbell, ma ha insistito per rimanere.»

«Va bene, capisco» sapeva che se si fosse trattato di un completo sconosciuto che non voleva andarsene, Justin avrebbe chiamato la sicurezza ma a parte la palese somiglianza tra lui e suo padre, una veloce ricerca online gli avrebbe confermato l'identità di Mitch Campbell.

Si voltò verso l'uomo che si era avvicinato nel lasso di quel suo dialogo con Justin, e rimase impietrito. Non aveva mai visto suo padre così: non si era rasato e sembrava che si fosse passato le mani tra i capelli un centinaio di volte.

Incerto rispetto alle sue intenzioni, Adam aveva pensato di portarlo in un bar poco lontano, ma nel vederlo così cambiò idea e accennò all'ascensore. «Forza.»

«Mi serve un prestito» esordì l'uomo appena le porte si

chiusero, «La Dannier è oberata dai debiti. I nostri prestiti stanno maturando gli interessi e se non riusciamo a ripagarli, saremo costretti a dichiarare bancarotta.»

Adam batté le palpebre. Di tutto quello che aveva pensato suo padre avrebbe detto, non si aspettava certo questo. Non volendo pensare ai 'cosa sarebbe stato', si era tenuto intenzionalmente fuori dal giro della Dannier, ma aveva sempre immaginato che la società stesse andando bene.

«Com'è successo?» domandò quando finalmente riuscì a trovare la voce. Quella non era una società ad intensità di capitale, diavolo. Conoscendo suo padre, era sicuro che stessero ancora usando le stesse formule create dal nonno, quindi se non spendevano soldi per ricerca e sviluppo, dove diamine li buttavano?

«La concorrenza si sta facendo agguerrita in questo campo. Sembra che ogni settimana ci sia una nuova crema all'ultimo grido. Abbiamo dovuto tagliare i nostri prezzi per mantenerci sul mercato ma i costi sono aumentati sensibilmente.»

Era una strana affermazione detta da suo padre. Mitch Campbell era sempre stato per la riduzione di costi e spese. Tutti i disaccordi che Adam ricordava di aver avuto con lui o col nonno a proposito della Dannier, erano sorti dal fatto che suo padre stiracchiava ogni centesimo per massimizzare i margini di profitto. Controllava le spese della società come un falco, se non rifiutava l'idea di nuovi prodotti per via dei costi di ricerca e sviluppo, cercava di ottimizzare la catena di assemblaggio per accelerare la produzione. Gli aveva sempre inculcato il principio che il tempo è denaro e a causa di quello, Adam non riusciva a immaginare uno scenario in cui suo padre mantenesse le loro spese generali tagliando in contemporanea i prezzi.

Appena le porte dell'ascensore si aprirono, raggiunse il tavolino basso. Aveva ancora molte difficoltà a processare la notizia. Prese un block-notes e una penna poi chiese al padre alcune cifre. Alla fine, scosse la testa: sarebbero serviti almeno quaranta milioni, escludendo il necessario per dare una svolta alla società. Una cosa del genere non succedeva dalla sera alla mattina e l'uomo si rese improvvisamente conto del motivo per cui suo padre lo aveva chiamato settimane prima. Sapeva che avrebbe avuto bisogno di aiuto e voleva iniziare a ingraziarsi il figlio.

Gli sarebbe piaciuto dirgli di andare a impiccarsi, ma Adam amava suo nonno e gli doveva tutto quello che era diventato. E la Dannier era stata la sua vita, la sua eredità. Suo padre spesso diceva che il nonno la amava più della sua famiglia e non scherzava.

«Ci penserò» rispose alla fine.

Investire nella Dannier o concedere un prestito avrebbe potuto ritardare l'inevitabile, ma non poteva non fare qualcosa, non se lo sarebbe mai perdonato. I suoi nonni avevano fatto così tanto per lui, non poteva tradire la loro gentilezza allontanandosi da quella società che avevano creato con grande sforzo.

In seconda battuta realizzò che probabilmente, Olivia doveva essersi sentita così per Il Palazzo. Non c'era da stupirsi che fosse disposta a lottare per conservarlo.

«Hai portato i resoconti finanziari?»

«No» rispose suo padre.

Adam sospirò: gli chiedeva aiuto eppure continuava a nascondergli informazioni.

«Non posso prendere una decisione senza analizzarli.»

«Va bene, te li farò avere.»

«E tutti i tuoi resoconti: vendite, fatture attive, passività… tutto quanto.»

La mascella del padre si tese prima che annuisse.

«Avrei dovuto darti retta ed espandere la nostra linea di prodotti quando ne avevamo l'opportunità.»

Dopo tutte le ore spese a cercare di fargli cambiare idea, quell'ammissione avrebbe dovuto rappresentare una rivalsa per Adam, e invece provava tristezza perché quella società che per lui aveva significato così tanto era un casino.

«È andata così» commentò, sperando che il padre non cercasse una conversazione a cuor sincero. Sarebbe stato un momento troppo sospetto per essere considerato spontaneo. Per fortuna, suo padre colse il suggerimento che Adam non era dell'umore e se ne andò poco dopo.

Una volta solo, sospirò. Anche se era arrabbiato coi suoi genitori da molto tempo, non avrebbe mai desiderato vederli fallire. In un certo senso, gli piaceva competere con loro anche se solo nella sua testa.

Si domandò fuggevolmente se avrebbe mai potuto fare qualcosa per evitare alla Dannier di colare a picco, ma poi lasciò perdere. Essendo nelle mani esclusive del padre, anche se avesse scelto di farsi coinvolgere Adam non avrebbe praticamente avuto alcuna voce in merito.

Si passò una mano tra i capelli e resistette all'impulso di telefonare a Olivia. Era assurda la voglia che aveva di parlare con lei, quanto ne avesse bisogno. Come aveva potuto permetterle di diventargli tanto cara?

Lo colpiva il fatto che non avesse nemmeno pensato di sbattere in faccia al padre la loro relazione. Lei era Olivia Montgomery, della famiglia Montgomery. Suo padre gli sarebbe caduto ai piedi per poterla conoscere ma Adam ci teneva davvero a lei, non l'avrebbe mai usata in quel modo. Anche se l'aveva ferita.

Rammentò l'ombra addolorata nello sguardo e prese il cellulare. Si sarebbe scusato e le avrebbe raccontato l'accaduto. Si meritava almeno quello dopo ciò che aveva fatto per lui quel giorno. Però si era spinto troppo in là con lei, doveva fare un passo indietro e mettere un po' di distanza tra loro mentre recuperava il controllo delle proprie emozioni. Per fortuna, tutto quel casino con la Dannier gli avrebbe fornito un motivo per lo spazio che gli serviva.

* * *

Olivia sospirò mettendo la cena sul bancone e andò in camera da letto. All'improvviso non aveva più fame. Adam insisteva sempre per passare più tempo assieme, perciò aveva stupidamente pensato che tra loro qualcosa stesse crescendo, qualcosa di reale. Invece, lui non si era nemmeno preso la briga di presentarla al padre. Non importava che i due non andassero d'accordo, quell'uomo era comunque suo padre e Adam ci teneva abbastanza per andare da lui praticamente senza preavviso.

Le aveva mandato dei regali e presentato i suoi amici, ma quando si trattava di cose che contavano davvero, la respingeva. Olivia si chiese se l'avesse mai davvero fatta entrare. Probabilmente no, pensò, considerato che l'aveva accusata di tradirlo. Quello era un segnale che l'uomo non si era preso il tempo né fatto lo sforzo per imparare a conoscerla davvero e che giudicava la loro relazione superficiale.

Forse, però era una buona cosa. In quel momento, cercare un impegno serio non era nel suo migliore interesse. Se riusciva a realizzare il suo desiderio, presto avrebbe costruito il primo di quello che sarebbero stati molti alberghi in tutto il paese e non voleva essere legata a nessuno. Avrebbe dovuto essere sollevata dal fatto che Adam non cercasse una relazione stabile.

E invece si sentiva come se il cuore le si stesse spezzando a metà.

Il suo telefono squillò e vide che era lui.

«Ciao» lo salutò, sforzandosi di non lasciar trasparire la malinconia dal tono.

«Ciao. Scusa se non ti ho chiesto di stare con me ma mio padre… beh, è un tipo particolare.»

«Non c'è problema, capisco.»

Se non voleva essere sollecitato, lei non lo avrebbe fatto.

Adam iniziò a raccontarle la situazione della Dannier e di suo padre e la donna rimase colpita nel sentire che la società era messa così male. Aveva sempre ritenuto la cosmetica una realtà solida.

«Cosa intendi fare?» gli domandò alla fine.

Avrebbe voluto abbracciarlo, ma lui non l'aveva voluta con sé. A quel pensiero provò una stretta al cuore.

«Onestamente non lo so. La Dannier è chiaramente un grosso problema.»

«Non sapevi che fossero nei guai?»

«No. Evito tutto ciò che riguarda i miei genitori.»

Considerato quel che le aveva raccontato di loro, Olivia capiva. Ogni notizia sarebbe stata un promemoria di quel che Adam aveva perso andandosene.

«Mi dispiace. So quanto significhi per te.»

«Grazie. Devo chiamare il mio contabile per capire quali opzioni ci sono, ma volevo farti sapere cosa stava succedendo.»

Mentre si salutavano, Olivia sapeva di doversi ritenere felice che lui si fosse preso quel disturbo, invece non riuscì a non pensare che quello fosse l'inizio della fine.

CAPITOLO VENTIQUATTRO

Adam osservò Jake Halliday scuotere nuovamente la testa e voltare pagina del resoconto finanziario Dannier. Vista la sua conoscenza limitata in quel campo, aveva pensato di chiedere l'opinione di un esperto per capire la portata di quello che stava affrontando.

Non aveva problemi a valutare un immobile o delle proprietà ma quando si trattava di farlo con un'azienda, non sapeva che pesci pigliare. Normalmente avrebbe chiesto aiuto a Luke, ma era a San Francisco con Samantha per incontrare alcune società di tecnologia. A giudicare dalle reazioni di Jake, l'annuncio che quelli erano i dati peggiori mai visti non lo avrebbe sorpreso.

Con un sospiro pensò alle telefonate fatte ad alcuni degli impiegati Dannier che ricordava da quando era giovane. Gli sembrava che tutti avessero una spiegazione diversa sul motivo del crollo: uno aveva dato la colpa alla politica espansionistica aggressiva, un altro alla formula della nuova crema, un altro al salario basso… A prescindere da chi gli rispondesse, comunque tutti concordavano sul fatto che la Dannier fosse stata davvero mal gestita.

Dopo quella che sembrava un'eternità, Jake gli restituì i prospetti finanziari.

«Scappa.»

«Così brutto, eh?»

«Già. Se sei preoccupato per gli operai, ti raccomanderei di aspettare fino a che la società non dichiarerà bancarotta per poi comprare tutti gli asset. Sarebbe molto più semplice e meno costoso che cercare di sistemare questo casino.»

Adam ci aveva pensato, ma non voleva che l'azienda creata dal nonno si facesse una brutta nomea. Il ricordo di quell'uomo meritava di meglio.

«Quanto mi costerebbe sistemarla, diciamo approssimativamente?»

«Dopo la bancarotta?»

«Prima» replicò e Jake emise un fischio.

«Ipotizzando che trovi il giusto gruppo di gestione e che tutto vada bene, forse settanta milioni a essere ottimisti» Jake aggrottò le sopracciglia, «Non lo starai davvero prendendo in considerazione, vero?»

Adam fece spallucce. «È l'azienda di mio nonno.»

«E puoi rilevarla grazie alla bancarotta.»

Ma non sarebbe stato lo stesso e lui lo sapeva. Stava iniziando a capire perché Olivia fosse stata così irremovibile sul mantenere certe cose così com'erano ne Il Palazzo e improvvisamente, provò un senso di colpa per la sua indisponibilità al compromesso. Per lui erano solo affari mentre per lei era una questione di conservazione di un'eredità.

«Ci sto ancora riflettendo su. C'è molto lavoro e non ho tempo da dedicargli.»

Aveva le sue responsabilità a cui pensare. «Però c'è un tizio, Alfred Thompson. Era il braccio destro di mio nonno all'epoca. Se c'è qualcuno che può rimettere la Dannier in piedi, è lui.»

Anche se erano passati quindici anni dalla morte del nonno e Alfred era in pensione, le basi del lavoro erano ancora quelle.

«Ovviamente non ho la certezza che sarebbe disposto a tornare. Mio padre lo licenziò praticamente subito appena prese il controllo.»

«Immagino che questo Alfred non avrebbe permesso a tuo padre di dissanguare la società.»

«Probabilmente mio padre si sentiva minacciato» ammise Adam, «Alfred avrebbe assunto il comando se fosse rimasto, perciò licenziandolo mio padre pensò di essersi assicurato la sua posizione.»

Solo che poi l'aveva davvero dissanguata. L'uomo scosse mentalmente il capo pensando a come suo padre si fosse lamentato di dover tagliare i prezzi per poter reggere la concorrenza. La prima cosa che aveva notato quando aveva ricevuto i dati finanziari, era che la Dannier pagava due jet e sebbene quello non contasse per tutte le perdite avute, era un indicatore dell'opulenza con cui suo padre gestiva la società.

Era ancora dura credere che la persona che aveva rifiutato la sua idea per una linea di prodotti maschili perché i costi di ricerca e sviluppo avrebbero sperperato denaro, era stato così spendaccione da autorizzare l'acquisto di un secondo aereo, ma le cifre non mentivano.

«Grazie per averci dato un'occhiata. Lo apprezzo» aveva sperato in notizie migliori, ma sapeva anche che sarebbe state improbabili.

«Di nulla. Mi diverto sempre a sbirciare dentro ai conti delle società private.»

«Nessuna fortuna nella ricerca di un compratore per Gerard?» domandò, rammentando la conversazione avuta qualche mese prima sulla fabbrica di cioccolata, ma continuando a pensare a come avrebbe trovato il denaro per salvare la Dannier.

Era avventato anche solo considerarlo, ma non riusciva a ignorare l'attrazione che esercitava quel ritorno alle sue radici. Gestire la società era stato il suo sogno da bambino e anche se aveva evitato tutto ciò che la riguardava in quegli ultimi anni, ci teneva ancora tantissimo.

Jake sospirò.

«Abbiamo deciso di toglierla dal mercato finché il mercato non migliorerà. Le offerte che avevamo ricevuto erano talmente ridicole che aveva più senso tenercela.»

«Come va la gestione?»

«Bene, ma il presidente vorrebbe andare in pensione tra un anno o due.»

Parlarono brevemente dei pro e i contro dell'assumere un successore in seno all'azienda rispetto a portarne qualcuno da fuori, prima che Adam ringraziasse nuovamente Jake per il suo tempo.

Mentre usciva dal suo ufficio, chiamò la sua segretaria per organizzare una riunione col suo team. Aveva bisogno di iniziare a capire fin da subito quanto sarebbe servito per mantenere attiva la Dannier e se avrebbe potuto permettersi o meno un altro prestito.

* * *

Il giorno dopo, Adam seguiva le direzioni del suo GPS con la fronte corrugata. Stava andando a casa di Alfred Thompson e gli sembrava che ogni quartiere che attraversava fosse peggiore del precedente. Iniziava a pensare che ci fosse un qualche errore, ma come aveva imparato grazie alle voci che Doug aveva inavvertitamente fomentato, Edward non faceva errori.

Il GPS lo portò fino a una casa a un piano che doveva aver visto giorni migliori. La vernice bianca si scrostava e le colonne del portico erano marce.

Era stato suo padre a fare questo ad Alfred e Adam si sentì in colpa, ma si ritrovò a chiedersi anche se avrebbe potuto impedirlo all'epoca. Sì, era solo al liceo ma era comunque ancora il figlio preferito di suo padre e il motivo per cui questi deteneva il controllo assoluto sulla Dannier. Consapevole di non poter aggiustare il passato, accantonò quel pensiero e prese la cartellina dal sedile del passeggero.

Avvicinandosi alla casa di Alfred, vide che pur necessitando di una mano di tinta fresca, era comunque curata: il cancello non era rotto come in molte delle proprietà lungo la strada e il giardino era ben tenuto. C'era persino un piccolo orto. Forse era la moglie di Alfred a coltivarlo. Ricordava vagamente di averla vista alle feste.

Suonò il campanello ma non udì nulla, allora aspettò qualche secondo poi bussò.

«Vengo!» riecheggiò una voce seguita da dei passi, «Io non la conosco» gli disse poi da dietro la porta.

«Salve. Sto cercando Alfred Thompson. Mi chiamo Adam Campbell, sono il nipote di Richard.»

La porta si aprì, rivelando un Alfred molto più vecchio di quando l'aveva visto l'ultima volta. Probabilmente, all'epoca doveva essere sulla prima quarantina e ora... beh, aveva superato da un bel po' i cinquanta.

Adam sorrise al volto familiare. «Ciao, Alfred. È passato tanto tempo.»

«Il piccolo Adam?»

Il volto dell'uomo si contrasse in un ghigno mentre la porta si spalancava per farlo uscire e abbracciarlo, «Come stai? Ho sentito che adesso sei un pezzo grosso dell'immobiliare.»

«Sto bene.»

Alfred rise scostandosi. «E tua sorella? Non la vedo da...» corrugò la fronte e Adam ipotizzò che probabilmente stesse pensando a quando il padre lo aveva licenziato.

Non voleva che tornasse a quei brutti momenti, perciò rispose: «Martha sta benone. Mi chiedevo se potessi parlarti della Dannier.»

Alfred lo guardò. «Una vita fa.»

«Posso entrare?»

Alfred annuì e Adam si accomodò.

«Non so se lo hai saputo, ma è in cattive acque.»

«Come ho detto, è stato una vita fa.»

Una risata femminile catturò la sua attenzione. Adam

alzò lo sguardo e vide la moglie di Alfred che entrava nella stanza.

«Una vita fa, un corno! Sta sempre a parlare di come avrebbe fatto questo o quello. La settimana scorsa mi diceva che la Dannier dovrebbe fare una linea per capelli.»

Adam sorrise. «Avrebbe senso in effetti. Ho sento di gente che mescola l'idratante al balsamo.» Tese la mano alla donna, «Sono Adam Campbell, nipote di Richard.»

«Denise Thompson» si presentò lei stringendogliela.

Alfred si schiarì la gola accennando alla cartellina che l'altro teneva in mano.

«È per me?»

«Sì.»

L'uomo la prese, poi si sedette a leggere.

«Vuoi qualcosa da bere?» gli chiese Denise. Adam scosse il capo e si sedette a sua volta. «No, grazie.»

«Allora vi lascio.»

«Sono vicini alla bancarotta ma pensavo di subentrare io. Se lo facessi, saresti disponibile ad aiutarmi?» si decise a spiegare Adam quando Denise se ne fu andata.

Alfred restò di stucco. «Vuoi che ti faccia da consigliere?»

«No. Voglio che tu gestisca l'azienda.»

L'altro rise chiudendo la cartellina. «Io sono anziano, ho lasciato quei giorni alle spalle.»

«A me sembri in forma e nessuno conosce la società meglio di te.»

«E tuo padre cosa ne pensa? Lo sai che mi ha licenziato, vero?»

«Sì, e so anche che non era ciò che voleva mio nonno.»

In quel caso, Alfred avrebbe senza alcun dubbio proseguito come vice-presidente fino a che avesse voluto. Anche se suo nonno era orgoglioso delle capacità nel campo degli affari di suo padre, si era sempre trovato meglio con l'altro perché condividevano la stessa visione.

Avevano dato priorità a nuovi prodotti, scegliendo un approccio più cauto nei confronti dell'espansione globale, entrando in un mercato alla volta, dopo averlo studiato a fondo. Non avrebbero mai usato quell'approccio aggressivo scelto da suo padre, che si era lanciato simultaneamente in più paesi stranieri. Per poter massimizzare i profitti aveva ridimensionato tutto, dalla produzione al marketing. All'inizio aveva avuto successo, penetrando facilmente il mercato dell'America Latina, mentre l'avventura europea era finita malissimo.

Sebbene la concorrenza avesse prodotti simili in Europa, Adam non poteva fare a meno di chiedersi se con un approccio più cauto, la Dannier non avrebbe avuto comunque successo. Quando funzionava, il metodo del padre era un vero successo, ma non lasciava alcuno spazio al fallimento.

«E poi non importa quel che pensa mio padre. Quando farò la mia offerta, intendo acquisire la maggioranza.»

Non avrebbe più permesso all'uomo di dire la sua in quell'azienda che aveva praticamente trascinato negli abissi.

Alfred esitò prima di restituirgli la cartellina. «Apprezzo l'offerta, ma non faccio miracoli.»

Beh, almeno capiva che era un'impresa titanica.

«Non ti chiedo miracoli Alfred, solo di fare del tuo

meglio» Adam gli sorrise, «Possiamo persino realizzare quei prodotti per capelli a cui stavi pensando.»

Il fatto che ci stesse ancora pensando, rafforzava solamente la sua convinzione che fosse lui l'uomo adatto a dirigere la società. Alla Dannier serviva qualcuno con una vera passione per quell'azienda e Alfred l'aveva.

L'uomo rise. «Se mi sei sempre piaciuto, c'è un perché.»

«Allora è un sì?»

«Ma sono fuori dal giro da molti anni» ribatté l'altro dopo un minuto e Adam annuì.

«Lo so.»

Da un resoconto investigativo, l'ultimo lavoro di Alfred era stato ragioniere per un venditore d'auto. Suo padre lo aveva licenziato senza fornirgli alcuna referenza e l'altro non aveva mai trovato un impiego simile al precedente.

«Però non penso che sia cambiato molto. Insomma, certo molti dei nostri clienti preferiscono le grandi catene, ma i prodotti e il lavoro principale sono rimasti quelli di allora.»

Alfred ci stava riflettendo sopra quando la voce di Denise riempì l'aria.

«Se non accetti, ti picchio.»

L'uomo rise. «Allora suppongo che sarà un sì.»

Adam gli strinse la mano sorridendo. «Non te ne pentirai.»

CAPITOLO VENTICINQUE

«Mi spiace, Adam ma non possiamo concederti il prestito per la Dannier» gli disse Barry Kline al telefono.

Sospirò: visto lo stato in cui versava l'azienda, sapeva che ottenerlo sarebbe stato un miraggio, ma aveva dovuto provarci.

«Che ne dici di usare la AC Developments invece?» gli propose il banchiere, «Possiamo applicarti lo stesso tasso.»

«Apprezzo l'offerta ma non posso.»

Aveva esitato anche per il prestito richiesto per Il Palazzo, ma l'opportunità era troppo buona per essere persa e di sicuro non voleva comportarsi in modo azzardato come suo padre. Sì, per la AC le cose andavano alla grande, specie considerato che i prezzi di case e centri commerciali erano sensibili ai capricci dell'economia.

«Capisco. Come sta andando con Il Palazzo?»

«Bene. Stiamo finalizzando i progetti, ma secondo la valutazione preliminare dei costi rientriamo ancora nel budget.»

«È una notizia fantastica» commentò Barry prima di lanciarsi in una discussione sullo stato dell'immobiliare commerciale nell'area metropolitana.

Una volta chiusa la telefonata, Adam prese un foglio di lavoro che elencava tutti i suoi investimenti e relativi valori di mercato. In cima c'erano Il Palazzo e il Plex. Venderne uno gli avrebbe garantito la copertura spese della Dannier per almeno due anni, ma proprio come l'ultima volta che aveva esaminato quella lista, non voleva vendere. Gli era già capitato con il Plex e all'epoca sapeva per certo che Il Palazzo sarebbe stato un successo una volta rinnovato.

Gli investimenti con Luke e le piccole proprietà che possedeva erano in fondo. Cercò alcune possibilità: poteva vendere l'intero complesso Star insieme ad altri due centri commerciali… ma lo Star era stato il primo complesso che avesse mai tirato su. Molti dei suoi locatari erano con lui sin dall'inizio e sentiva di avere una certa responsabilità nei loro confronti. Vendere sarebbe stato come dar loro le spalle.

Molti affittuari erano famiglie e non tutte sarebbero sopravvissute se il nuovo proprietario avesse alzato l'affitto livellandolo ai prezzi attuali di mercato. Adam sapeva di avere il cuore tenero ma non scordava che quella gente gli aveva dato fiducia quando ancora era un Signor Nessuno.

Poteva mettere una qualche clausola di controllo dell'affitto nel contratto, ma avrebbe dovuto giustificarla con un ricavo minore.

Si passò una mano tra i capelli mentre i suoi pensieri virarono a Il Palazzo. Inizialmente l'aveva voluto per vendetta nei confronti dei suoi genitori, ma riprendere il controllo della Dannier e riportarla al suo splendore non sarebbe forse stata una rivalsa migliore?

Eppure non era felice. Si chiedeva perché la rivincita fosse stata così importante. Era dispiaciuto che suo padre non si fosse rivolto a lui prima. In quel caso, le perdite della Dannier sarebbero state gestibili abbastanza da non spingerlo a vendere le sue proprietà. Suo padre era troppo orgoglioso e aveva voluto mantenere le apparenze il più a lungo possibile.

Corrugò la fronte: vendere Il Palazzo era effettivamente l'unica scelta. Non solo avrebbe potuto continuare ad aiutare i suoi locatari e impiegati, ma sapeva anche che con Montgomery, quel posto sarebbe stato in buone mani. Il fatto che molto probabilmente avrebbe ottenuto un buon prezzo e una vendita veloce, la rendeva l'opzione migliore di tutte. E poi avrebbe reso felice Olivia, che avrebbe desiderato quella proprietà nuovamente di famiglia. Gli sarebbe mancato lavorare con lei, ma forse era la cosa migliore. Iniziava ad esserle troppo affezionato, a volerla chiamare e vedere di continuo. Non riusciva a far passare nemmeno un'ora senza pensarla.

Forse, vendere la sua metà dell'hotel gli avrebbe dato un miglior senso della distanza, disegnando un confine tra rapporti di affari e personali. Solo che non era sicuro di volerlo.

* * *

Olivia si stava dirigendo alla sala riunioni quando le squillò il cellulare. Vedere che era Adam le tirò su il morale. Considerato com'era impegnato con la Dannier, nell'ultima setti-mana si erano visti pochissimo.

«Ehi, Adam» rispose mettendosi in un angolo.

«Ehi, Olivia. Volevo solo farti sapere che ho intenzione di offrire a tuo padre la mia parte de Il Palazzo in giornata.»

Le si chiuse lo stomaco nel rendersi conto che non la stava chiamando per motivi personali, ma poi realizzò: «Un attimo: ci vuoi vendere la tua quota?»

Era sempre stato così determinato a non voler vendere l'intera proprietà alla Montgomery.

«Sì. Mi serve della liquidità da investire nella Dannier.»

«Pensavo che il tuo amico ti avesse detto che significava praticamente gettare soldi dalla finestra» sapeva che Adam era serio riguardo al salvare la società, ma era sorpresa che per riuscirci fosse disposto a lasciar perdere un progetto con possibilità decisamente migliori.

Di nuovo Kevin Mayer e la sua catena di pollo fritto... poteva non essere un'attività remunerativa come lo era stata in passato, ma lo entusiasmava.

«Probabilmente è così, ma se non provo non lo saprò mai con certezza.»

E la Montgomery avrebbe riavuto Il Palazzo. Olivia avrebbe dovuto andare in estasi a una notizia che aspettava da tantissimo, invece tutto ciò a cui riusciva a pensare era che quella vendita avrebbe influenzato la loro relazione.

«Sono sicura che tuo nonno andrebbe fiero di quello che stai facendo. Grazie per avermelo detto, lo apprezzo.»

Almeno non sarebbe caduta dalle nuvole davanti a suo padre e il fatto che Adam fosse stato così gentile da infor-marla, la consolava.

«Hai intenzione di spiegare il motivo della vendita a mio padre?»

Non voleva correre il rischio di dire qualcosa che avrebbe dovuto tacere, in caso di domande.

«Non credo, ma se vuoi puoi farlo tu.»

Rimasero in silenzio per un paio di secondi prima che lui aggiungesse: «Mi manchi.»

Olivia sorrise. «Anche tu a me.»

«Non so a che ora uscirò stasera, la squadra sta ancora elaborando un'offerta, ma possiamo cenare assieme domani.»

Al pensiero che la loro storia non sarebbe terminata solo perché stavano per chiudere il rapporto d'affari, Olivia si sentì sollevata. Decisero che lui sarebbe passato a prenderla dopo il lavoro e la donna riprese a camminare verso la sala riunioni.

* * *

Suo padre l'aveva chiamata in ufficio che erano quasi le quattro del pomeriggio.

«Ho appena ricevuto una chiamata da parte di Adam: vuole vendermi la sua quota de Il Palazzo» le annunciò quando entrò nel suo ufficio, «Va tutto bene tra voi due?»

«Sì, sta solo cercando di salvare la Dannier.»

Suo padre rise. «Da quanto ho sentito, Adam e suo padre non vanno proprio d'accordo.»

Olivia sorrise. Era ovvio che suo padre avrebbe cercato notizie su Adam prima di entrarci in affari. La persona per lui era importante, tanto che probabilmente conosceva la sua vita privata molto meglio dei dettagli del loro accordo.

«No, è vero ma quella è la società di suo nonno.»

Un bagliore pensoso illuminò lo sguardo del padre.

«Spero che i miei nipoti facciano la stessa cosa, se mai la Montgomery dovesse finire nei guai.»

Quando si parlava di nipotini si comportava come un cane con l'osso e da quando la figlia aveva iniziato a frequentare Adam, le cose erano solo peggiorate.

«Spero proprio che nessuno debba trovarsi di nuovo in quella posizione» ribatté lei, pensando a come il nonno avesse dovuto vendere Il Palazzo per salvare la banca di famiglia. Era stato brutto, ma lo aveva fatto per la famiglia.

«So che pensi che la vendita da parte del nonno sia stata negativa, ma dubito che oggi la Montgomery avrebbe una catena di alberghi se non l'avesse fatto. Lei era felice di averne solo uno, ma dopo il modo in cui è riuscito a sostenere la banca con i ricavi della vendita, decise che il benessere della famiglia non poteva contare unicamente su un solo settore. Sistemate le cose con la banca, tornò in pista con insistenza e aprì tre hotel in cinque anni. E il resto è storia.»

«Il nonno non l'ha mai raccontata così.»

Ovviamente, Olivia era a conoscenza dell'apertura degli ultimi hotel, ma il nonno non le aveva mai detto nulla sul perché o come avesse diversificato i loro investimenti. Tutte le storie che le aveva raccontato riguardavano più che altro come avesse importato i marmi più pregiati per i pavimenti de Il Palazzo, o come corresse in hotel durante la pausa pranzo per assicurarsi che il check-in di un importante diplomatico filasse liscio. All'epoca, lei era solo una ragaz-zina e probabilmente non avrebbe capito se lui avesse parlato di strategie di business.

Suo padre rise.

«Nei suoi anni migliori tuo nonno è stato un affarista implacabile, ma invecchiando si è ammorbidito, diventando più sentimentale. Quell'edificio faceva parte della nostra famiglia da anni, prima con la banca e poi con l'hotel. Venderlo fu la decisione giusta, ma lui odiava averlo perso mentre era sotto il suo controllo.»

«E ora sarà completamente di nostra proprietà. Cioè, se l'offerta di Adam ti alletta» rettificò Olivia. Non avrebbe dovuto considerare la vendita ancora conclusa, ma dopo il cenno positivo di suo padre, sospirò di sollievo.

«Dobbiamo festeggiare» le disse il padre, «Che ne dici di cenare in albergo?»

Era un tale cambiamento quando le aveva impedito di andarci, che la donna non riuscì a non sorridere. «Ci sto. Chiamo Robbie.»

* * *

Olivia stava rispondendo all'email di un licenziatario che voleva aprire un altro hotel, quanto sentì due colpi alla porta dell'ufficio. Pensando che Adam fosse uscito prima dal lavoro, sorrise alzando lo sguardo.

«Ehi...» non concluse nel vedere che si trattava di William.

Il suo ex sorrise indicando la porta.

«Ho appena avuto un incontro col mio avvocato di sotto e ho pensato di passare a salutarti.»

«Accordi prematrimoniali?» tirò a indovinare lei.

William era indubbiamente bravissimo nel suo lavoro, ma Olivia dubitava che sapesse gestire gli aspetti legali. Non aveva assolutamente pazienza per quanto riguardava i dettagli più piccoli.

«Papà ha insistito» replicò lui e lei dovette ricordarsi di non scuotere la testa. William stava permettendo al padre di decidere per lui proprio come aveva fatto per tutta la sua vita. Si domandò se sarebbe mai cresciuto, aveva quasi trent'anni, santo cielo! Avrebbe dovuto saper prendere certe decisioni importanti da solo.

Anche se le situazioni erano diverse, non poteva non paragonarlo ad Adam, che si era liberato dalle spire genitoriali quando aveva appena diciotto anni.

«Tu non approvi» arguì William.

Olivia si strinse nelle spalle. Non stava davvero a lei giudicare se gli servisse un accordo prematrimoniale oppure no. In generale non le piaceva l'idea - trovava l'idea di prepararsi alla fine di un matrimonio prima ancora che fosse iniziato, qualcosa di mercenario e cinico - ma era sufficientemente pratica da sapere che certi contratti erano necessari quando c'erano di mezzo soldi e beni.

«So che secondo te l'amore dovrebbe durare per sempre» proseguì lui, «ma sai come stanno le cose.»

«Lo so» mormorò lei, evitando di spiegargli perché disapprovasse le sue azioni. Se William voleva l'accordo, avrebbe dovuto assumersene la responsabilità, non scaricarla sul padre e se non lo voleva, avrebbe dovuto battersi per quello in cui credeva.

«E non è com'era con noi, sai?» aggiunse lui guardandola con dolcezza, «Voglio dire, sto con Penelope solo da un annetto.»

La donna sentì un segnale d'allarme: forse William stava davvero cercando di tornare con lei, ma poi si rese conto con chi stava parlando. Non poteva volerlo davvero, probabilmente era solo ansioso oltre che perennemente insicuro di sé. Veniva da una famiglia piena di persone ambiziose e brillanti e a forza di paragonarsi a loro, aveva sviluppato problemi di autostima. Olivia aveva scordato com'era e come riuscisse a diventare sgradevole.

«Non parlare di noi in termini migliori di quanto non fossimo» lo avvisò, «Sai che avremmo dovuto lasciarci molto prima, eravamo amici più che innamorati.»

Gli sorrise per alleggerire il colpo. «Sono sicura di ricordare che dopo la nostra rottura, andasti a una festa ogni sera.»

Le guance di lui andarono a fuoco.

«Se avessi davvero provato qualcosa nei miei confronti, non lo avresti fatto.»

E lei non si sarebbe sentita tanto sollevata dalla mancanza di quel senso di colpa che lui cercava di farle provare quando non passavano abbastanza tempo assieme. Sì, l'orgoglio di Olivia era stato ferito nel vedere quanto William si godesse la vita da single, ma solo di quello si era trattato: orgoglio. Il suo cuore non aveva mai vacillato, nemmeno un po'.

«Ero giovane...»

«Sii onesto con te stesso» lo interruppe lei, «Diciamocelo: alla fine ci stavamo facendo impazzire reciprocamente.»

Lui rimase in silenzio, dandole quasi l'idea che stesse ripensando alle loro liti.

«William, non fare così» gli disse, «Voglio dire: hai chiesto la mano di Penelope, giusto?»

Lui annuì seppur con riluttanza.

«Sono certa che non lo avresti fatto senza un buon…» ma non terminò la frase perché Adam comparve sulla soglia.

«Di nuovo tu?» domandò entrando. Mormorò un 'ciao' prima di baciarla, poi si sedette accanto a William, la caviglia sul ginocchio, «Mi domando cosa direbbe la tua fidanzata se sapesse di tutte queste tue visite a Olivia.»

«Lascia fuori Penelope!» esclamò William.

Adam inarcò un sopracciglio.

«Allora è meglio che tu stia lontano dalla mia ragazza.»

L'improvviso gelo nel tono della sua voce spinse Olivia a intervenire.

«Basta tutti e due» si voltò verso William, «Penso sia meglio se per un po' non ci vediamo più.»

Lui sgranò gli occhi. «Non puoi dire davvero.»

«Invece sì. Non penso che potremo essere amici fino a che non ti renderai conto che non torneremo mai più insieme.»

«È per lui, vero?» sibilò l'uomo guardando Adam.

Olivia stava per negare ma non glielo permise. «Sai, oggi non è la prima volta che mi minaccia. È venuto nel mio ufficio a dirmi che avrebbe raccontato a Penelope della nostra intenzione di riallacciare una storia se non ti stavo lontano.»

Lei batté le palpebre, basita da una simile bugia. William era un mucchio di cose, ma non un bugiardo. Dopo un attimo però, si rese conto che Adam non stava negando le accuse e provò un peso allo stomaco. Se non fosse stata la verità, avrebbe ribattuto qualcosa, no?

Sapendo di poter affrontare solo un problema alla volta, guardò William. «Credo sia meglio che tu te ne vada.»

«Bene» replicò lui raddrizzandosi, «Chiamami quando ti stancherai di lui» dichiarò prima di uscire.

«Mi dispiace» le disse Adam una volta soli, «ma sai che ho ragione. Lui ti vuole.»

Olivia ricacciò le lacrime. Proprio non capiva…

«Non ti fidi di me» gli rinfacciò guardandolo.

Lui imprecò passandosi una mano tra i capelli e la indicò.

«L'hai detto tu: avete questo legame e lui chiaramente ti rivuole indietro. Cosa ti aspettavi che facessi? Che lasciassi perdere?»

«Sì! È esattamente quello che avresti dovuto fare.»

Quando si rese conto che avevano alzato i toni, Olivia si alzò e chiuse la porta. Non aveva bisogno di pubblico.

Fortunatamente, la maggior parte degli impiegati era già andata a casa.

«Non c'è mai stata alcuna possibilità che ti lasciassi per lui o che ti tradissi» gli spiegò poi voltandosi. Lei non era così.

«Lo so e mi fido di te ma non ho potuto evitarlo, okay?»

«Riesci a immaginare cosa succederà quando dovrò andare fuori città per lavoro? Penserai che mi veda con un altro per tutto il tempo.»

Provò una fitta al petto alla verità di quelle parole e capì che la loro relazione non avrebbe mai resistito al cambio di carriera che lei voleva, quello che l'avrebbe vista fuori sede per settimane.

«Non è vero» replicò Adam alzandosi, «Io non...»

«Non posso stare con qualcuno che non farebbe altro che aspettare l'inevitabile.»

Lo stavano solo rimandando: se Olivia gliela faceva passare, Adam avrebbe trovato un altro modo per distruggere la loro storia e francamente, lei si meritava di più. Era meglio chiudere ora, prima che lei s'innamorasse ancora di più. Perché lo amava, realizzò freddamente, o in quel momento non avrebbe avuto la sensazione di milioni di frammenti al posto del cuore.

Che stupida era stata, sapeva che non avevano futuro: lui non voleva bambini e non credeva nel matrimonio, ma lei aveva scelto di ignorare tutto quanto per godersi il presente e adesso la realtà arrivava a morderle le caviglie.

La mascella di lui si tese. «Allora è finita?»

Olivia annuì, la gola chiusa. Doveva andare così.

«Va bene, buona vita» Adam sputò praticamente fuori quelle parole prima di andarsene.

Una vola sola, Olivia chiuse a chiave la porta e si abbandonò a quelle lacrime che aveva trattenuto.

CAPITOLO VENTISEI

Mentre suo padre consultava l'offerta per rilevare la Dannier, Adam fingeva disinteresse controllando le email sul cellulare. Si era aspettato che portasse avvocati e consiglieri, ma quando era arrivato in ufficio da lui, era solo. A sua volta, Adam aveva scelto di non portare nessun altro nella sala riunioni. Essendo una questione di famiglia, sistemarla tra loro aveva più senso.

Suo padre voltò pagina poi imprecò. «Sei davvero un bastardo, lo sai?»

Adam rise guardandolo. «Ti lascio il quindici percento, penso che dopo la valutazione sia più che onesto.»

«E mi escludi da ogni processo.»

«Sì. Non voglio dare un'altra possibilità di sperperare il mio denaro a chi ha portato la società quasi al fallimento.»

Perdere l'accesso alla carta di credito aziendale era senz'ombra di dubbio la cosa che rendeva suo padre più livido. Entrambi i suoi genitori godevano delle tante gratifiche a spese dell'azienda, ma ora sarebbe finita.

«E la redistribuzione?»

Già. Adam ci aveva decisamente visto giusto: a suo padre interessavano i soldi.

«Non ci sarà alcuna redistribuzione degli utili per un bel po', finché la società non comincerà a vedere qualche profitto e anche allora, potrei scegliere di reinvestire nella società stessa.»

Dopo il modo in cui i suoi avevano trattato zia e cugino, Adam voleva dar loro un assaggio della loro stessa medicina.

Suo padre divenne rosso in volto e lui rise: se l'offerta fosse stata davvero pessima come cercava di farla apparire, non sarebbe rimasto. Francamente, Adam dubitava che sarebbe stato felice di qualsiasi soluzione che non contemplasse il pieno controllo della società, ma nessuno con un po' di sale in zucca gliel'avrebbe lasciato. Considerato che non aveva nemmeno la certezza di riavere indietro il suo denaro, l'offerta gli sembrava più che onesta. Doveva provarci. Fosse stata al suo posto, Olivia di sicuro l'avrebbe fatto.

Al pensiero di lei provò una stretta al cuore. Per quella che gli parve la centesima volta si domandò dove fosse e cosa stesse facendo. Detestava non sapere, non avere più quel diritto. Aveva sbagliato, ne era consapevole e capiva i motivi che l'avevano spinta a rompere, ma da quando era successo non si era più sentito integro. Era come se gli mancasse un grosso pezzo di sé e solo lei potesse completarlo.

Nella settimana passata aveva preso in mano il telefono tantissime volte per chiamarla ma non era arrivato in fondo.

Il fatto che fosse disposto a implorarla di dargli un'altra possibilità, lo spaventava. Olivia esercitava su di lui un controllo che Adam non avrebbe mai voluto lasciarle, eppure era così. La sua testa sapeva che lei aveva avuto ragione a chiudere, ma il suo cuore non riusciva ad accettarlo.

Le era comunque rimasto lontano. L'aveva ferita e sapeva che se lei lo avesse perdonato, lui avrebbe finito per rifarlo ancora. Non era fatto per le relazioni, non lo era mai stato.

«Chi metterai a capo, qualcuno che conosco?»

La voce di suo padre risvegliò ricordi di tutto ciò che i suoi avevano passato - nel nome dell'amore ovviamente - e si ripeté che Olivia aveva fatto bene. Sì, in quel momento bruciava, ma il dolore dell'addio sarebbe stato più intenso se avessero continuato a frequentarsi. Poteva anche non averlo tradito, ma volevano cose diverse dalla vita. Lei sarebbe finita per avercela con lui e per quanto Adam la volesse, il risentimento l'avrebbe ucciso.

«Alfred Thompson» rispose.

«Quel vecchio brontolone?» sputò suo padre, «Mi rimpiazzi con lui?»

Non dovendogli spiegazioni, l'uomo annuì poi indicò l'accordo davanti al padre.

«L'offerta non resterà tale per sempre.»

La sua vita privata poteva anche non essere in ordine, ma almeno quella lavorativa lo era.

* * *

Olivia sospirò sulla strada per l'ufficio del padre col materiale per Yosemite. L'uomo l'aveva chiamata dicendole di voler discutere la sua proposta. Normalmente sarebbe stata in estasi per quello sviluppo, ma purtroppo quell'impassibilità subentrata dopo la fine della sua relazione con Adam continuava a prevalere.

Non importava quanto se ne fosse pentita, sapeva di aver preso la decisione giusta. A parte le differenti vedute sulla questione famiglia, non poteva stare con qualcuno che non aveva fiducia in lei. Perché senza fiducia cosa rimaneva?

Detestava l'idea che la loro storia fosse stata per lui solo una questione di sesso, ma temeva fosse così. Ricordando a sé stessa che i come e i perché non importavano perché la storia era finita, entrò nell'ufficio di suo padre sforzandosi di sorridere. Non avrebbe permesso alla sua vita privata di interferire col lavoro.

«Ciao, papà.»

«Ehi, tesoro. Siediti.»

Lei obbedì, notando subito la luce nel suo sguardo.

«Abbiamo appena comprato l'*Old Lodge*» la informò, riferendosi all'hotel abbandonato di Yosemite che lei aveva suggerito di acquistare, «E anche il lotto di terra accanto.»

«Aspetta: stai approvando la mia proposta a Yosemite?» domandò sorpresa. Pensava che ne avrebbe sottolineato i problemi da risolvere prima di un'ulteriore considerazione, non si aspettava un'improvvisa approvazione.

«Sì. Non volevo alimentare le tue speranze in caso l'offerta di acquisto fosse stata rifiutata.»

«Grazie!» replicò lei alzandosi e abbracciandolo, «Un attimo: quanta terra hai comprato?»

La proprietà era già enorme a sufficienza da avere percorsi per l'escursionismo e per l'equitazione come da lei previsto.

«Un po' meno di seicento acri.»

Olivia fissò suo padre esterrefatta: era impazzito? Cosa ci avrebbero fatto con seicento acri: costruito un centro convegni?»

«Ho qualche idea, compreso un campo di golf.»

Lei rise. Ovviamente… Suo padre aveva iniziato col golf mentre era in convalescenza dopo l'attacco di cuore e se ne era appassionato.

All'improvviso, Olivia si rese conto dell'enormità di quell'iniziativa ma se ne sentì comunque eccitata: finalmente faceva un passo avanti verso la realizzazione del suo sogno di possedere una sua linea di strutture.

«Pensi che potremo usare alcuni dei miei disegni?»

Aveva incluso alcuni schizzi di come immaginava gli edifici e gli interni, ma avrebbe dovuto rivederli nell'ottica di uno spazio più ampio. Avrebbero avuto bisogno di più camere oltre a un altro ristorante e forse anche una sala conferenze in più.

Suo padre annuì.

«Sicuramente. Adoro quel tocco di rustico, è diverso dalla nostra solita offerta, ma perfetto per la zona» le sorrise dandole un buffetto sul braccio, «James McAllister ti aiuterà» la informò, tirando in ballo l'addetto ai Nuovi Sviluppi, «e Donovan ti subentrerà ne Il Palazzo.»

«Io…» Olivia scosse la testa senza parole, «Grazie per

credere così tanto in me e in questo progetto» disse alla fine, «Significa davvero tanto per me. So che quando abbiamo scoperto che la Gen Capital era collusa con la Parker nel truccare i libri contabili, non sono stata di grande aiuto, ma ti prometto che questa volta sarò migliore.»

«Di cosa stai parlando? Non so cos'avrei fatto senza di te. Tu ti sei assicurata che tutto filasse liscio mentre mi stavo riprendendo.»

«Ma ho perso il nostro albergo di punta. Non avrei dovuto permettere alla gestione di passare alla Parker.»

«Se ci fossi stato io, avrei fatto lo stesso e se gli avessimo fatto causa, probabilmente saremmo ancora impantanati con quei bastardi. Non posso certo dire che perdere il Whitcombe non sia stato brutto, ma vendendo ci siamo risparmiati un sacco di guai nel lungo periodo. Ti sei sentita in colpa per tutto questo tempo?»

«Certo che sì. Tu non cedi mai tanto facilmente, ti saresti battuto con le unghie e con i denti.»

«Ammetto che odio passare per stupido, ma valeva la pena combattere. La Gen Capital si è ribellata ad ogni singolo passaggio: le vendite erano già stagnanti e l'albergo aveva bisogno di essere rinnovato da un bel po' ormai» l'uomo scosse la testa, «Continuavano a rimandare per via dei costi e mi sono reso conto che non era così che volevo gestire la società. Il fatto che Mehti, dopo tutti i loro problemi stia ancora lottando con loro ha confermato che abbiamo preso la decisione giusta» ribadì, riferendosi a un altro gestore di hotel con cui la Gen Capital aveva usato la stessa tattica, «Mi dispiace non averne mai parlato davvero con te. Se avessi saputo dei tuoi sensi di colpa, ti avrei detto qualcosa. All'epoca ero solo arrabbiato per il fatto che qualcuno avesse preso il sopravvento.»

Quelle sue parole mitigarono il rincrescimento della figlia, anche se una parte di lei non riusciva comunque a non pensare che fosse successo sotto la sua supervisione e che per questo, meritasse un biasimo. Suo padre aveva scelto di fidarsi però, e quel dato di fatto la fece ridimensionare e promettere silenziosamente che non lo avrebbe più deluso.

Adam guardava Alfred e la moglie mescolarsi agli altri impiegati della Dannier. In giornata avrebbero annunciato il cambio di gestione e per mantenere le apparenze, i suoi genitori avevano organizzato una festicciola, come fosse una sorta di party di pensionamento invece che di nuovo insediamento.

Lui avrebbe preferito qualcosa di più semplice per l'annuncio, ma aveva concesso ai suoi di salvare la faccia. Nonostante le voci di alcune difficoltà nell'azienda, non c'era nulla di reale e Adam preferiva non alimentare roghi.

«Puoi considerarti fuori dal testamento» gli annunciò la madre scivolandogli accanto. Adam soffocò la voglia di sorridere. Se avesse dovuto tirare a indovinare, avrebbe detto che le loro volontà lo vedevano già escluso da qualche anno.

«Lo terrò a mente.»

La mano della donna si strinse attorno alla flûte di

champagne. «Sei sempre stato un bastardo insopportabile. Perché non potevi somigliare a tuo fratello?»

«In quel caso questa sarebbe una vendita per liquidazione, non una festa di pensionamento.»

«Pensi che derubare tuo padre così sia divertente?» gli chiese lei voltandosi a guardarlo.

«Visto che è stato lui a ridurre l'azienda in questo stato, non è furto» a dire la verità, Adam aveva garantito ai suoi genitori un'offerta migliore di qualsiasi altra avrebbero mai potuto ricevere, ma quei due non erano mai contenti di quel che avevano.

«Sei così giusto e santo! Non vedo l'ora che arrivi il giorno in cui ti faranno abbassare la cresta» la madre emise un suono di disapprovazione prima di andarsene verso un gruppo di persone a lui sconosciute.

Scuotendo la testa, Adam si mise a studiare le persone e vide Denise che parlava con Alfred in un angolo. Andò verso di loro e nell'avvicinarsi, notò che si tenevano per mano. Carini.

«Nervoso?» domando all'uomo.

«Sì» replicò lui guardandosi attorno, «È un po' strano vedere che è tutto cambiato eppure è ancora così simile, ma è bello ritrovare tanti volti familiari» sorrise guardando la moglie, «Sono fortunato che Denise sia qui con me.»

La donna arrossì poi gli diede uno schiaffo affettuoso sulla spalla.

«Oh, dai!»

«No, è la verità» insistette lui prima di tornare ad Adam, «La vita non è più stata quella da quando tuo padre mi ha mandato via, ma...» per un attimo l'emozione gli impedì di proseguire, «lei è rimasta con me nel bene e nel male. Non so cosa avrei fatto senza.»

Guardò la moglie con aria adorante, ricordandogli il modo in cui il padre di Olivia guardava la moglie, e come Luke adorava Samantha.

Battendo sul microfono, suo padre richiamò la stanza all'attenzione. Lo sguardo di Adam cercò la madre tra la folla finché la vide adocchiare uno dei camerieri dall'altra parte della sala e improvvisamente, si rese conto della differenza tra il loro rapporto e quello di Alfred e Denise.

Denise era rimasta accanto ad Alfred sempre e comunque. La presenza di sua madre quel giorno era solo una questione di apparenze, non di supporto morale o non avrebbe fatto gli occhi dolci a un cameriere con la metà dei suoi anni. Mentre Adam sapeva che quello era solo il suo modo per ripagare le numerose tresche del padre, non riusciva comunque a non dispiacersi per loro. Si erano amati una volta, ma ora tutto quello che sembrava essergli rimasto era il ferirsi reciprocamente.

Il matrimonio dei suoi non sarebbe mai sopravvissuto a quello che avevano attraversato Alfred e Denise, che sostenendosi a vicenda, erano diventati più forti. Non più deboli. L'idea gli parve assurda ma al tempo stesso piena di senso: non si era sentito più forte quando stava con Olivia? Più felice? Sì, amarla era una debolezza ma i benefici superavano lo scotto da pagare.

Gli intervenuti iniziarono a battere le mani e lui alzò lo sguardo per vedere Alfred prendere la parola. E visto che aveva la situazione in mano, Adam se ne andò. Doveva vedere Olivia.

CAPITOLO VENTISETTE

Olivia stava facendo una lista di tutto il necessario per andare in California la settimana seguente, quando il campanello suonò. Controllò il telefono e fu sorpresa di vedere Stacy e la sua guardia del corpo.

«Arrivo» le disse tramite app, poi accorse alla porta. La aprì e vide l'amica con le braccia colme di buste di cibo.

«Ho comprato roba italiana!»

Il suo cuore si addolcì al tentativo dell'amica di tenerle su il morale. Anche se non era dell'umore per parlare della storia conclusa, apprezzava avere qualcuno che tenesse così tanto a lei.

«Un tempismo magnifico, stavo proprio per ordinarmi da mangiare.»

«Fantastico! Preparerò tutto quanto e poi mi racconterai dei tuoi progetti per Yosemite.»

Stacy le stava praticamente dicendo che non era obbligata a parlare di Adam se non voleva. Olivia non sapeva se fosse per via di quello o del fatto che la sua amica aveva attraversato qualcosa di simile, ma scoppiò a piangere.

«Avrei dovuto rompere con lui quando mi sono resa conto che non c'era futuro per noi» le disse quando finalmente riuscì a parlare di nuovo. C'erano stati tanti segnali ma lei li aveva ignorati tutti intenzionalmente.

«Mi sono illusa, ho voluto credere di potermi solo godere il presente ma nel profondo speravo che lui cambiasse idea.»

Stacy le passò una mano sulla schiena con fare consolatorio.

«Gli uomini di rado pensano a sistemarsi. È solo una delle tante cose che ti coglie impreparata.»

«Però avrei dovuto prestare attenzione ai segnali. Non importa quanto perfetto sia un ragazzo, noi non volevamo la stessa cosa. Se questa non è la ricetta per un disastro, allora non so quale lo sia.»

«So che a volte William sa essere un coglione, ma ancora non riesco a credere che Adam abbia pensato che lo tradissi con lui. Davvero.»

«E che abbia sentito il bisogno di minacciarlo! Come se non sapessi controllarmi quando c'è un uomo in vista.»

«Significa che ci tiene a te.»

«Ma non basta.»

Già, Adam teneva a lei ma non si fidava.

«Immagino dovrei ringraziare la visita di William per avermi mostrato la vera natura di Adam prima che mi innamorassi ancora di più di lui. Adesso mi sento così svuotata.»

Finalmente aveva tutto ciò che aveva sempre voluto - Il

Palazzo era nuovamente di proprietà della famiglia e il suo hotel personale… ma non era comunque felice e tutto per colpa di Adam.

«Mi dispiace tanto, tesoro» le disse Stacy abbracciandola.

«Sono sicura che col tempo migliorerà» mentì Olivia ma più a sé stessa che all'amica. Dopo aver lasciato William non aveva praticamente provato nulla, mentre ora le sembrava di morire dentro. Non era sicura che si sarebbe mai ripresa.

Si obbligò a sorridere e prese la mano dell'amica.

«Grazie per essere venuta.»

«Figurati. Però adesso è meglio mangiare prima che il cibo si raffreddi.»

Andarono al tavolo dal pranzo e la donna lo ripulì da tutto il lavoro che aveva sopra.

«Un attimo, voglio dare un'occhiata a tutto quanto» la fermò Stacy indicandole i bozzetti e le planimetrie. Iniziò a sfogliarli e rise. «Hai organizzato tutto quanto.»

«Ho avuto molto tempo per pensarci» mormorò Olivia guardando il bozzetto della hall. Stava pensando a come il processo del check-in sarebbe andato liscio come l'olio non appena fosse arrivato l'ospite, quando si rabbuiò: aveva trascorso più tempo a creare il design che non a lavorare a una vera proposta d'affari.

Pensava di aver messo da parte i suoi sogni di diventare architetto, ma il fatto di includere nelle proposte persino quei disegni elaborati e le planimetrie dei singoli piani, dimostrava che si sbagliava. Si era detta che disegnare tutto quanto le avrebbe dato una visione e una comprensione migliore, ma la verità era che amava il design e aveva sempre cercato di combinare quella passione col suo lavoro alla Montgomery.

Includendo i disegni alle proposte, faceva quello che amava: immaginare e mettere su carta. Intenzionale o meno, mostrando i suoi concept solo a poche persone selezionate aveva finito per evitare critiche.

Al college aveva faticato di più con le valutazioni in progettazione. Aveva sempre amato il design ma cercare di incorporare il feedback di tutti era una vera tortura. Aveva passato ore a cercare di migliorare i suoi progetti, spesso anche più di quante ne avesse spese per la versione originale, e non erano comunque mai bastate.

Pensò a Seth, che a sua volta aveva avuto problemi all'università ma invece di mollare, aveva insistito. Lei non si era mai considerata una codarda, ma in questo caso si era comportata come tale. Faticava, ma aveva mollato non appena le era capitata l'occasione di fare qualcosa di diverso, più facile e cosa peggiore, non aveva mai davvero considerato di tornare per terminare gli studi nemmeno dopo che suo padre si era ripreso. Si era detta che i suoi sogni erano cambiati, ma la verità era che temeva il fallimento.

«Sono stata così cieca» mormorò.

«Eh?»

«Mi sono detta che non volevo una carriera da architetto, ma continuo a progettare tutto quando ne ho la possibilità. Non ho mai davvero abbandonato i miei sogni, li ho solo repressi. Malamente.»

Stacy rise. «Ti piaceva lavorare con la famiglia, perciò non era poi così male.»

«Ho scelto la strada più semplice» replicò Olivia scuotendo la testa. Ma non avrebbe proseguito ancora per molto, «Terminerò questo progetto, poi tornerò a studiare» decise all'improvviso. Non voleva guardarsi indietro con gli anni e avere qualche rimpianto.

Era appena uscita dalla doccia quando il campanello suonò nuovamente. Domandosi chi fosse a quell'ora, controllò e si sorprese nel vedere Adam. Se una parte di lei avrebbe voluto ignorarlo, un'altra si beò di quella vista. Le era mancato.

«Un minuto» disse. Indossò una vestaglia poi scese con la mente in confusione. Era venuto a scusarsi o magari a chiedere a lei di farlo?

Aprì la porta e i due si fissarono senza parlare. Le parve che passasse un'eternità prima che Adam rompesse il silenzio.

«Posso entrare?»

Olivi annuì arretrando. Sentiva la gola chiusa.

«Mi dispiace davvero per come mi sono comportato» esordì lui appena fu in casa, «So che può non sembrare, ma mi fido di te» scosse la testa, «Ho sempre ritenuto l'amore una debolezza, un'arma che qualcuno poteva usare contro di te. Quando mi sono reso conto che mi stavo innamorando sono andato nel panico. Non mi sono mai sentito così prima e la cosa mi ha spaventato, perciò mi sono ritirato e poi, quando ho visto William…» sospirò, «Se avessi riflettuto, avrei capito che non ti saresti mai comportata così alle mie spalle, ma immagino che una parte di me si preoccupasse che lui potesse darti quello che io non potevo.»

Adam le prese le mani e le strinse nelle sue. «Però adesso non ho più timori. L'unica cosa di cui ho paura è perderti. Io ti amo.»

Il cuore di Olivia si allargò. «Mi ami?»

Lu la guardò prendendole il viso tra le mani. «Sì. Non posso prometterti che non sarò mai più geloso, perché so che non sarebbe la verità, ma ti giuro che avrò sempre fiducia in te e che non agirò più a tua insaputa.»

La donna scacciò le lacrime dagli occhi «Anche io ti amo.»

Si sentì riempire di felicità prima che la realtà arrivasse: cos'avrebbe pensato Adam del suo lavoro in California?

«Oh! Non ti ho detto che mio padre ha approvato il progetto di Yosemite.»

«Congratulazioni» replicò lui raggiante, abbracciandola, «Sapevo che ce l'avresti fatta.»

Prima che Olivia potesse dare voce alle sue preoccupazioni riguardo alla lontananza, lui aggiunse: «E ti sosterrò in qualsiasi cosa farai. Se questo significa seguirti sul luogo di costruzione dell'hotel, allora lo farò.»

Il suo cuore s'intenerì. Lo baciò.

«Sarà solo per questa struttura» gli spiegò quando si staccarono, «Dopo tornerò a studiare» scosse la testa, «Mi sono sempre ripetuta di aver superato i sogni e di essere felice del lavoro con la mia famiglia, ma in realtà temevo solo di fallire.»

«Sarà meglio che tu ti stia riferendo alla facoltà di architettura» la avvisò lui.

Olivia rise.

«Sì.»

«Allora ti sosterrò al cento percento. So che non è stata una decisione semplice, ma sono felice che tu abbia scelto di coltivare i tuoi desideri. Col tuo senso del design sono certo che diventerai un architetto fantastico.»

Le guance della donna si tinsero di rosa. «Grazie.»

«Probabilmente non dovrei ammetterlo, ma per quanto detesti i dubbi che hai di te stessa, sono felice che tu sia rimasta incastrata alla Montgomery più a lungo di quanto volessi, perché così sei arrivata da me.»

«Probabilmente ci saremmo conosciuti all'inaugurazione dell'hotel.»

«Forse, ma così non avrei avuto l'opportunità di lavorare con te e di conoscerti come ho fatto.»

«Quella è stata una cosa positiva. Considerati i miei tentativi di conservare la visione di mio nonno nella sua integrità, immagino sia stato difficile collaborare con me.»

«Non sei decisamente quello che mi aspettavo, ma mi è piaciuto davvero tanto. La tua passione per l'hotel era assolutamente contagiosa e mi sono trovato a guardare tutto sotto una luce completamente diversa.»

Olivia sospirò e lo baciò. Diceva sempre le cose più dolci.

Adam le sfiorò la vestaglia e il suo sguardo si velò. «Sei nuda qui sotto, vero?»

Lei annuì ridendo e lui grugnì. L'eccitazione le solleticò il ventre mentre gli prendeva la mano.

«Andiamo» gli disse guidandolo lungo il corridoio.

Erano appena entrati in camera quando lui la strinse e la baciò.

«Mi sei mancata» le disse accarezzandole il viso.

«Anche tu a me» mormorò Olivia prima di baciarlo a sua volta.

Mordendole un labbro, Adam si spostò e slegò la cinta della vestaglia, ammirando il suo corpo nudo. «Sdraiati» le ordinò con un brontolio.

Lei provò un brivido a quelle parole e gli obbedì. Lui si stese su di lei, baciandola fino a toglierle il fiato, poi iniziò a percorrere tutta la strada lungo la gola prima di mordicchiarle quella zona speciale alla base del collo, provocandole ondate di piacere per tutto il corpo.

Olivia aveva bisogno di toccarlo. Iniziò a sbottonargli la camicia. Adam emise un gemito poi si sedette e se la tolse, mostrandole i muscoli sodi prima di tornare sopra di lei, che lo accolse a braccia aperte, godendo della sensazione di forza ad ogni tocco sulla sua pelle.

Quando lui iniziò a succhiarle il capezzolo, compiendovi dei cerchi attorno con la lingua, la donna si bagnò, impazzendo. Lo voleva, in quel momento. Lo fece voltare rotolandogli sopra poi raggiunse la cinta dei calzoni. La slacciò velocemente e terminò di spogliarlo del tutto. Si lasciò impalare sulla sua erezione provando un delizioso brivido interno. I loro gemiti presero a colmare l'aria. Olivia si puntellò con le mani sul suo torace e prese a muoversi, compiaciuta di come lui la guardasse.

«Sei così sexy» esclamò Adam, stuzzicandole il clitoride e mandandole in cortocircuito le terminazioni nervose.

Anche lei voleva farlo impazzire, perciò aumentò la velocità con cui lo cavalcava e poco dopo, i suoi muscoli presero a contrarsi, portandola al culmine.

Con un verso animalesco, l'uomo la riportò sotto di sé, le sollevò una gamba portandosela sulla spalla e rincalzò il ritmo. Una cascata di sensazioni si riversò in lei, mentre Adam colpiva il punto giusto e ben presto, Olivia si ritrovò nuovamente pronta.

«Vieni insieme a me» la esortò Adam e quando lei arrivò all'orgasmo, il piacere fu talmente intenso da farla piangere.

CAPITOLO VENTOTTO

Lunedì mattina, Olivia andò in ufficio dal padre mordendosi un labbro. Sperava che lui non fosse troppo deluso dalla scoperta che la figlia aveva deciso di tornare a scuola. Sapeva che avrebbe sempre desiderato che uno dei figli si facesse carico della Montgomery. A Olivia piaceva lavorarci, ma era più una questione di eredità famigliare che non di apprezzare il lavoro che svolgeva in sé.

Non si era pentita del tempo passato nella società, ma avrebbe desiderato potersi realizzare molto prima che suo padre spendesse milioni nel suo progetto di Yosemite. Voleva ancora terminare il progetto, ma se lui avesse scelto di frammentarlo, lo avrebbe capito. A papà piaceva sognare in grande e un unico hotel con un focus differente poteva non valere lo sforzo.

Bussò alla porta e l'uomo s'illuminò.

«Olivia, entra!» la accolse invitandola con un gesto a entrare, «Come stanno andando i preparativi per il viaggio?» le domandò. Sarebbe andata a Yosemite nel fine settimana.

Quella sua ovvia eccitazione la fece sentire peggio: aveva insistito tanto perché approvasse uno dei suoi progetti e ora che le aveva comprato davvero la terra, lei decideva di non voler più lavorare per la società?

«Ho deciso di tornare a studiare» buttò lì. Non voleva alimentare le speranze del padre più di quanto non avesse già fatto.

Il sorriso di lui sparì e Olivia si affrettò ad aggiungere: «Mi piacerebbe ancora essere a capo del progetto o lavorarci se deciderai di portarlo avanti.» Non solo non voleva lasciare le cose incompiute, ma adorava il suo concept e voleva essere colei che l'avrebbe realizzato, «Però sarebbe un esemplare unico, non una mini catena come avevo pensato in origine. Mi spiace.»

Il padre sospirò. «Non hai nulla di cui scusarti. Immagino sia un miracolo che tu sia rimasta così a lungo. Ho sempre saputo che volevi diventare un architetto ma credevo che collaborare ai vari rinnovi come manager avrebbe soddisfatto la designer che è in te.»

«In un certo senso è stato così, ma non voglio creare solo occasionalmente e quando lo faccio, non mi va di passare il progetto a un architetto perché non ho le competenze necessarie.»

«Avrei dovuto immaginare che non ti sarebbe bastato. Sicura di voler portare avanti l'hotel di Yosemite? In caso contrario, non ti biasimerei. Hai già fatto così tanto per me e per la società e so che te l'ho già detto molte volte, ma senza di te chissà come sarebbe andata. La tua presenza in ufficio mentre io ero a casa a riprendermi mi dava la tranquillità necessaria a concentrarmi sulla mia salute.»

«La parte che preferisco è poter lavorare con te, forse per questo sono rimasta tanto a lungo e voglio proseguire col progetto. Dopo averlo sognato così tanto, è come se fosse mio figlio.»

«Ti capisco. Ricordo ancora quando costruii il mio primo albergo.»

Suo padre rifletté per un attimo, poi annuì.

«Se è davvero quello che senti, allora andremo avanti con te a capo. Saggiare il terreno è un esperimento costoso, ma se questi alberghi a tema avventura sono veramente richiesti, saremo a primi a sfruttare al meglio l'idea.»

Suo padre non era arrabbiato con lei. Olivia sospirò sollevata mentre lui inizia a raccontarle come la clientela stesse diventando sempre più giovane e come hotel simili avrebbero fatto distinguere la Montgomery dalla concorrenza. Durante il fine settimana, il pensiero di parlargli l'aveva fatta stare quasi male, e invece eccoli a discorrere di come il suo concept avrebbe potenzialmente fatto espandere gli affari di famiglia. Suo padre era semplicemente meraviglioso. Olivia mormorò silenziosamente una preghiera di ringraziamento per quella famiglia da favola.

* * *

Quei due se ne sarebbero mai andati?

Adam gemette fra sé e sé prendendo un altro tramezzino dall'alzatina a tre piani. Dato che Olivia non amava attirare l'attenzione su di sé, all'inizio aveva pensato di riservare la sala da tè de Il Palazzo, ma così lei avrebbe capito che stava succedendo qualcosa. Alla fine, Adam aveva deciso di fare tardi quella sera e chiudere prima il ristorante, così che al momento della proposta, il posto sarebbe stato vuoto.

Aveva pianificato tutto nella sua mente - il servizio del tè modificato (normalmente, veniva servito a buffet di pomeriggio), le catenelle di luci che il cameriere avrebbe acceso appena serviti i dolci, la proposta… Quello che non aveva preventivato erano i due clienti qualche tavolo più in giù, che sembravano voler passare la notte a parlare. Probabilmente, avrebbe potuto chiedere di servire il dessert, aspettando che i due uomini d'affari se ne andassero prima di fare la proposta, ma come avrebbe fatto a trasmettere il messaggio al cameriere?

Stava ponderando le sue opzioni quando questi arrivò. «Come sta andando? Siamo pronti per il dolce?»

«Sì» rispose Adam, scuotendo il capo nella speranza che Edgar recepisse il sottinteso, «Grazie.»

«Va tutto bene?» gli chiese Olivia una volta che l'uomo si ritirò.

«Sì, perché?»

Lei rise. «Perché hai appena risposto di sì mentre scuotevi la testa. Ed è tutta la sera che stai fissando quei due uomini. Li conosci?»

«Te lo dico più tardi» Adam le sorrise, «Ti è piaciuta la cena?»

«Da morire! È stata un'idea fantastica cenare qui prima che inizino i lavori» Olivia iniziò a parlare di come non fosse più tornata da quando ce la portavano i nonni.

Venti minuti più tardi, mentre stavano mangiando il dolce, i due soggetti si alzarono e lui finalmente tirò un sospiro di sollievo. Una volta spariti, Adam cercò con lo sguardo il cameriere e annuì. Le luci del ristorante si abbassarono un secondo più tardi e quelle decorative si accesero.

L'uomo prese una scatoletta dalla tasca sotto lo sguardo sgranato di Olivia, si alzò poi si mise in ginocchio.

«Olivia Anne Montgomery, vuoi farmi l'onore di diventare mia moglie? Non faremo certo parte delle coppie elitarie, ma avremo sempre quello che ci serve per essere felici.»

Una parte di lui avrebbe voluto aspettare che la Dannier generasse profitti prima di farle la proposta, per essere finanziariamente un po' più stabile, ma non era riuscito ad attendere oltre. Dopo aver capito di voler passare il resto della vita con lei, Adam non intendeva sprecare un altro minuto di più e sperava che per Olivia fosse lo stesso.

«Mi piacerebbe tantissimo» replicò lei, cingendolo con le braccia e baciandolo, «E del resto non m'interessa» aggiunse scostandosi, «Nel senso: voglio che tu abbia successo in quello che fai, ma se non ci riesci andrà bene lo stesso perché siamo insieme, no?»

Il cuore di Adam si gonfiò d'amore. Non credeva che sarebbe mai riuscito ad amarla più di così, ma ci riusciva e promise a sé stesso che Olivia non si sarebbe mai pentita di quella decisione.

«Giusto» concordò e con un sorriso la baciò.

EPILOGO

Due anni dopo

«Vediamo di andarcene per le dieci» le disse Adam appena entrarono nel nuovo Palazzo. Olivia sorrise. Da quando avevano scoperto che era incinta, Adam era diventato ancor più protettivo nei suoi confronti. La notizia era arrivata un po' in anticipo rispetto ai loro progetti, ma erano comunque emozionati.

«Okay.»

Dato che il giorno dopo lei aveva lezione, le stava più che bene. Si era iscritta subito dopo aver rinunciato alla supervisione della costruzione a Yosemite. Non le piaceva l'idea di viaggiare così tanto per stare in un cantiere mentre aspettava un bambino. Suo padre le aveva offerto un ruolo consultivo e lei aveva prontamente accettato. Apprezzava il fatto di poter avere comunque una parte nel costruire il futuro del suo primo e unico hotel ma a seconda di come le cose sarebbero andate, suo padre aveva già in mente di aprire qualcosa a Sedona.

«Se inizi a sentire qualche dolore, dimmelo» la avvisò Adam.

La donna sorrise. Era chiaro che lui amasse già il bambino. Oltre a prendersi così tanta cura di lei, aveva preso la difficile decisione di tagliar fuori i suoi genitori dalla sua vita. Non voleva che il piccolo respirasse l'aria tossica dei loro comportamenti. Considerato quanto importanti fossero i suoi per lei, a Olivia era dispiaciuto ma i fratelli di Adam, che ne sapevano di più in materia, avevano a loro volta sostenuto la sua scelta.

«Hanno fatto davvero un gran bel lavoro» commentò Adam guardando la hall. La donna concordò. Il restauro aveva decisamente superato le sue aspettative: elegante e moderno, il nuovo design manteneva vivo lo spirito originario de Il Palazzo in un modo che sarebbe piaciuto anche alle generazioni future. E al nonno.

Adam le strinse la mano. «Ma tanto sono imparziale, visto che è quello che ci ha fatto conoscere.»

«Oh!» Olivia lo baciò, «Vieni, ti mostro il bar» gli disse tirandolo. Il bar era nuovissimo ma le sfarzose pannellature di legno ne rendevano il design senza tempo. Riusciva senza sforzo a immaginare suo nonno sedersi e ordinare un drink, «Mi dispiace di non aver potuto lavorare di più a questo restauro.»

«Magari al prossimo» replicò Adam.

Olivia rise.

Sì, forse…

Grazie per aver letto **Dolce Passione**! Per restare informato sulle mie pubblicazioni, iscriviti alla mia mailing list su natashagrace.com/it

DESIDERI INESPRESSI

Dopo aver scoperto che il marito l'ha tradita, l'unica cosa che la neo-vedova Samantha Collins vuole è lasciarsi la vecchia vita alle spalle. Il primo punto sulla lista? Vendere le quote di un fondo speculativo che il marito aveva aperto assieme al suo migliore amico.

Solo che i piani di Luke Darren sono diversi.

Più a suo agio con la routine giornaliera, Luke è sempre rimasto nell'ombra, lasciando che fosse Jason a rappresentare la società, ma ora che l'amico è morto, i clienti se ne stanno andando in massa. L'ultima cosa di cui ha bisogno è che anche Samantha lo molli. Per quei clienti già pronti a ritirare il denaro sarebbe la goccia che fa traboccare il vaso e Luke non può correre questo rischio.

Lavorare assieme a Samantha, tuttavia, si rivelerà deleterio per la sua concentrazione. Sono anni che è innamorato di lei e con Jason fuori dai piedi, l'amicizia inizia ad andargli stretta. Ben presto, Luke si renderà conto di volere di più…